长篇小说

战国争鸣记 3

墨守之人

李亮 著

重庆出版集团 重庆出版社

图书在版编目（CIP）数据

战国争鸣记3：墨守之人 / 李亮著. — 重庆：重庆出版社，2023.4
ISBN 978-7-229-17326-5

Ⅰ.①战… Ⅱ.①李… Ⅲ.①长篇小说—中国—当代 Ⅳ.①I247.5

中国版本图书馆CIP数据核字（2022）第248985号

战国争鸣记3：墨守之人

李亮 著

出　　品：	华章同人
出版监制：	徐宪江　秦　琥
特约策划：	上海紫焰文化传媒有限公司
责任编辑：	王昌凤
特约编辑：	王菁菁　计双羽
营销编辑：	史青苗　刘晓艳
责任校对：	张铁成
责任印制：	白　珂
封面设计：	张碧君
封面插画：	Ana Babii

重庆出版集团 出版
重庆出版社
（重庆市南岸区南滨路162号1幢）
北京毅峰迅捷印刷有限公司　印刷
重庆出版集团图书发行有限公司　发行
邮购电话：010-85869375

开本：880mm×1230mm　1/32　印张：9.75　字数：241千
2023年4月第1版　2023年4月第1次印刷
定价：45.00元

如有印装质量问题，请致电023-61520678

版权所有，侵权必究

目 录

第一章　　红酥手 / 1

第二章　　断弦琴 / 31

第三章　　支离人 / 63

第四章　　不系舟 / 95

第五章　　乐土国 / 131

第六章　　无情游 / 163

第七章　　梦中身 / 191

第八章　　英雄头 / 231

第九章　　铁石心 / 265

尾　声　　/ 301

战国末年，胜负已分。

秦国国力之盛，已凌驾于六国之上。

秦王嬴政雄才大略，天命庇佑，兵戈所向，如摧枯拉朽。

韩、赵、魏、楚……虽然奋起，以举国之力殊死抵抗，仍不免先后亡国。

只余北之燕国、东之齐国，偏安苟且，一息尚存。

曾如群星闪耀的诸子百家，立时发生了令人头晕目眩的动荡。

有的黯然熄灭，不复存在；有的散开之后，又重新汇聚。

更有的，竟如流星裂空，刹那间，燃烧一切智慧和勇气，爆发出最强的光与热——

再也不留余地。

第一章
红酥手

手。

一双女子的手。

那是一双极为美丽的手，十指纤纤，肤如凝脂，从指尖到手腕，骨肉匀停，没有一点疤痕、半点瑕疵。

但一切美好，都只到手腕为止。

两只手都是齐腕而断，伤口平滑，显然是被利刃一斩而落。在迅速止血和擦洗后，它们又被整整齐齐地放入一只朱漆木盒，盒里平铺着一块白狐皮，周围缀以粉红的花瓣和碧绿的珊瑚。

木盒下层藏有冰块，半个时辰之内，这两只手都将完好如初，保持它们的美丽。

——而这半个时辰，足以让它们拨动一个人的心弦。

忙完这一切，两名负责来此地取手的宦者，终于直起腰来。

他们都是麻秆一般的体形、金纸一般的脸色，眉眼木然，令人望而生怖。盖好木盒，两人擦擦手上的血污，将止血的药粉仔细收好，方拱手道："那么，杜先生，我们去向太子复命了。"

他们所处的地方，暖帐微垂，熏香醉人，墙上斜挂五色雉翎，窗上垂下串串花束，艳丽放浪，招蜂引蝶，乃是一间妓女的卧房。

春秋时期，齐国名相管仲开设宫妓，名为"女闾"，以助齐桓公招贤敛财、成就霸业。自那之后，娼妓经营在各国便习以为常。这家妓馆楼阁整齐、规模宏大，平日迎来送往，春光无限，哪知却引来血光之灾。

被那两名宦者称作杜先生的人，坐在香榻之上，悠然自得地抚着一口瑶琴。

指法错漏混乱，弹出的琴音也不成曲调，这位杜先生四十余岁年纪，长须高冠，状甚儒雅。两名宦者忙碌着处理断手，他却一径沉浸在自己古怪的琴声中，仰合吟哦，极尽陶醉。

若不是琴边还斜倚着一口染血的铜剑，若不是他的须边还沾着血痕，几乎令人以为他正抚琴山林，纵情天地。

"这个女子要怎么处置？"杜先生一面弹琴，一面开口道。

此时，卧房的地上，正伏倒着断手的主人。那女子发髻散乱，双腕处流出的血污浸染了半身，虽已人事不知，但身体微颤，犹自未死。

看她身段窈窕，青丝如云，显然年纪不大，姿容不差——可惜却遭此断手之厄。

"买她的钱，已经给了鸨母。"其中一个宦者慢慢道，"一个歌妓，失了双手，无法弹琴，恐怕难以谋生。杜先生若不忍心，给她一个痛快就是了。"

"终究也是行善！"杜先生颔首。

他挺身站起，一把抄起那口染血的铜剑，信手一劈，"铮"的一声，将余响未绝的瑶琴劈成了两段。

"其弦不正，其音不准，终究只是庸脂俗粉卖艺的俗物。"杜先生叹道，"用它弹奏，真是脏了我的手指。"说话间，他大步下榻，来到那女子的身前。

血泊中的女子虽昏迷不醒，却因剧痛而瑟瑟发抖。冷汗浸透了衣裳，肩胛在后背高高顶起，更显得瘦削柔弱。杜先生在她身前稳稳站好，摇头叹道："不要怪我们无情。要怪，就怪你的手生得太好看了。"

言毕，他缓缓扬起铜剑。

剑身宽约一掌，长约一臂，刚才毫不留情砍下女子双手的，也便是它。

杜先生摇头轻叹，正待一剑挥落，忽听远处的楼板上传来"砰"的一声巨响，似是有猛兽在地底醒来一般。紧接着，"砰""砰""砰"的声音不绝于耳，仿佛是那怪兽正不停地撞破一堵堵房间墙壁，由远而近，飞快地向他们奔来。

他心头一凛，虽不知来者是谁，却已本能地感受到了威胁，不及细想，立时一剑劈落，再不迟疑。

就在这时，他身侧的屋墙突然碎裂开来，一人径直撞入，木屑纷飞之中，一道惨碧色的剑光直刺而出。

燕国国都武阳城，每年四月，城外的春艳坡上桃花灼灼，如烈焰横空，乃燕国一景。

最高的山坡上，最大的一株桃树下，今日的宴会才刚刚开始。

春风拂面，落花如雨，歌声婉转，炙肉飘香。剑客荆轲与燕国太子丹以狼毡铺地，金樽盛酒，正相坐对饮，宾主甚欢。

荆轲三十上下年岁，生得高大魁梧、四肢修长。淡金色的脸庞，颧骨高耸，两道又黑又重的眉毛，压在细长的眼睛上，倍显深沉与固执。他生性豪迈，酒到杯干，转眼喝得两颊发红，双眼发直，只怕过不了多久，又要大醉不醒了。

"荆先生，再请满饮此杯！"燕丹双手敬酒道。燕丹虽是主人，但态度极为恭敬。

方今天下大势，秦国日益强横，韩、赵、魏、楚尽为其所灭。七国仅余其三，又以燕国最为弱小，如风中残烛、刀下羔羊。燕丹身为太子，辗转反侧。若不想坐以待毙，唯有兵行险着，刺杀秦王嬴政，以图乱中求生。

只是秦国兵多将广，咸阳如龙潭虎穴，秦王身边笼络了百家之士，便是嬴政本人，据说也通习百家之术，有万夫莫敌的本领。

那么刺杀他的人，无疑须是万里挑一的强者。

数年来，太子燕丹一直在寻找这样的人：他要有足够的勇气，去刺杀这天下第一的强秦之君；他要有足够的本领，去实现这惊天动地的壮举；他要有足够的智慧，去应对行动中的种种变数；他要有足够的忠诚，来完成这舍生取义的使命。

更关键的，这个人，须是"无名"之人，是秦国不会特别防备的人。

但锥处囊中，锋芒毕露，乱世用人之际，有过人之才的人，很难无名。

而剑客荆轲，偏偏就是这样的人！

荆轲其人，岁数已然不小，多年来周游列国，夸夸其谈，也曾与人比剑，却往往退多进少，负多胜少。尤其数年前对阵魏国名剑客盖聂之时，盖聂当众羞辱于他，荆轲却掩面而逃，令他本便微薄的名声，又黯淡了几分。

燕丹第一次听人举荐他时，心中颇为不喜。幸好举荐之人及时解释：荆轲善言而少战，主要因为他是平命家弟子。

百家之中，平命家是以"杀人之道"闻名于诸侯的学派。

据传，平命家的创始人乃是一个郑国的奴隶。他生而为奴，一生做牛做马，凄苦不堪。主人残戾暴躁，在几十年中活活打死了他的父母兄弟，卖掉了他的妻子，将他的长子做了人牲殉葬，又令他的幼女冻饿而死，并在积年累月的役使之中，打瘸了他一条腿，割掉了他的舌头和耳朵，烫瞎了他一只眼睛，砍去了他七根手指。

但他一直认为主奴有别，命该如此，因此默默忍受，丝毫不敢反抗。

他就一直这样活着——苟延残喘，从不知反抗，也不敢反抗。直到已经很老的时候，有一天，他在为主人修缮马厩之时，失足从房顶上摔下，而他的主人刚巧从此路过，被他当场砸死。

他从主人的尸体上爬起来，几乎毫发无伤。那一瞬间，在巨大的恐惧之余，他竟感受到一阵狂喜。几十年来深藏在心底的、连他自己都不知道的对主人的怨恨，喷薄而出。

而那狂喜竟令他顿悟：原来自己的贱命和主人的贵命，在死亡面前是平等的。

他由是拼死逃出，以逃奴之身辗转挣扎，在生命最后的三年中，创立了平命家学说：无论贵贱，以命换命！

平命家的弟子，每一个人在决定杀人之前，便抱定必死之心。他们一旦出手，无论是否杀死对方，都已将自己的生死置之度外。这无疑是最公平的交易，最决绝的死战。

平命家弟子因此令人闻风丧胆。杀人之时，孤注一掷，不留余地，足以令平命家的杀手在对敌中，发挥出十倍甚至百倍的力量。平命家也一举成为各路诸侯争相拉拢的死士。然而，每杀一人，自己必死的做法，却使得这一学派的人丁日渐稀疏。

而荆轲，便是平命家式微之时脱颖而出的强者。

荆轲今年三十一岁，以平命家弟子而言，已算得上长寿。与人交手，他每每只伤人，不杀人，宁可败，不贪胜，全是因为他从不肯将自己的生命轻付。

"天下间虽然尽是可杀之人，却极少值得一杀之人。"他常对人笑言。

也就是说，他的杀气，从未泄过。

这意味着，将来与之交换的性命——必须要足够完整、饱满，更具价值。

武艺高绝，杀气充沛，微有薄名，唯有这样的人怀抱必死之心去刺杀嬴政，才有成功的可能！

但对燕丹来说，他更喜欢的，其实是荆轲的狡诈和贪婪。

"荆先生，今日你的朋友会来吗？"燕丹问道。

"一定会来的！"荆轲大笑着仰头饮酒。但他，其实在说谎。

太子丹看着荆轲仰头喝酒，凝神望去，刚好瞥见荆轲浓眉之下那双细细的眼睛精光闪烁——乃是佯醉，不由得心中冷笑。

荆轲表面看来豪迈磊落，其实是一个狡猾、冷酷、贪婪、自负的人物。

太子丹自受人引荐找上荆轲，已有数月。开始时，荆轲一力拒绝刺秦之事，燕丹也并不十分用心，可接触几次却发觉，荆轲其人，远不似外表一般洒脱，这才真的在意起来：原来荆轲不求名，但图大名；不谋利，但贪大利。

身为平命家弟子，荆轲深知自己此生恐怕只能杀一人，因此，他半生不与人争强，只怕正是要用这一人之命，换不世之名、敌国之富。

试问这天下间，又有谁比嬴政更适合死于他的剑下呢？

而这天下间，又有谁比燕丹更适合做他的雇主呢？荆轲的几番推搪，也不过是自负奇货可居，以抬高身价罢了。

荆轲精打细算，虽不及忠、勇、仁、义，但无疑更踏实可信。

燕丹看出荆轲所图，反倒放下心来，循着他的喜好，先是由名侠田光以死相荐，渲染荆轲的"名声"，又用醇酒名马反复相邀，给足了荆轲"排场"，一番操作下来，荆轲果然松动口风，说可以为燕国刺杀嬴政。

可是，荆轲又提出条件，说只有等自己的朋友到来，两人一同前往，才同意此行。

据荆轲所言，他有一位朋友性情古怪，武技高绝。两人偶然认识，那人曾经提起，今年春日，会在燕国武阳城外的春艳坡上悼怀故人。若想保证刺杀万无一失，自当邀请此友同去。

武阳城的桃花天下闻名，有"一山艳色，十里春霞"的美誉。

燕丹便在这春艳坡桃花最盛之处设下酒席，每日与荆轲饮酒作乐，一面继续向荆轲示好，一面等待荆轲朋友的到来。

他们在此已等了七天，桃花将谢，那位朋友却一直没有来。

每一天，荆轲在酒席之上都是高谈阔论，中途便酣眠醉倒。燕丹想要借助酒兴让荆轲许下"必去刺秦"的承诺，竟一直不能如愿。

那么，荆轲的那位朋友真的存在吗？

荆轲虽然答允刺杀秦王，却终日佯醉，只怕是在拖延时间。

荆轲固然拖延得起，但燕国可拖不起了！

荆轲越是这样，燕丹反倒越是欢喜。

刺杀嬴政之事难于登天，绝非耿介、憨直之人可以完成的任务。荆轲已在比试中击败燕丹手下的高手杜花井，武技之高可见一斑。荆轲虚与委蛇，寸步不让，更可见其心性坚韧，狡猾多智。

只有这样的人，当他真正决定刺杀嬴政的时候，才更见胜算！

但，终究也不能无休止地等待下去。

今日，燕丹已决定，要将荆轲的戒备全然击碎，令他立时允诺刺秦，更在之后的行动中舍身一击。

"荆先生，你的朋友真有其人吗？"燕丹看看天色，见时间已经差不多了，终于开口问道。

"太子以为我在骗你吗？"荆轲反问道。

"刺杀嬴政之事，无论成败，行刺的英雄都必死无疑。"燕丹微笑道，"荆先生若怕了，实在不想去，也是人之常情，我绝不怨恨。只是你若编出个朋友来搪塞我，未免令人心寒。"

"我的这位朋友，货真价实。"荆轲大笑道，"他的武艺、智慧、胸怀，荆轲皆自愧弗如。刺杀秦王一事，若是我一个人去，胜算不过一成，若是有他同去，可达五成。"

话已至此，荆轲却依然造作，燕丹心中不喜，索性把脸一沉，追问道："这人若这般了得，断不该是个无名之辈，未知他如何称呼，姓甚名谁？"

"这个人自号为'鬼'，在天下间独来独往，行藏不定，无人知晓他的存在。"荆轲笑道，"但他本来的名字曾经享誉四方，太子一定听过。"他顿了顿，眼见燕丹露出好奇之色，才稍稍压低声音："他叫作姜明鬼。"

"姜明鬼？"燕丹一愣，惊道，"他还活着？"

这个名字，他果然是听过的。姜明鬼，本为墨家弟子，出身小取城，六年前曾干过一件惊天动地的事，他率领墨家六大弟子下山奔走，合纵六国，共抗强秦。那几乎是山东各国反败为胜的最后机会，可惜功败垂成，数名墨家弟子遇害，赵国灭亡，而姜明鬼本人在行刺嬴政失败之后，了无影踪。

此时，这名字竟从荆轲的口中冒了出来。

"他自然还活着。"荆轲微笑道，"只不过，现在隐姓埋名，似乎已不再是小取城的弟子了。"

"这扫帚星，便是墨家也不敢再留他了吧？"燕丹冷笑道。

这已经不是姜明鬼第一次以救助之名，致使一国灭亡，之前他也曾这样毁掉了韩国。有鉴于此，很多人称他为"扫帚星"，说他所到之处，人死国灭，概莫能逃。

"小取城敢不敢留他，我不知道，但在我而言，他实在是这天下间少数几个我不敢轻视的人之一。甚至只须看上一眼，便想与他以命相搏。"荆轲举起酒盏，将残酒一饮而尽。

"而上一个令我有此冲动的，乃是魏国的盖聂。"

荆轲先前游历天下，曾在魏国与兵家高手盖聂论剑。那盖聂以剑入圣，素有无敌之名。荆轲与他争论之际，盖聂怒目而视，而荆轲却匆匆逃走，因此被人说成胆怯，传为笑谈。燕丹识得荆轲之后，也曾打探他的过往，当时听说此事，以为荆轲懦弱，故而颇为不齿。

后来终于见了荆轲，燕丹也曾直言不讳，以此事相询。

荆轲却言道，当时二人话不投机，已无转圜余地，再争下去便该动手。但若要动手，他必是以死相搏、以命相易——他一生也许只能杀一个人，着实不愿浪费在一个无冤无仇的剑圣身上。

见荆轲将那姜明鬼与盖聂相提并论，燕丹问道："你是说，姜明鬼亦如剑圣一般，你非搏命不能胜之？"

"我甚至觉得他比盖聂还要可怕。"荆轲叹道，"我与盖聂尚能交谈论剑，争论片刻，方才杀气四溢，不能遏止。但我看到姜明鬼的一瞬间，便想拔剑。我拔剑根本不是为了胜他，只是不想被他立刻杀死而已。"

荆轲手托酒盏，一瞬间有些出神。

"我与他是去年五月在楚地相遇的。那时楚国面对秦军，连战连败，眼看便要亡国。我去汨罗江拜祭屈原先生，恰好在江边遇到几个正以屈原投江之事作辩的名家弟子，大逞口舌之快。"

楚国的三闾大夫屈原，才惊神鬼，心系家国，却遭昏王贬黜，流放于汨罗江畔。五十年前，秦楚连场大战，楚国不敌，故都沦陷，屈原忧愤之下，投江自尽。消息传出，天下有识之士皆为之悲，每到他的忌日，都有人沿江凭吊。据传，楚国最后亡国之时，江畔百里尽是焚告屈原的火堆。

那一日，楚国将亡未亡，在汨罗江边辩论的名家弟子却对屈原大加诋毁。

百家之中的名家，以其好辩、善辩闻名天下。

他们认为，"名字"是世间万物最独特的标记，也是最接近真实的神秘之物。二者虽然接近，但想要令二者统一起来，还须通过不断深入地辩论，不断细化地辨析来实现。

名不正则言不顺，言不顺则事不成。名家合同异，离坚白，不断进行名实之辩，并坚信终有一天，世间万物将名副其实，天下大同，万物归于天然。

不过不少名家弟子在日复一日的辩论中，养成了争强好胜、虚言狡辩的毛病。

这些名家弟子来此凭吊，本是对屈原极为钦慕，可几个人聚在一起，三言两语便争起了胜负。有人夸赞屈原，便立刻有人批评屈原；有人批评屈原，便立刻有人赞颂屈原；有人赞颂屈原，便立刻有人诋毁屈原。

一来二去，他们已吵得不可开交。在他们的口中，屈原或为古今第一完人，或为亡楚第一大罪人，令人无法想象他们所说的乃是同一个人。

"我听他们夸夸其谈，辱及屈原，已觉心中不悦。"荆轲悠然道，"正想喝止他们，旁边一棵大树下，突然跳起一人，大笑道：'信口雌黄，何其错也！'那人蓬头垢面，衣衫破烂，先前一直躺在那里，似是一个乞丐。我们都看到了他，但都没有将他放在眼里。

可他这一起身，手中竟抽出一柄剑来。那剑锈迹斑斑，弯曲变形，但他一瞬间使出的剑法，却波谲云诡，令我大开眼界。"

"他杀了那几个人？"燕丹已猜到他所说之人，十有八九便是姜明鬼，不由得追问。

"他豁开了他们的嘴角。"荆轲道，"他的剑势古怪，每一剑都极其灵活，那握剑的手柔若无骨，偏偏又极其精准。每剑刺出，无论那几个名家弟子是否躲闪，如何躲闪，都被一剑豁开右侧的嘴角。那几个人正自大放厥词，刹那间满口鲜血，一个个又痛又怕，滚倒在地，呜呜惨叫。那人就站在他们中间，随随便便地收了剑，又转过头来向我一笑。"

荆轲顿了顿，道："我便是在那一瞬间，动了向他拔剑的念头。"

"他把你也当成名家弟子，有了杀意，你因此要拔剑自保？"燕丹好奇道。

"没有杀意，也没有误会。"荆轲又饮了一盏酒，道，"他并不想和我动手，他看我的眼神极尽温柔，满是宽厚，仿佛已认识我很久，理解我的一切苦衷，同情我的一切遭遇。我在他面前却似赤身露体，渺小如蚁，若不想被他无意间踩死，唯有豁出命来，将他杀了。"

"他便是姜明鬼？"燕丹皱眉道，"他是你的朋友？"

荆轲所说之人，举止离奇，形容古怪，与传言中那奔走韩、赵的墨家少年形象迥异。燕丹想到他在举手之间便豁开数人的嘴巴，之后更在血泊中满目温柔，不由得激灵灵打了个冷战。

"对，正是他。"荆轲点头道，"我现在在等的，也是他。"

"那一日，你们真的交手了吗？"

"那倒没有。他看我一眼，像是明白了我的戒备，于是立刻张开手，扔掉了剑。他既无剑在手，我再怎么不安，也要勉力压抑拔剑的冲动。我们因此相识，做了几天的朋友。"荆轲笑道，"姜明鬼的眼神看久了，其实也不会让人那么不安。这人虽然名为'鬼'，心思却极为单纯。只是迭遭坎坷，这才决心化为墨家监督人间的'神鬼'，行使惩恶扬善之能。"

"这人……还真是有点意思。"燕丹笑道。

"他行事，从来不求名，不求利。"荆轲叹道，"我和他在楚国盘桓数日，他路见不平，常有出手。小到乡邻争执斗气，大到秦军滋扰百姓，他都全然无法忍耐，只要看到便毫不留情地出手管教，杀得血流成河。事后，他却更加痛苦，更加疯狂。"

"这又是何意？"燕丹更为好奇。

"因为善，本就是做人的本分；恶，根本不该存在。惩恶扬善，恰恰说明这世事无奈，礼崩乐坏，而他身处其间，虽有通天的本领，也难免无所适从。"

"那你们是约好了，今春来此赏花？"燕丹皱眉道。

"正是如此。"荆轲微笑道，却没说出真实的原因。

正说时，有一个人手托木盒，从远处纵马而来。

其时日正当空，天地间一片明晃晃的。那人骑一匹花斑健马，高冠，长袍，一手挽着马缰，一手高托着朱漆的大盒，直奔春艳坡而来。朱盒在阳光下熠熠生辉，看那制式，乃是太子府所用之物。

健马狂奔，马蹄在身后拉出一道长长的烟尘。

"杜先生回来了。"燕丹远远看见那一人一马，登时精神一振。

"哦？"荆轲半躺半卧，不以为意道，"我正说他今日缘何不曾随侍太子身旁。"

那杜先生名字风雅，叫作花井，为人却气量极狭。他是卫家高手，追随燕丹数年，掌中一把金凤扁口剑，剑身宽阔，招式威猛，乃是燕丹手下最得力的门客之一。

先前，燕丹初见荆轲，欲考量他的武功，也是派杜花井与荆轲切磋，不料杜花井被荆轲数剑击败，连金风剑都打落了。杜花井因此失宠，一连数日，闷闷不乐，对荆轲更是怒目圆睁。

"我早晨派他出去，为荆先生取来一件礼物。"燕丹大笑道。

"哦？"荆轲稍稍意外，却没往心里去，只是大笑一声，道，"拭目以待。"

燕丹笑声不绝，转过脸去，面对那奔驰而来的花马，忍不住以眼角余光，注意着荆轲的一举一动。那礼物实在是他的得意之作，此时即将送到，令他心痒难耐，迫不及待地想看看荆轲的反应。

——那礼物，是一双手。

昨日午后，在春艳坡的酒宴上，燕丹点选了武阳城中近来走红的歌妓前来助兴。那歌妓容貌不俗，身姿窈窕，歌喉婉转，顾盼多情。抚琴而唱之际，有一瞬间便是燕丹也心生绮念。而在这时，他却听荆轲赞了一声："好美的一双手。"

燕丹这才注意到那歌姬的手，果然见那双手抚动琴弦，柔若无骨，却又矫若惊龙，五指纤纤，皎白如玉，似是每一弹动、每一屈伸，都挠在人的心尖。

荆轲眼光不差，可燕丹却在那一瞬间，想到了攻破他心防的办法！

那歌妓献唱了三曲之后，妓馆的仆妇便来求问，是否需要侍寝。燕丹看荆轲佯醉，便打赏了重金，派人将她们送回了城中妓馆。

今日一早，他却派了杜花井与两名宦者，前去将那歌妓的一双手砍了下来。

——你既喜欢这双手，我便将它们砍下来送给你！

——我自然知道，你是喜欢长在美人身上的活色生香的手，但我偏偏将它们砍下来，变成两块冷冰冰、血淋淋的死肉，将它们送给你。

那自然是不正常的、错误的。

但燕丹能如此奉上荆轲"喜欢"的东西，其残忍、决绝，不言而明。

这一双手，将彻底证明燕丹的决心，打破荆轲的幻想，令他不再惺惺作态。也因此，它们甚至可能宣告嬴政的死讯，改变天下的局势。

出奇制胜，以小破大，燕丹越想越是得意，两眼虽望着前方，但一时出神，竟是什么也没有往心中去。

而在他的注视中，那一骑已然拖着长长的烟尘，径直来到春艳坡下。

"什么人？"

山坡下，两个负责把守的侍卫突然惊觉。

宴请荆轲，为示诚意，燕丹并没有带太多的随从，只带了一小队人马，分别把守四方。此时与那花斑马遭遇的两人把守在山路两旁，各持一柄奇形长叉，一见来者身份有异，立时向前一凑，卡住了去路。

他们口中呼喝，双叉交击，猛地向那花斑马的头面刺去。

健马长嘶，其速不减。马上那人蓦然探身，身子伏于健马颈上，一臂、一剑闪电般自马耳旁探出，抢先迎上那两柄长叉。

"当"的一声钝响，又闷又重，竟似两根攻城巨木，结结实实地相撞一般。

那两个守卫蓦然向后飞出，爹手爹脚地摔出三四丈远，一时爬不起来。

——剑轻而叉重，但在那一瞬间，却是他俩吃了大亏！

那骑马人片刻不停，纵马上山。

燕丹吃了一惊,这才回过神来,一时不知是怎么回事。

"无论太子给我准备的是什么礼物。"荆轲手中酒盏一摔,霍然站起,喝道,"我看,都得是我先还太子一份大礼了!"

"来者何人?"荆轲说罢,昂然挡在燕丹身前,一手按在剑上。

他酒兴正酣。说起姜明鬼之事,更令他豪气横生,这时按剑拦路,只一掀眼皮,一股肃然杀气便如疾风一般,猛地张扬开来,直令草木变色。

那狂奔上山的花斑马立有所感,唏聿聿一声长嘶,在距离他们的酒席二三丈处猛地停了下来。

蹄下烟尘随风而散,来人一手挽着马缰,一手提着朱盒,端坐鞍上。

即使坐在马上,也可看出,他其实身材高大、四肢修长。

朱盒挡住了他大半张脸,而他也不急着露出自己的面目,就在那样的遮蔽中与荆轲二人对峙,居高临下。

不过他的样子却有着一种说不出的古怪之处:他骑了杜先生的花马,戴了杜先生的高冠,穿了杜先生的长袍,拿了太子府的朱盒。但只消离近一看,便可发现高冠歪斜,发髻散乱,长袍松开,朱盒颠倒。

——假扮他人,蒙混上山,似是显出其人的谨慎狠辣。

——但如此敷衍了事,又似对暴露自己一事,浑不在意。

"荆轲在此,什么人敢惊扰燕国太子?"

来人一剑便能震开两名侍卫,本领自然不容小觑。荆轲此时斗志高昂,一剑在手,却也有目空四海的自负。

来人坐在马上,一手托着朱盒,半晌无言。

良久,虽然有朱盒阻挡,但肩膀微耸,他似乎是轻笑了一下,突然开口道:"荆兄。"

荆轲正自热血沸腾，准备放手一战，忽听对方招呼，似被一盆冷水当头浇下，身子一震，惊道："你……是你？"

那人低笑道："想不到，我们竟会如此重逢。"

朱盒慢慢放下，终于露出脸来。来人二十七八岁，五官深邃，满面风霜。尤为令人在意的，是那张脸上的眼睛：那双眼睛饱含深情，如同深不见底的碧潭，即便这时剑拔弩张，仍是充满了同情与体谅。

只听一阵匆忙的脚步声，燕丹布置在此的一众侍卫几乎同时赶到，各挺兵刃，将那一人一马围在中间。

荆轲却两臂一张，直接将他们拦下了。

"太子，"他的眼睛一眨不眨地望着那人，对燕丹干笑道，"我的朋友姜明鬼，他终于来了。"

"原来这便是姜明鬼先生？"燕丹被那人纵马冲撞，本是又惊又怒，可听得姜明鬼的名字，不由得喜出望外，叫道，"说人人来，说鬼鬼到！我们正在称颂先生的事迹，先生便已来了。"

"正是！"荆轲的笑声却干巴巴的，毫无欢喜，"姜兄果然来了！"

之前他们在楚国分别，实在未有什么约定。但姜明鬼曾说过，强秦西进，燕国灭亡只在迟早，若要来春艳坡上悼祭故人，便只剩今年。而荆轲在此相候，即是相信只要见到姜明鬼，便一定能说服这人和他同去。

他听说过姜明鬼当年合纵失败的事迹，看得出姜明鬼对秦王嬴政的敌意，更看得出此人虽然漂泊沉沦，心中的热血却从未冷却。

刺杀秦王，他需要有人断后，为他挡住秦王身边的护卫，以确保他和秦王单独相对，以命换命。而只要姜明鬼和他同去，此人必会舍命完成这一重任。

——而他便可一剑既出，名扬天下！

只要想到那一幕，荆轲便热血沸腾，不禁要痛饮三杯。

但他与姜明鬼的重逢，理当是他与燕丹守株待兔，与之谈笑重逢方为合理。如今姜明鬼这么打马上山，直冲燕丹的王驾，其敌意未免太过明显。

——难道姜明鬼竟与燕丹结了什么仇吗？

"姜兄，我在这春艳坡上等你多日了！"荆轲心念电转，不敢怠慢，连忙介绍道，"这一位便是燕国的燕丹太子，礼贤下士，实为当世明君。他听说过你的本领，因此想请你和我一起，完成一件大事。"

"哦？"姜明鬼将朱盒随手放在鞍前，稍稍侧头，微笑道，"是吗？"

亮明身份之后，他的样子变得更加古怪：斜肩驼背，垂手吊脚，仿佛全身的骨节都是散的，整个人如一摊烂泥一般，勉强"堆"在马鞍上。

在这似乎随时会分崩离析的身体中，唯有他的眼睛还闪闪发光。他望向燕丹，可那满是理解与同情的目光，令人不寒而栗。

仿佛因为理解，他越发痛恨；因为同情，他已与燕丹不共戴天。

"你和太子，可曾有过什么误会？"荆轲终于忍不住问道，"你这么闯上山来，是为了找他吗？"

"我来杀他。"姜明鬼微笑着点了点头，道，"并没有什么误会。"

——没有误会，那便是有仇了。

"杀我？"燕丹一愣，大怒道，"我又没见过你！"

"你没见过我，总见过他吧？"姜明鬼微笑着，懒洋洋地将手中的朱盒提起，轻轻一抖。朱盒碎裂，一颗血淋淋的人头从中跌落，砸在地上，骨碌碌滚了两滚，停在燕丹的脚下。

那人头须发皆张，死状极惨，仍可看出生前保养得极好。

"杜先生！"燕丹一见，已是毛骨悚然。

——那自然是杜花井的人头。

"今天一早，武阳城中的鹿馆有人杀人行凶。"姜明鬼轻声道，"三名男子闯入一名歌妓的房中，砍断她的双手，又想要她的命。我赶到已迟了，只救得她不死，却救不了她的手。"

他语气轻柔，但所说的，却是一桩极惨的事，内里所含的怒意更是惊人。

"三个男子——两名取手的奴才，一名行刑的刽子手——全都被我杀了。但他们幕后的主使却还没有付出代价。"他笑吟吟地望着燕丹，道："太子，他们临死前说，是听你的吩咐。"

荆轲只觉一阵头疼，问道："太子，真有此事吗？"

姜明鬼嫉恶如仇，荆轲在楚国时便已领教。燕丹若与他结有私仇倒是好说，涉及公理，荆轲再想调和，恐怕是难了。

燕丹一时语塞，想不到竟是取手的事情出了纰漏。

"那女子才一十九岁，大好年华，便断了双手。"姜明鬼道，"我现在虽然救下了她，也不知她能不能活到明天，即便活了，她以后的苦难，又何时是个头？"

"我……她不过是一个歌妓，我让人将她买下来了！"燕丹叫道。

他这样一说，便是承认了此事。那姜明鬼坐在马上，扬了扬眉，冷冷地望着他。

"太子！"荆轲叹道，"人命，岂能用金钱来买卖？"

春秋以来，民智渐开。儒家的孔子，率先反对以奴隶殉葬；墨家的墨翟，兼爱每一个人，哪怕只是一个奴隶；法家的商鞅，推行变法，释放奴隶，授予土地……越来越多的人意识到，奴隶与他们的主人其实是一样的人——他们不应等同于家什器物，私相授受，更不应被视如猪狗，随意杀戮。

"可我是为了荆先生！"燕丹叫起屈来，道，"我让杜先生将那歌女的双手带回来，还不是为了你！"

这话一出口，荆轲也不由得大吃一惊，叫道："又关我何事？"

"你昨日说那歌女的一双手长得好看，我便要将它们砍下来送给你！"计划既已暴露，燕丹索性不再掩饰，冷笑道，"我对荆先生有求必应，赤心日月可鉴！"

他这疯狂的念头，直令荆轲目瞪口呆，叫道："太子，你害死我了！"

"原来，这刽子手所说，太子要拿断手讨好的剑客，便是荆兄。"姜明鬼微微颔首，"如此说来，太子也算有眼光了。"

"姜兄！"荆轲心中烦乱，拱手道，"太子误会我的意思，伤人断手，我实在并不知情。如今姓杜的已经死在你的剑下，也算罪有应得！再让太子重重赔偿那女子，你看可好？"

"赔偿没有用。若一切都能用赔偿解决，这世上的富人岂非为所欲为了？"姜明鬼摇头道，"姓杜的不过是一口刀。刀伤了人，仅仅折断它是不够的；用刀的人，何时才能罪有应得？"

他不慌不忙，态度却极其坚决。燕丹怒道："那你想如何？"

"太子砍了那女子的一双手，那我也要太子的一双手。"姜明鬼道。

"大胆！"

荆轲还没有说话，燕丹身边的侍卫登时按捺不住。有头领喝道："请太子下令，我等将此贼人立毙于山前！"

燕丹一时有些犹豫，不知若杀了姜明鬼，荆轲是否还能去执行刺杀任务。姜明鬼坐在马上，在众人怒目而视下，笑吟吟地问荆轲道："荆兄可要让他们送死？"

侍卫们听他嚣张，越发愤怒。荆轲夹在其中，左右为难，终于叹了口气，对燕丹道："请太子少安毋躁，待荆轲与姜兄切磋一二。"

此言一出，燕丹立时大喜，道："好，就请荆先生出手，教训狂徒。"

二虎相争，若是姜明鬼被杀，则可借此立威；若是荆轲落败，他至少也可知道，此人能力有限，该再寻刺杀之人。燕丹想通此节，立时喝止侍卫上前，只让他们聚拢在自己身边，提防姜明鬼获胜后再有异动。

虽只片刻工夫，但荆轲的神色已变了很多，先前的醉意也全然不见。

他一步步向姜明鬼走来，腰间长剑，在鞘中低鸣。

"我真的不想和你交手。"姜明鬼忽然道，"你这一身杀气，千金难换，若是贸然用掉，未免太可惜了。"

"我也不想和你交手。"荆轲握剑道。

"燕丹仗势欺人，你何苦为他卖命？不如你让开，我们都不伤颜面。"姜明鬼叹道。

"姜兄，莫要小看了我。"荆轲沉声道，"我自七岁起受异人开蒙，接触平命家的学说。那时我想杀的，只是村中无赖。到九岁，我已自信随时可以取他性命，却忽然想到，无赖的一条贱命不值一钱，我为何要与他同归于尽？

"接着，我又将目标转向乡上的里长。到十二岁，我自信可以在他被家仆保护的情形下，当街杀他，于是我又想，我为何要为这样一只硕鼠，铤而走险？

"二十余年来，我其实曾定下上百个目标，豪绅、巨贾、达官、显贵、游侠、大盗、名将、佞臣……但无一例外，我在动手之前都产生了动摇。我想，我的本领、智慧、胸怀都超越了他们，我已是天下间屈指可数的杀手,何必与他们这些碌碌无为的庸人搏命?他们不配我向他们动手,我的杀气、我的性命,不该轻掷。"

"所以这次,我更替你不值。"姜明鬼叹道。

"这次不同。"荆轲摇头道,"这次,燕丹太子想让我去杀的是——秦王嬴政。"

"秦王嬴政!"这四字一出,便是姜明鬼,也不由得脸色大变。

"这,应该是天下间最难杀也最值得杀的人吧?他的生命,一定比我的更有价值!能与他等死,将是我莫大的荣幸,"荆轲微笑道,"当燕丹太子向我提起此事时我便已明白,我以后不可能再对别人动杀心。我三十年的等待,全是为了那一天、那一个人。"

"所以,你一定要保护燕丹?"

"士为知己者死。"荆轲叹道,"太子愿为我提供这样的机会,我必须保得太子周全。"

他持剑而立,脸上笑容惨然,但双目明亮,满怀期待。

"人各有志,那就没什么好说的了。"姜明鬼道。

"可惜,我终究不免在你身上浪费杀气。"荆轲道。

"不……"姜明鬼难得地犹豫了一下,微笑道,"也许,也不算浪费。"

作为一名墨家弃徒,姜明鬼这一生,与嬴政的纠葛实在太多、太久。

十一年前,姜明鬼第一次与嬴政相识。那秦国之君化名秦雄,潜入小取城学习墨家学说,与姜明鬼等人并称四杰,之后却因杀人犯事,逃下山去,其间又与姜明鬼就兼爱一道,进行了一场比试。

那一场比试,他们以刀剑为口、机关为舌,针锋相对,最终姜明鬼小胜。

嬴政对此耿耿于怀。之后姜明鬼受少女麦离委托,奔赴韩国国都新郑，挟持韩王，营救水丰城百姓。不料造成麦离惨死、韩国覆灭的结局。嬴政现身，虽救了姜明鬼，却又重创了他，令他原本坚不可摧的墨家信念产生动摇。

那一次动摇，令姜明鬼足足彷徨了五年。五年之后，姜明鬼重整旗鼓，受邯郸女子石青豹之托，再次出山，前去拯救赵国。他定下了合纵六国、共抗强秦的大计，原本一切顺利，不料石青豹竟是嬴政的手下，最后关头，借姜明鬼的手杀了赵国大将李牧，令赵国因此灭亡。

姜明鬼由是心灰意冷，一直沉沦至今！

嬴政与他，仿佛是至阴与至阳的对立，他们都精通墨家学说，想要消弭战争，令百姓安居乐业。但区别在于，姜明鬼想要救六国，嬴政却想灭六国；姜明鬼想要爱天下，嬴政却想治天下。

他们的每一次狭路相逢，都不仅是拳脚、兵刃上的比试，更是心意、信念的比拼。

——只是就目前来看，姜明鬼一胜两负，已落于下风。

"那么，领教姜兄的本领。"荆轲道。

姜明鬼回过神来，默默叹了口气，跳下马来。

——不，与其说是跳，倒不如说是坠。他只是一歪身，便从马背上整个栽了下来，虽然最后用左手在马鞍上一拉，双足勉强落地，但那样子，却全无高手风范。

荆轲身材高大，背脊如铁枪一般笔挺，双目精光四射；姜明鬼个子虽也不矮，但站在那里，斜肩驼背，似是断线的偶人，一双眼望着荆轲，毫无杀气。

荆轲左手握着剑鞘，蜷于腰间，右手缓缓握住剑柄。

五指握拢的一瞬间，杀气陡盛！

冰冷的杀气贴着剑身的缝隙，自鞘中喷涌而出，直发出了嘶嘶的啸声。荆轲虚步屈身，整个人如绷紧的硬弓，尚在鞘中的长剑引而不发，杀气堆积缠绕，竟如一座巨大的雪堆。

姜明鬼手里提着杜花井的金凤扁口剑，不远不近地站着，似笑非笑地看着他。

那剑鞘中的杀气啸叫渐渐停止，四下一片死寂。荆轲双目死死盯着姜明鬼，瞳孔缩小如针。他的身子伏得更低，整个人——肌肉、骨骼，在这一瞬间似乎都缩紧了，便连堆积身旁的杀气，也突然向体内急速收回，便如那雪堆下出现了一个深不见底的空洞，转眼间将雪堆吃了个干净。

原本神采飞扬的荆轲，一瞬间竟显得黯淡，苍老。

那正是平命家搏命的绝技"玉山倾碎"，先将自己周身的杀气放出，再尽数吞噬，在身体中压缩之后，于接下来的对战中，以最集中、最尖锐的方式一口气使出来。

"好一招食气之术，我今日才算见到了。"姜明鬼深吸一口气，说道。

"最后一次机会。"荆轲嘶声道，"你能否放过燕丹？"他的右手握着剑柄，不可遏抑地抖动着，仿佛那里囚禁着一头恶龙，张牙舞爪，已近破鞘而出。

姜明鬼看着他的手，微笑道："不行。"

荆轲绝望的脸上，闪过一丝怒色。

——他的杀气，正来源于愤怒！

"咔"的一声，他的剑鞘裂开，一瞬间光华夺目，直取姜明鬼胸膛。

——荆轲终于出剑！

荆轲七岁时，第一次恨上了一个人。

他本是卫国人，家中清贫，和母亲相依为命，一年之中，只有冬祭之时，可从村中分得一块猪肉。母亲将那肉再分成两块，大块挂在梁上，留待日后再吃；小块便蒸得酥烂，当日给荆轲解馋。

母亲做的蒸肉，白肉晶莹剔透，红肉饱满多汁，一口咬下，齿颊留香。再配上刚出锅的面饼，蘸一点粗盐与梅酱，更是好吃得令人不忍咽下，却又迫不及待地想要尽快吞入肚中。

即便这样的蒸肉只有一碗，荆轲母子还是没有办法独享。村里的无赖乌七，知道冬祭之后大家都会吃肉，便挨家挨户地讨食索要。荆轲家的肉香一飘出来，他就推门进院，一手提着一小捆柴枝，一手提着一把明晃晃的柴刀，叫道："大娘，俺给你家送柴来了！你家吃什么呢，这么香！"

一面说，他一面在堂屋里把柴放下，又从怀里掏出一个碗来，用柴刀一敲，当当作响道："俺打了一天柴，又累又饿，给俺吃点呗？别跟俺客气，俺自己盛。"

嘴里说着，他已走进厨房，掀开锅盖，对着那将熟未熟的蒸肉，切下一大半，也不顾烫，就那么站着塞入口中，嚼上几下咽了，抹嘴出来又道："我见你家柴火还有，这捆柴还是看看别人家用不用救急。"

说着他又拎着柴，去下一家吃肉了。

那时荆轲眼睁睁看着他满嘴油光，厚颜无耻，心里气得只想将他杀死。

之后荆轲机缘巧合，成为平命家门徒，终于学了杀人的本领，到九岁时，在乌七来他家抢肉时，他手持一根木头镐把，砸得乌七抱头鼠窜。可是在那一瞬间，他却忽然觉得，此等无赖，实在不值得自己以命换命。

后来荆轲又恨上了村中里长李槐，因为他收了别人的彩礼，便将和荆轲青梅竹马的女孩嫁到了几十里外。荆轲数日跟在李槐身后，有几次机会可以杀他，最终却只是用镰刀划破了他后腰的衣裳，便即离去。因为荆轲觉得，自己也没有必要和这样一个贪慕钱财的老者同归于尽。

——当一个人足够强大的时候，实际上有许多人，是不值得一恨的。

于是，荆轲一直在等一个值得他恨、值得他杀的人，出现在他面前。

燕丹在旁观战，又惊又喜。

他曾见过荆轲击败杜花井，可那一次，强弱悬殊，荆轲甚至不曾拔剑。

这一次乍见荆轲出剑，只觉此人出剑之快，快得不合常理，似是才一拔剑，剑尖便到了姜明鬼的胸前。

——中了！

燕丹看见，荆轲一剑已刺入姜明鬼的胸膛。

——所谓姜明鬼，也不过如此。

可是旋即，他看见姜明鬼起手一剑，反向荆轲刺去。

燕丹大骇，不料姜明鬼一上手就是这么同归于尽的打法。却见荆轲似是早有准备，手中长剑斜挑，向一旁闪开半步。姜明鬼扬起手臂，腋下衣襟霍然裂开，露出一道长长的口子。

原来方才千钧一发之际，这人终究是闪避了一下，令那一剑只是自他腋下穿过，刺破了披在身上的杜花井的衣服。

"平命同归，我就在好奇，你怎么会用一柄不称手的长剑。"姜明鬼笑道。

燕丹一愣，仔细看时，果见荆轲所持并非长剑。

荆轲的剑鞘极长，远超常人的佩剑。因此他拔剑时，别人才会以为那是一柄长剑。但其实那剑剑身极短，白刃森森，细如鱼肠，居然不过一尺上下。

荆轲用一支长鞘，收纳一柄短剑，拔剑的瞬间，剑身迅速离鞘，所需动作极小，这才令他接下来的突刺，快如闪电。

一击不中，荆轲面上的愤色更浓，短剑上突地升起一道白茫茫的气刃。

"这是剑气，还是杀气？"姜明鬼神色一凛。

"都是。"荆轲咬牙道。

剑气一吐，遽然间暴涨七尺，三十年的杀气倾泻而出。

剑鞘极长，而剑身极短。

剑身极短，但气刃极长！

"嚓"的一声，气刃斜肩铲背，斩中姜明鬼的胸膛。

可是姜明鬼一个旋身，却似随着剑气，翻了个筋斗，令那一剑未能斩实。

他的身法实在怪异，像是极为笨拙，偏又极其神妙，身体似是没有骨头一般，前仰后合、左摇右摆，每每在绝不可能的时机、匪夷所思的角度上，闪避开来。荆轲两剑看似命中了他，但都没能伤他分毫。

荆轲舞动短剑，气刃如龙，张牙舞爪，驭龙而行，直攫姜明鬼。

一剑、二剑，剑剑不离姜明鬼要害！

灰蝶飞舞，姜明鬼身上所着长袍，尽数化为碎片。

剑气纵横，姜明鬼手中紧握金凤扁口剑，且战且退。

从上一次负于嬴政到现在，已过了六年。这六年里姜明鬼浪迹江湖，其实又变了许多。

第一章 红酥手　27

六年前的那一晚，他与嬴政相斗于咸阳的馆驿之中。不唯眼睁睁看着他又爱又恨的女子石青豹死于眼前，就连代表着墨家传承的小取城石印，也因此失去了。

何为对，何为错？何为爱，何为恨？姜明鬼那好不容易才重新树起的信念，再度崩溃。逃出秦国之后，他失魂落魄，不能回小取城，便唯有四处流浪。而在这漫长的流浪中，他四处碰壁，上下求索，不知不觉，已不再年轻。

心灰意懒，不敢再碰家国大事，他索性化身为惩恶扬善的鬼，只在民间游荡。欺男霸女、仗势欺人……这些小事，尚可断言曲直，一旦遇上，便拔刀相助，绝不容情。开始时，他毫无节制地使用承字诀的古木之力，之后有一天，一场大战之后，他周身浴血，忽然感到厌倦，再也不想去承担什么，于是又顿悟出一种新的身法。

那新身法，糅合了墨家承、解、破三字精髓，能将一切命中他的攻击全都导走、卸开。过去，他号称肩担天下，面对一切伤害，全凭一身承受，硬碰硬地不退半步。但现在，他的心也千疮百孔，人也似支离破碎，一切来自外界的攻势落在他的身上，便如清水流过筛子，毫不费力地穿了过去。

于是那些刺在他胸前的刀剑，便被莫名地导至他的背后；落在他肩上的斧钺，又在一瞬间被卸到了他的脚下。

用多了那鬼魅一般的身法，他的身体变得更为松散，行走坐卧，似是随时会如烂泥一般摊开。不着于外物，一般的剑，岂能伤他分毫！

——可是荆轲的剑，也绝非寻常！

荆轲剑法凶猛，每一剑都有将自己燃烧殆尽的气势，平生的怒意、杀气，尽情宣泄而出，一剑更比一剑快，一剑更比一剑猛。短剑上的气刃，不知不觉已延伸至一丈三尺，惨白蜿蜒，令人毛骨悚然。

杀气森森，其寒透骨，姜明鬼且战且退，虽然身法诡异，连受数剑而不伤，却渐渐感到吃力。

荆轲的杀气，来自于他三十年来的愤怒与不甘。

不甘于贫寒，愤怒于不公；不甘于卑微，愤怒于强梁；不甘于孤独，愤怒于奢华；不甘于辛劳，愤怒于贪婪；不甘于痛苦，愤怒于富贵；不甘于平凡，愤怒于名利；不甘于忍耐，愤怒于暴戾；不甘于失败，愤怒于幸运……

荆轲的气刃，在没有伤到皮肉的情况下，已令姜明鬼的身形渐渐僵滞。

仿佛荆轲的那些愤怒与不甘，一剑剑挥出之后，便堆积到姜明鬼的身上，令他感同身受，压得他喘不上气来。

——第八剑！

随着杀气宣泄，荆轲原本灰败的脸渐渐有了血色。

到第七剑时，已红光满面，如同大醉。

到第八剑时，更是整张脸都肿胀开来，红亮得吓人，似是皮下的血液正在沸腾，令他原本棱角分明的五官都模糊了。

照这样的态势来看，荆轲的剑法，不应超出十一剑。

第八剑，杀气中满是悔恨，几乎将姜明鬼拦腰斩断。

——则第十一剑，姜明鬼接得下来吗？

——第九剑！

荆轲剑势成圆，一剑刺中姜明鬼的小腹，可是姜明鬼向旁侧身，整个人竟似齐腰而断，上半截身子蓦地平移半尺。荆轲气刃平削，追进不放。姜明鬼上半身索性一歪，没骨头似的摔了下去。上面躲过荆轲的追击，下面左手触地，连同双脚支撑，一弹而起，如同活虾一般，跳在半空，头上脚下，右手的金凤扁口剑拼命在背后一挡。

他曾有过两件兵器。最早的墨家器盒包罗万象，机关百出，能将一切汹涌而来的攻势消弭于身前三尺，可惜早已毁弃在韩国；之后他又借用秦王的六合长剑横扫邯郸，威震百家，之后却归还了原主。

如今他并没有一件固定的兵器，反正他久经训练，什么兵器一旦上手，便都可以用得有模有样。因此常常是抢了一件合手的，顺手用上几天，丢了、坏了，便临时再换。反正天下恶人众多，他随时都可能与之动手，取之用之。

便如这一回，他先是以一柄生锈的铜剑杀了杜花井，然后抢下金风扁口剑一路杀上山来。

"叮"，荆轲的第十剑削出，正中姜明鬼的后背，气刃中的嫉恨长达一丈七尺。

姜明鬼躲无可躲，唯有以剑相隔，挡住了这一击，金风剑一断为二。上半截剑身倒飞而起，自姜明鬼头上划过，登时将他本就松散的发髻彻底划开，乱发披下。

杀气散逸，荆轲目流血泪，一双眸子明亮欲燃。

第二章

断弦琴

第十一剑！

——气刃炽白如焰，天地变色。

这是玉石俱焚的一剑，气刃中怅然遗恨，愤愤难平。

与此同时，姜明鬼身侧，突又同时响起剑鸣之声。

荆轲之前使出的十剑，竟在这一瞬间，又与第十一剑产生感应，凭空而生，交织成一张恨意滔天的巨网。

荆轲双目泪血，整个人迅速干瘪下去。

前十剑中在他体内不断沸腾、不断膨胀的气血，竟似全都随着这一剑的挥出、这一网的现形，宣泄而去。

油尽灯枯，摇摇欲坠，他再没有挥出第十二剑的余力。

平命同归，这便是他身为平命家的剑客，与这世界同归于尽的办法。

看到这样的剑光，一瞬间，姜明鬼也不禁心生死志。

——活着有什么趣味？

被人利用，被人辜负，被人欺骗，被人误会，被人伤害，被人憎恨……十二年来，他以一腔赤诚去爱世人，爱亲友，爱仇敌，爱天下，换来的却只是一身的伤痕。

——若这样死了，便不必辛苦了吧？

有那么一瞬间，他几乎要引颈就戮，成全这惊天动地的一剑，也成全荆轲对这世界的愤怒。

但，如果只是愤怒的话，姜明鬼又怎会输给别人？

遮天巨网中，姜明鬼两眼蓦然变得乌黑，不见一点眼白，他开口长啸，怒号如啼，忽然迈步向前，竟是笔直地迎向剑网中心，荆轲的第十一剑。

——鬼！

——他已成鬼！

杀气激扬，血光飞溅。

满山桃花，纷落如雨。

一只断手高高飞起——手中，还握着一柄短剑。

荆轲脸色惨白，手掩断腕。姜明鬼乱发飞扬，肩上黑袍也终于裂开了一片。

"你怕了！"姜明鬼仰天大笑，面目狰狞，"最后一剑，你怕了！"他扬起手中断剑，金风剑上一道血痕蜿蜒而下，"那一剑，你没有真的想和我同归于尽。"

荆轲身子一震，抬起头来，惨白的脸上两行血泪触目惊心。

"当啷"一声，姜明鬼将金风剑随手抛落，剑身反射光华，更显得剑刃上的一道血痕狰厉可怖。他漆黑的双眼望着荆轲，眼仁收缩，重新露出眼白，道："三十年的杀气虽然澎湃浩荡，但它们早已不纯了！"

姜明鬼不禁又想起自己曾面对的一剑。

那时他挟持韩王，身处深宫。一名平命家的杀手远道而来，向他挥出一剑，几乎将韩王宫一削为二。而那杀手一招不中，当场力竭而亡——那一剑之威，令姜明鬼全然不敢正面相抗。

"我……"荆轲喃喃道，"我不该等那么久……"

方才那一瞬间，他一剑向下，姜明鬼一剑向上。他剑网收束，姜明鬼躲无可躲，必中十一剑，他自己也难逃姜明鬼一剑。但姜明鬼身法怪异，中十一剑也未必即死；而他精疲力竭，门户大开，中姜明鬼一剑，只怕必死。

他因此有两个选择：将自己最后一丝生机榨出，令姜明鬼中剑而死的可能性稍多一线；或临时收招，留下一点余力，躲避姜明鬼那一剑，同时也令姜明鬼平添几分脱身的机会。

可看到姜明鬼那如厉鬼一般，不顾一切地冲来的气势——

电光石火，他终是选择了第二条路。

第十一剑仓促收尾，原本毫无破绽的剑网因此掀起一角。不料堤溃蚁穴，这一角一掀，那十一剑登时形同虚设。

姜明鬼不仅脱身而出，一剑追击，更斩断了他握剑的右手。

"人活得越久，越难轻言生死。"姜明鬼叹道。那厉鬼般的杀气渐渐消散，他整个人又懒散起来，"平命家，本是穷苦人为求一个公道，以下犯上、以命换命的学派。可惜你却再也不是一无所有的奴隶，而是衣食无忧的剑客，燕丹座上的贵宾——你早已没有用自己的一条命，换别人一条命的勇气了。不过珍惜自己的生命，其实也挺好的。"

荆轲微微闭眼，两行清泪滑落，冲刷血泪，一片殷红。

——惜命。

那其实是他自己一直以来的担忧：他没有杀无赖乌七，没有杀恶霸李槐，没有杀名侠盖聂，没有杀贪官高罗……嫌弃这些人的命不值一换时，在他心里，其实已将自己的命，看得比那些人重了。

何其荒谬，他的武器只有自己的命，可他的命却变成了不能出鞘之剑！

一直以来，他都在努力掩饰，不断聚集杀气，希望到了真正需要以命换命的时候，能一鼓作气，顺势克服心魔。可真到决断时刻，怯懦还是战胜了他的决心。

二人决斗，兔起鹘落，令人目不暇接。燕丹在旁观看，眼见荆轲大占上风，又忽然断腕落败，早已惊得目瞪口呆，这时反应过来，连忙大喝道："不要放走姜明鬼！"

周遭侍卫轰然领命，立时向前拥来，长枪利剑，将姜明鬼包围其间。

姜明鬼刚扔了金风剑，此时环顾四周，丝毫不见畏惧，只向荆轲笑道："荆兄，现在你怎么说？"

荆轲摇了摇头，慢慢向后退去。身后的燕国侍卫眼见他大话炎炎，却狼狈落败，对他更为不屑，让开一个口子，让他来到了燕丹身旁。

"荆先生……"燕丹道。

还不等他多说什么，荆轲忽地一个踉跄，身子向前一扑，"呛"的一声，仅余一手，却已将燕丹腰间的佩剑抽出，手起剑落，向这燕国太子的左手砍去。

事起突然，燕丹还不及反应，断手已然落地。

周遭侍卫大惊，纷纷怒喝道："荆轲，你敢谋刺太子？"

荆轲手一扬，剑指燕丹，逼住了前来救驾的侍卫，对姜明鬼喝道："姜明鬼，我一只手、太子一只手，那女子的两只手我们还给你了！"

——他剑伤太子，竟是为了此事？

燕丹痛得几欲晕倒，摔倒在地，一瞬间汗透重衣，涕泪横流。姜明鬼见他狼狈，反倒沉下脸来，道："荆兄一定要救他？"

"知遇之恩，宾主之谊，我不能看着你杀他。"荆轲伤重之下，身子摇摇欲坠。

姜明鬼望向燕丹，只见那太子面无血色，体若筛糠，不由得新仇旧恨一起涌上心头，道："那我就留太子一只手。但请太子记得，你的断腕之痛，那歌女受了两倍。你日后尚有一手可用，那歌女却再也无法用手。"

一言已毕，他再也不愿见那视人命如草芥的王室中人，转身便走。

一介布衣，何其猖狂！周遭侍卫待要阻拦，却让他举手投足间打得东倒西歪，杀开一条通道，纵马而去。众人目瞪口呆，眼见竟没有一人受伤，方知姜明鬼行有余力，荆轲之前不让旁人动手，真是照顾了他们。

这边荆轲再也支撑不住，撒手扔剑，跪倒于地，叫道："太子恕罪！"

那遭断手的歌妓，名叫鲤女。

她前一天才被燕国太子召去献艺，抚琴轻歌，大受赞赏，虽未能侍寝，却也得了不菲的赏赐；可第二天一早，便有一伙人闯入鹿馆，声称受了太子之命，要将她的双手斩下，作为礼物送人。

她吓得魂飞魄散，待要逃走，已被那两名宦者一左一右地抓住了。

"嘘——"又有一名高冠男子笑道，"不要哭。"

他微笑着，声音轻柔，却带着理所当然的残忍。鲤女一瞬间浑身发抖，喉头发哽，连呼救都忘了，一句话都说不出。

旋即一阵剧痛袭来，她又怕又痛，昏了过去。

昏昏沉沉，噩梦连连，一时如烈火焚身，一时如寒冰刺骨。不知过了多久，她才悠悠醒来，睁开双眼，只觉身体沉重，头痛欲裂，头顶上是一排木椽，全然陌生。

稍稍一动，身子还没坐起，双腕便钻心般疼痛。

鲤女一惊坐起，激动之下，以"手"撑了一下身下竹榻，腕上更疼得让人死去活来。举手一看，只见两只手腕上缠满了药布，果然已没有了手掌。

"我……我的手？"鲤女悲呼一声，差点又要晕倒。眼见屋外阳光明亮，她挣扎着从榻上站起，双腿发软，跌跌撞撞地扑到门外。

日正当中，天地间一片白亮，屋外是一个巨大的场院，场院上许多人正埋头劳作：编筐打谷，织布做活……各自忙碌。可是仔细看这些人时，他们或是拄拐，或是束袖，不是断腿，便是残臂，尽为残缺之人。

听见鲤女的声音，这些人一个个抬起头来，向她注目。

其中又有目盲、鼻剜之人，奇形怪状，把一个个黑乎乎的孔洞转向她，说不出的恐怖。

鲤女只觉天旋地转，眼前一黑，终于又昏倒了。

这一回再醒过来，又不知过了多久，鲤女睁开眼，见面前立了两个人。

其中一个二十七八岁年纪，又高又瘦，穿一身黑袍，满面悒悒之色；另一人穿一身白袍，戴了一副木刻的面具，不见本来面貌，只在面具上刻着一副笑脸。

"姑娘，"那黑袍之人拱手道，"你醒了？"

"我……我的手……"鲤女头晕目眩，拼命又想坐起。

"我赶到之时，姑娘已然遇害。"那黑袍男子怕她又动着伤处，俯身将她轻轻扶起，道，"你的手为恶徒斩落，我能做的，唯有将凶手杀死，并令背后主谋付出代价。但你的手确已无法再续，尚请姑娘节哀。"

鲤女倒抽一口冷气，只觉自己身在噩梦之中，怎么也醒不过来。

"姜公子为了给你讨回公道，已将燕丹太子和手下高手得罪了一遍。堂堂大燕太子，也因此被他砍断一只手。"那脸上戴面具的人突然开口道，"这世上受人欺凌折磨，肢体不全的人实在太多了，能像你这样报了仇的，已是天大的幸运。"

"这……算幸运吗？"鲤女悲愤交加，举起一双断臂，哭道，"这样的幸运，你要不要？"

——只是因为这双手还算好看，太子就将它们斩落送人。

——即便再怎么报了仇，她的手也回不来了。

"幸运啊，我要啊。"那戴面具的人微微一笑，稍稍挑开自己的面具。

他那木制的面具上雕刻着一副笑脸，虽然精美，但到底僵硬呆板，透着诡谲。这时他在下颌处，轻轻一挑，把那面具掀开一半，将自己的大半张脸露在鲤女面前。

一瞬间，鲤女猛地打个寒战，连心脏都似停止了跳动。

那张脸狰狞可怖，扭曲变形，显然曾受过极重的伤，如今看来直如厉鬼。那面具人见她变色，咯咯一笑，又将面具放下，道："我若是早些遇上姜公子，请他帮我复仇，而不是让我那家主醉酒而死，真是什么代价都愿意付出。"

而在这一瞬间，鲤女更已看见，这人的"手"自袖中伸出，却是一柄森森细剑。

细剑缚在光秃秃的手腕上，如同树桩上长出的一截新枝。

——原来他也是没了手的。

"这位丑三师兄，是此地'支离家'首领节先生的大弟子。"那黑袍男子道，"于治疗肉刑之伤最有心得。你先好好休养，待伤好之后，也可以在此久住。和大家一起学个一技之长，纺织耕种，总能过了这一生。"

鲤女头脑之中乱哄哄的，望着他一时什么也说不出来，只是泪如雨下。

"姑娘莫哭，你是觉得自己少了双手，已是残废了吗？"那戴面具的丑三将面具恢复原位，笑吟吟地道。在见过他那如厉鬼般的面容之后，竟连那雕刻而出的笑容也多了几分生动，令人稍觉心安。

"其实，在这世上，什么样的人是健全的，什么样的人又是残废的，真的有定论吗？"丑三笑道，"舜帝生来重瞳，则天下所有目中只有一个瞳仁的人，是否都是残缺的？孔子自幼额头凹陷，则天下所有额头平整之人，是否也都是畸形的？五指之人，生来便比六指之人少了一根指头，那和四指之人又有什么区别，不一样是残缺的？"

百家之中，有一家最为悲惨的，名为支离家。

世人百态，常有残缺之人。他们有的生来畸形，自小被当作不祥之人，受尽白眼；更多的，则是因受伤、受刑，惨遭断手断脚、割鼻剜目。他们生活不便，离群索居，许多人早早地贫病交加，一命呜呼，却也有一些坚持活下来，成立了支离家。

支离家的创始人，名为支离疏，尝为道家庄周所见，大加赞赏。他驼背瘸足、窝颈蜷手，天生奇丑，却能以替人缝衣而自足、筛谷而养家。他组织残缺之人互相救助，初时只是苟延残喘，以失目之人驮负断足之人，一起走动，以断臂之人教导聋哑之人，一起耕作，令这些"废人"居有屋、食有粟，自食其力之余，减少了与外人的接触，免去许多欺辱。

而慢慢地，他们也终于有了自己的学说，对"残疾"一事，重新定义。

世人以为的残疾，往往是肢体少于常人。可这世上，常有怪胎出生之时便有六指、长尾、裂唇、多睾，则与他们相比，"常人"不也是少了些肢体？

若这世间的所有人，其实都是残缺之人，则支离家的"残废"，又有什么可悲的呢？

那丑三谈及支离家的学说，三言两语便颠倒是非，混淆了"残""全"之意。鲤女虽在悲痛之中，一时也听得呆住了。

"正是如此。"那黑袍男子见丑三吓到了她，连忙在旁补充道，"世人只道肢体残缺便是残疾，可有的人，心中丝毫不知'爱人'，天生冷酷无情，又何尝不是一种残疾？"

他声音低沉，似有无尽的疲惫，而那一双眼望着鲤女时，却满是温柔。

鲤女望着他，只觉极为眼熟，一时却想不起来。那黑袍男子见她神色，已知其意，道："在下姜明鬼，我在鹿馆中听过你弹琴。"

鲤女仔细分辨，道："你……你是窗子里的那位……"

她果然是见过这人的。在她被断手之前，这人其实已在鹿馆住了四五日。鹿馆之所以取名为"鹿"，乃是效仿商纣王的"鹿台"，令男男女女纵情声色。在那一派酒池肉林的淫靡风光之中，这人极不起眼，却又极为扎眼——他常常一个人坐在自己的房间里，从窗口看着馆中醉生梦死的男男女女，脸色阴沉，目光冰冷。

他看似极为孤独，又极为愤怒，极为厌倦，又极为渴望，也因此在暗中，一直被妓馆中人视为异类。

"是你……救了我？"鲤女喃喃道。

"我救不了任何人。"姜明鬼看着她的手，摇头道。

这些年来，姜明鬼越发觉得，乱世之中，一个人的力量实在太单薄了。

他总在追着秦军奔走。

秦军灭魏，他在大梁城外，焚表以祭；秦军灭楚，他就在郢都外，酾酒临江。他半生困顿，东奔西走，始终不能救下一城一地，一事无成。而就这么追着秦军席卷天下，目睹一场场国破家亡，他心如刀割，却已不敢阻止，只将这日复一日的痛苦与耻辱，当成对自己的惩罚。

惩罚他的天真，惩罚他竟想以一人之力，救一城、救一国。

惩罚他的轻信，惩罚他信仇敌，信亲友，信自己。

惩罚他的冒进，惩罚他的脆弱……

——惩罚他，曾经那么轻易地"爱人"。

一个个不眠之夜，姜明鬼眺望秦军大营，仿佛看见夜空中，嬴政冷峻的面容浮于群星之间，如鹰隼般锋利、讥诮的目光正向他望来。

韩、赵、魏、楚……秦军甲车所向，攻无不克，山东六国，仅余其二。而接下来齐国强大，征途遥远，秦国兵锋所指，必是燕国。姜明鬼提早来到武阳城，正是要在燕国灭亡之前，再在春艳坡上，想一想自己这荒唐的一生。

只是当他来到武阳城，远远望见春艳坡那名胜之处，漫山桃花，烈火焚霞，却突然心生厌倦。虽然早已到了，他却不曾上山，只取道入城，在城中最大的妓馆暂住——也因此错过了与荆轲的相遇。

鹿馆里，举目望去，尽是你侬我侬，缠绵缱绻。

可姜明鬼仍找不到"爱"。

他出身墨家，讲究兼爱天下，可对兼爱到底是什么，却越来越感到迷惑。他试过等量齐观地爱每一个人，无论男女，都不多也不少；他也试过用尽全力爱每一个人，无论好恶，都不做丝毫保留。可换来的无不是一城破、一国灭，所爱之人死在自己的怀中，尸身渐渐冷去。

他有许多怨恨、许多不甘，可在他再度找到"爱人"的正确方法之前，似乎什么都做不了。

——所以，他变成了"鬼"！

不讲"爱"，只讲"恨"，他不知道什么是"兼爱"，可他知道什么不是"兼爱"。

对于那些不兼爱的人和事，他一剑出鞘，再不容情！

他甚至想在妓馆中，探寻兼爱之道。

意乱情迷之人，翻云覆雨之地。男客固然朝秦暮楚，而接客的女子迎来送往，也对每一位恩客雨露均沾。那些前一晚还在同枕而眠的爱侣，第二日看到对方身边换了山盟海誓之人，也能一笑置之。

——如此多情却又如此无情，他们是兼爱的吗？

男子兼爱每一个自己相中的女人，女人兼爱每一个付得起钱的男子。只要他们凑成了一对，那么这一天、这一夜，他们便赤裸相见，毫无保留地将自己的身体交托出去。

可姜明鬼认为，那，是不对的。

——这样的兼爱，无法解答他心中的困惑。

他透过窗户看着馆内来来去去的人，冷眼旁观，日渐灰心，前夜一场大醉，噩梦连连，竟如深陷泥潭，无法自拔。直至那杜先生一剑断琴，其杀伐之音铿然及远，才将他骤然唤醒。

姜明鬼修习墨家承字诀的本领，既想"肩担天下"，则监察四方的能力自然也远胜常人。鲤女被杜先生行刑之时，若非被吓得不曾出声，只怕他早已发觉。这时一惊而醒，感应杀气，立时确认伤人之处乃是在他上一层楼，偏西的第四个房间。他一时不及绕路，索性撞破楼板，连破数壁，用最快的速度赶到了。

他不能救一国，不能救一城……但每逢路见不平，仍会忍不住拔剑。

——只可惜这一次,他又迟了。

"你……你为什么要救我?"鲤女哽咽道。

"人生无奈,"姜明鬼叹道,"谁又知道那么多为什么呢?"

鲤女伤重之余,身体极为衰弱,说了几句话后又失去了知觉。丑三指导弟子为她换了一回药,又撬开她的牙关,灌入一点肉汤。见她仍然未醒,两人便轻轻退了出来。

他们这时所在之处,乃是武阳城外的一处孤村。

支离家的成员多数无家无业,留在城中,往往又受人欺凌,因此索性在城外开辟了一片荒田,建成一片村落,有七八十名支离家弟子,无论男女、不分老少地聚居于此。因为成员多数行动不便,是以围着一座打谷场盖了十几处泥屋草舍,整个村落形同磨盘,由此命名。

平素里大家都在村中劳作,各有分工,颇能自给自足。唯有需要采买售卖之时,才由最为健全机灵的几人进城交易。

乱世兵争,姜明鬼四处流浪,几年前来春艳坡悼怀之时,也曾护送一批外地的支离家弟子来此避难,因此与这位丑三相识。丑三本是武阳城中的一名家奴,在看护小主人时,失手将小主人摔在地上,磕破了额角的油皮,于是被家主砍去双手,毁去容貌,扔出门去。

重伤濒死之际,他幸为支离家此地的首领支离节所救。支离节见他颇有天资,不仅将他收在身旁,更将自己的一身本事都传给了他。

"鲤女受此重伤,丑兄也能将她救活。支离家的医术,果然独树一帜。"姜明鬼道。

昨日登上春艳坡之前,他先将鲤女藏于暗处,对伤势略做处理,下山之后,确定无人追击,这才带着鲤女来到此地。鲤女已是奄奄一息，恰逢支离节闭关著述，不能见客，因此由丑三为她敷药治伤。鲤女昏迷一日一夜，终于保住了性命。

"别人是久病成医，我们支离家是伤多成医。"丑三笑道，"只要战争不断，酷刑不减，早晚有一天，我支离家弟子的数量会超过所有学派，我们治疗断肢、流血的本领，也能超过医家。"

他说的虽是得意之事，但内里情由，却沾满血泪。

姜明鬼心中唏嘘，又走了两步，方站定身形，远远地望着鲤女所在的草庐，低声道："鲤女姑娘之后的日子，也要继续麻烦丑兄了。"

"姜公子对我们支离家帮助良多，如今鲤女姑娘双臂俱残，本身便是自己人了。我们不救她，又有谁来救她？"那丑三微笑道，"过两个月待她的伤势好了，我为她亲自做上一副木手，戴上之后，保管生活起居都不受影响。到时候我再帮她找一个老实本分的兄弟成亲，他们生儿育女，养家糊口，也是一辈子。"

姜明鬼叹道："如此便最好了。"

对他而言，鲤女实在是一个完全意外的人。在鹿馆暂住时，他每日都会看到鲤女弹琴。那女子本是馆中当红之人，每晚都会在馆中的琴台之上抚琴一曲，然后由鸨母引入房中陪客。虽然弹的常是靡靡之音，姜明鬼却也看得出，她的琴艺不错。

但他对这女子的印象，仅此而已。

昨日早晨，他为杀气惊醒，拔剑救人，也只是因为不平。

他可以为她杀掉杜花井，重创太子丹，但萍水相逢，他能为这女子做的，终究不多。

"姜公子莫要客气，只要接下来度过心死之痛，她便是我们的姐妹了。"丑三笑道。

"什么是心死之痛？"姜明鬼一愣。

丑三自觉失口，一时颇为犹豫，良久方道："未知姜公子以为，我支离家治伤救人，救活的胜算有多少？"

"妙术灵药，十个人中救活六七个总是不难的。"姜明鬼沉吟道。

丑三摇头苦笑道："姜公子想得太过简单了。我们支离家虽然擅治血肉之伤，可最后真救活的，十个里不过一二人而已。"

"怎么会这么少？"姜明鬼大吃一惊。

"姜公子觉得，鲤女姑娘断手之后，最危险的变化会是什么？"

"伤势恶化？有金创败血之症？"姜明鬼猜测道。

"有我支离家的灵药在，她手上的伤已不会再生变故。"丑三摇头道，"但身伤易治，心伤难医，如此年轻貌美的女子，若因此灰心丧气，自断生机，那我便是用上神农之术、不死之药，又有什么用呢？"

"所以，你是说支离家救人，最大的难题其实是，获救之人因身体残疾而自暴自弃？"姜明鬼恍然道。

"那便是心死之痛。"丑三微微颔首，笑脸的面具之下，一双眼中满是悲凉之色，"比割肉剔骨更痛，比漆面吞炭更痛——支离家救的许多人，其实是在伤势稳定之后，突然又莫名恶化，一命呜呼。我们初时还以为是用药不足，后来发现，其实是经过七八天的治疗，他们伤势好转后，发现自己处处不便，再也不复健全，这才没了活着的念想，因此不饮不食，迅速死去。"

姜明鬼满心焦虑，问道："那要如何免于此痛？"

"此痛断不能免。"丑三道，"遽变加身，生死颠倒。残废之人必须经过这一痛，方能自心死之中，获得继续活下去的力量。"他低笑一声，道："不过，我们是可以通过支离家的学说，帮她开解这心中剧痛的。"

"你们的开解，能有几成把握？"姜明鬼心中不安，追问道。

"一个如花似玉的女子，好端端地被砍断双手，必然极为沮丧，想要开解，难上加难。"丑三叹道，"我来开解鲤女，约有三分胜算。若请爹爹出关，或有七八分的胜算。只是……"丑三的眼中，现出忧虑之色，道："只是爹爹近年来思虑太深，我担心他的开解对鲤女来说过于深奥，反而效果不佳。"

支离家历代首领，皆取"支离"为姓。而门下弟子，又往往将首领称为"爹爹"，取亲如父子、相依为命之意。这一代的首领支离节闭关著述，连为鲤女治伤都未被惊动，如今鲤女伤势无虞，丑三反而有了请他出关的打算，可见重视。

一瞬间，姜明鬼忽感疲惫，似是十几年来的重重挫败，忽然一起压上肩头。

——原来鲤女的死活，仍存疑问。

他过去因救一城而误一国，因救一国而误天下，事后每每想起，锥心刺血，后悔莫及，以致他数年间根本不敢奢谈兼爱天下。

——但现在，他真的连一个人也救不了了吗？

"既然这样，我也想想办法吧。"姜明鬼道，声音冰冷，再也不带一点感情。

武阳城内，鹿馆之中，一片肃杀。

堂堂太子遭人断手，自是朝野震动，武阳城全城戒备，搜捕姜明鬼，便连城外春艳坡上的赏花踏青也遭禁止。鹿馆因是鲤女出身之地，自然也被封锁。

往日燕语莺歌、脂酒飘香之地，如今大门紧闭，鸦雀无声，倍感凄清。

黄昏时分，姜明鬼逾墙而入，轻轻跳进鹿馆。

武阳城画影图形，对他自是毫无作用。早在城外背人之处，他屏息挺身，周身骨节"咔咔"一响，整个人便长高数寸，肩阔三分。

与此同时，周身血肉缩紧，令他两颊深陷，额角峥嵘，双目之中精光闪烁，形貌与平时迥然不同。

这正是墨家承字诀的秘技"古木之力"。一力运起，直令人身如古木，力大无穷。而姜明鬼数遭打击，将古木之力提升为"不周之力"，不仅威力大增，更延长了运功的时间。若非与人交战，维持数个时辰亦非难事，甚至还可以呼吸谈话，实在是他匿形易容的独特本领。

如此穿城而入，进入鹿馆，他才轻轻吐息，变回平日那懒洋洋的模样。

昨日在磨盘村中，丑三说起残疾之人的心伤难愈，姜明鬼既然知晓，便难以坐视不管全都推给支离家。如何令鲤女接受自己的断手之厄，在治好臂伤的同时重拾求生之欲？姜明鬼想来想去，恐怕要着落在鹿馆之中。

心病尚需心药医，他首先要弄明白的，便是鲤女的出身、好恶以及家中父母，然后从她的过往之中，找到战胜心伤的生机。

他因此冒险重返武阳城。鹿馆，这城中最大的妓馆，乃是一座恢宏的院落：东面、南面各是一幢木楼，东首二层、南首三层。西面却是一片池塘水榭，院落正中，有一棵古树，树下又有一座三尺高、九尺宽的歌台。此时院中一片死寂，全无往日的繁华，唯有晚风吹过，木楼上未关好的窗户开合摇曳，发出嘎吱吱的声响。

夕阳余晖之中，歌台之上，正有一人委顿于地，生死不知。

姜明鬼轻步而上，只见那人身材臃肿，穿一身艳红大绿的衣裙，披头散发，仰面向天，脸上浓妆艳抹，却早被泪水涂开，弄得五色斑斓。妆容之下的她，皮肤松弛，两鬓斑白，显然已过中年，胸口上下起伏，总算尚有呼吸。

"虎夫人。"姜明鬼认出她来，开口道。

那女子遭逢大变,心哀若死,之前在这歌台上大哭一场,正精疲力竭,自怨自艾,忽然听见姜明鬼的声音,身子一震,猛地睁开眼来,惊道:"姜公子?"她一骨碌爬起来,向左右张望,低声道:"你怎么回来了?"

这人正是鹿馆中的鸨母,因其强势豪爽而得了个"花虎"之名,熟悉的人见面便叫她一声"虎夫人"。姜明鬼在此逗留数日,特立独行,不曾多言,却显得神气不凡。虎夫人经营妓馆,迎送既多,见识便广,虽知他每日只是斗酒箪食,鹿馆从他身上实在赚不到什么钱,但也颇高看一眼,明里暗里多有照顾。

姜明鬼道:"是燕丹查封了鹿馆吗?"

鹿馆平日里每到此时,已是歌舞升平,客似云来,今日不仅没有客人,连馆中歌妓都消失不见,显然大受影响。虎夫人怒道:"还不是你干的好事!在咱们这儿杀了人,又跑去春艳坡上伤了太子,鹿馆如何还能置身事外?昨日连客人带姑娘,几十人全被抓去用刑。幸好有东家庇护,这才暂且放了我们几个出来。东家他们还在四处奔走,让我在此看家……可依我看来,鹿馆这一次只怕是要完了!"

"他们砍下了鲤女的两只手。"姜明鬼道。

"用得着你说?"虎夫人冷笑道,"是我将那三人引到鲤女门前的,他们要干什么我不知道?他们拿了太子的令信,莫说还给了我赎金,便是不给,我们一介平民,如何去抗命?"

"她年纪轻轻就断了双手,你如何忍心?"

"她死了,我自然念她的好,将她好好安葬;她活着,我们可都要跟着倒霉!"虎夫人指了指空荡荡的鹿馆,叫道,"你救了她,结果便是我们全都犯罪连坐。"

"可她没有错,你不能说是她连累了你们!"姜明鬼低喝道,"是燕丹来砍她的手,是燕丹欺人太甚!总不能因为恶人太有权势,好人便连反抗都是错的!"

他厉声指责,虎夫人愣了一下,忽然哑然失笑。

"她的手,她的手……她断了两只手,可是,那又有什么奇怪的?"虎夫人笑道,"这本就是她的用处啊!"

她笑得理所当然,姜明鬼也不由得一愣。

"人活在这世上,到底是凭什么呢?"虎夫人悠悠道,"凭的,就是一个'有用'。"

百家之中,有一家名为"大用家"。

这一家的学说认为,人生在世,最重要的,便是对别人"有用"。父母要对子女有抚养之用,子女要对父母有孝敬之用,成年之人要有养家糊口之用,黄发小儿要有绕膝承欢之用,君王要有顺天治民之用,子民要有服役纳税之用,男人要有耕种征战之用,女人要有生儿育女之用。

"而鲤女,她有什么用?"虎夫人森然道,"对于她的母亲来说,卖了她得了钱,便可以让她的弟弟不致饿死;对我来说,安排她抚琴陪客,便可以财源滚滚;对客人来说,能够一亲芳泽,与她同床共枕,纵享美人滋味;而对太子来说,她的一双手,价值连城。卖身、接客、抚琴、断手……这些都是她的'用',也是她活到前两日的原因。若没有这些'用',她早饿死街头,所以当这些'用',真的被用掉的时候,又有什么可抱怨的呢?"

"她再不抱怨,就要死了。"姜明鬼怒道。

"那就让她去死啊!"虎夫人恶狠狠地道,"一个人的用处被用完的时候,本就该去死了!这样活着的时候,他对别人有用;死的时候,他在这世上再无牵挂。他的一生,都被别人期待和尊重,直到死后,也会不断被怀念和感恩——这样多好!"

她理直气壮地说起一个人的死亡,竟是斩钉截铁,毫不犹豫。

姜明鬼只觉怒气上涌，几乎要一拳打了出去。

可是想到鲤女的苦难，他终究还是强忍下来，道："我不与你争论什么有用、无用，我只是告诉你，鲤女现在还活着。她被我藏在一处安全所在，为防她自暴自弃，我专程回来找你们。你们更熟悉她，知晓她的好恶，我想知道，怎样才能让她不那么难过。"

"若鲤女就在昨天死了，便是在她最美丽、最有用的时候死去了。"虎夫人冷冷地道，"我会感激她，鹿馆的所有姑娘都会感激她，客人们会惋惜她，便连燕丹太子、荆轲先生也都会感激她。可你偏偏救了她，让她作为一个'没用'的人活了下去。现在倒怕她难过了？可她的难过，全都是你带给她的。"

这句话，如同锥心一剑，直令姜明鬼身子一震，一时说不出话来。

"你们男人要称王称霸、建功立业，最后是我们女人遭了殃！"虎夫人见他无言以对，言语越发尖锐，冷笑道，"你们要打仗，我们便成了孤女寡妇；你们要享乐，我们变成了娼妓歌女；你们想讨好客人，便要砍下鲤女的双手；而你要行侠仗义，鲤女便得痛不欲生地活着。你们把我叫作'花虎'，可我收留鲤女，好生供养她，在此事之前，真把她当女儿一般疼爱，照顾得无微不至。我比你们，对她好多了！

"可鹿馆不是只有她——我们有那么多姑娘要在这里过日子。太子如天，我们如蚁，他想要鲤女的手，我怎么能说出个'不'字？外面打仗打得快要疯了，难道真让我为了一个鲤女，把大家都推进火坑？我这一辈子的用处，就是经营鹿馆，保护这些孩子。我没有你们那么多仁义道德，若是必须牺牲鲤女一个才能救下大家，我绝不做半点犹豫，便是五花大绑，也要将她送出去！"

她一口气将胸中的愤懑宣泄而出，一时之间竟有些快慰。

字字句句，如同箭矢攒射而至。姜明鬼脸色惨白，已被逼入绝境。

"我去找燕丹。"沉默良久,他突然沉声道,"我欠你们的,我去把人救回来。"

"你去救人?"虎夫人本来见他悔恨,正自得意,这时却被他的反应吓了一跳,旋即又像听到什么笑话似的,笑了起来,"可你怎么救人?杀了太子吗?杀了太子,你能灭了燕国吗?灭了燕国,你能改了天下吗?我们这些女人,你能保护一辈子吗?世道就是这样,我们不去抵抗,还有可能苟活,越是挣扎,却越是死得快些。我求求你别管我们的事,让我们自己去疏通求情,是死是活,我们也认了。"

她说得声色俱厉,无疑更刺中了姜明鬼的痛处。

"那么,是我冒昧了。"姜明鬼长叹一声,转身欲走。

他的背影萧瑟,一瞬间竟像是老了几十岁。虎夫人骂了他良久,将几日来的恶气尽数吐出,这时见他可怜,忽又有些不忍,叫道:"你说,鲤女还活着?"

姜明鬼停下脚步,微微点头,道:"还活着。"

"在这乱世之中,活着是多了不起的事吗?"虎夫人冷笑道。

"乱世之中,人命如草。"姜明鬼想了想,道,"可对于一棵草来说,再平凡、再卑贱,性命也只有一次,折了、断了,只要没死,便也要活着。"

"说得好听!"虎夫人冷笑,一咬牙,索性说道,"鲤女本是魏国人,她的父亲曾任高官,后来魏国国灭,他也殉国而死。鲤女和母亲带着弟弟逃难出来,投奔了燕国的远亲。可是母亲年高、弟弟尚幼,亲戚家也并不富裕,她因此才自卖自身,来到武阳城为妓。她容貌不俗,又知书达理,精通琴艺,在我这里很快便有了名气,因一双手在琴上飞舞之时,如白鲤戏浪,而得名鲤女。"

她望向姜明鬼,道:"所以,你没办法让她不难过。家道中落,卖身求活，弹琴已是她在这世上唯一快乐、骄傲的事。可现在她却双手俱断，再也无法碰琴了。"

姜明鬼心头一沉，这无疑是他最担心的情况。

在鹿馆听琴的那些日子，他也看得出，这鲤女琴艺不俗，更是在弹琴之时，光彩照人。

若她真的这么喜欢弹琴，若她已将弹琴当成了唯一乐事，那双手俱断对她的打击，只怕比一般人要沉重得多。

"那么……这天下有没有可以不用手弹琴的方法？"姜明鬼问道。

"怎么可能会有！"虎夫人怒道，眼珠一转，忽又笑道，"或者，你去问武阳城中琴艺最高的人呀！"

武阳城中琴艺最高的人，叫作高渐离。

距离鹿馆东七里有一片碧水，名为琴湖。夜晚时分，圆月悬空，映得湖面如一方明镜，岸边桃杏花树，笼烟罩雾，朦胧虚幻。而在这样的夜色中，铮铮琮琮的琴音和着少女的欢笑，在湖面上传出很远。

湖旁一座水榭，灯火通明，一个男子身披红衣，盘膝抚琴，远远望去，红衣鲜艳如血。而在他身边，数名女子青纱蒙面，婉转作舞，直如花妖山鬼，美得令人心生恐怖。

百家之中，有一家名为"续弦家"。他们本是周天子的乐师，以礼乐之音，布天子恩泽。可是春秋以来，礼崩乐坏，诸侯僭越。天子失去了代天行事的威仪，这些乐师也流落民间，饥寒交迫之余，痛感人心不古。

以琴喻人，他们认为世人的心弦已断，因此雅音难现，而他们作为天子乐师，注定要为人间重续断弦，令所有人迷途知返，执礼而行，顺天地之诚，达神明之德。

数百年来，他们的琴音不断变化，于触动人心一道日益精纯。而在燕国，续弦家的传人便是高渐离。

高渐离的祖上本是燕国上卿，燕易王时，燕国为赵国所灭，后来虽经复国，高家却已在朝中失势，之后几经起伏，终于沦为布衣之身。时运既去，更兼坐吃山空，到了高渐离这一代，不仅人丁稀薄，便连吃饭都难了起来。

但是，这一切更显出了高渐离的传奇。

据虎夫人介绍，高渐离天生一对灵耳，三岁时辨识五音，从不出错。七岁时琴艺初成，一曲弹罢，直可令百鸟同和，成为武阳城内人人皆知的琴师。他容貌秀美，琴艺高超，因此广受欢迎，每每出入公卿府邸、乐坊妓馆，或演技，或传艺，也算名利双收。直到他二十岁，偶然接触续弦家的学说，才知琴道竟可用于人心，就此沉迷起来。

传说中，他的琴音曾令妻子狂舞不休，最后力竭而死；又令父母一睡不醒，从此与世长辞。他家破人亡，愈发放浪形骸，再也不愿过那循规蹈矩的日子。

在这远离人群的碧水琴湖畔，高渐离筑庐而居，每日白天睡觉，夜晚弹琴。他不事生产，但许多武阳城中的少女却会在禁夜之际偷偷溜出家门，来此听琴，为他送酒送肉留金赠银。

而其中最大胆的人，甚至会来到他的水榭中，与他共度春宵。

子夜时分，姜明鬼来到此处。

白沙小道，两旁芳草如茵，他一步踏入水榭灯光所及的范围。琴音铮铮，香影摇曳，水榭中人且歌且舞，似是根本没有人注意到他。

他们如此欢乐，无忧无虑，姜明鬼远远地看见，心中羡慕的同时，更生出虚妄之感。

琴声铿然有力，在一众女子婉转的歌声中，如同一个威武男子，披发而舞。他筋肉虬结，孔武雄壮；他目似明灯，凛然生威；他穿梭于一众女子中间，像自远古洪荒中蹿出的一头猛兽，用咆哮回应着每个女子的歌声，用滚烫的气息令每个女子甘愿雌伏。

那是一曲男欢女爱的战歌，饱含人间最为原始却又最为真实的喜悦。

姜明鬼心有所感，不由得停下脚步，远远望着水榭中直似梦境里的人影，不知不觉，已是痴了。

可是盛极而衰，乐极生悲，那激昂的战歌忽而转为低沉。

似是沧海桑田，物是人非，似是盛极而衰，乐极生悲，曲中的男子虽然还在咆哮奋战，那些女子已一一远去。她们的歌声依然缱绻，却渐渐断开了与琴音的应和，便如生离、死别、梦醒、花谢，虽痛断肝肠，但什么也无法改变。

所有的快乐，忽然都变作了痛苦；所有的获得，忽然都变成了失去；所有的爱人，忽然都变得陌生；所有的希望，忽然都变成了绝望。

姜明鬼泪流满面，只觉人生之苦，无穷无尽，而所有努力，全都不堪一击。

在那曲中男子的悲鸣声中，巨大的沮丧和疲惫逐渐淹没了姜明鬼的身体。一瞬间天地皆空，万物无常，姜明鬼仰天长叹，累得只想要躺下来，一动不动。

但在这样令人绝望的疲惫之中，一个女子凭空自薄雾中出现。她似御风而行，来到姜明鬼的面前，那白玉一般的手指轻轻触到他的胸口，再向前一伸，整只手掌便钻入他的胸膛。

"姜明鬼……姜明鬼……"

她的手，在他的心中搅动，她的声音，在姜明鬼的耳畔轻轻回荡。

——这女子是谁？

她的脸上有不谙世事的倔强，又有经多见广的狡黠，有未经人事的清纯，有笃信盲从的愚昧，又有运筹帷幄的智慧，有扶弱济贫的美好，又有背信弃义的恶毒……姜明鬼睁大眼睛，直直地望着她藏在薄雾中的脸。

麦离、绿玉络、石青豹、罗蚕……他生命中的每一个女子，他欠她的，可是他也恨她。他不能复仇，可他又忘不了她。姜明鬼的身体发软，懒洋洋的没有一丝力气，一时间只想这样望着她，爱着她，直到自己死去，尸体腐烂，天荒地老。

姜明鬼突然伸手，一把握住了女子的手腕。

冰肌玉骨，堪堪一握，他用力一推，将那女子的手从自己的胸膛中拔了出来。

鲜血飞溅，心弦崩断，一瞬间，他几乎就要后悔自己的逞强。

那女子轻声呼痛，却挣脱不得。琴音骤变，薄雾散去，周遭事物都清晰起来，原来那女子的脸上也戴着一层薄薄的青纱，正是水榭中的女子之一。

青纱之下，那女子虽然也看得出面容姣好，却已不足以令他失魂落魄。她之前趁姜明鬼恍惚之际，以手按住他的心口，配合琴音，令他心动，这时大梦既醒，她便再也没有那样的魔力了。

"得罪。"姜明鬼轻声道，放开了女子，声音嘶哑。

他青面，黑目，身如铁石，那女子捧着手腕，已被他吓坏了，这时一经脱身，连忙躲到一边。旁边的小路原来还有好几名她的伙伴，都藏身在花树之后，一个个青纱覆面，身段窈窕。见她回来，立时聚到一起，拉手执袖，关切示意，才说了几句，又似说到什么不得了的好笑之事，闹成了一团。

姜明鬼杀气腾腾，随手抹去脸上泪痕，几步走到水榭之中。

那红衣男子轻轻按住琴弦，余响顿歇。灯光下，他红衣半褪，长发披肩，脸白如纸，唇红欲滴，眉毛淡得几乎不见，一双眸子却精光四射，隐隐泛着碧色。

他身上带着腐朽与疯狂的气息，令人望之心悸。

"你明明已被我的靡靡之音所惑，竟又能在瞬间挣脱——你是什么人？"

商朝末年，有乐师为纣王作邪曲，纣王听后，恹恹困倦，愈发荒淫。武王伐纣时，那乐师投濮水而死，自此水中常有乐声传出，令鱼不游，鸟不飞，游人忘归，是为靡靡之音。之后卫灵公夜宿于此，使琴师默录其谱，而致流传于世，卫灵公自己也因沉迷酒色，终于亡国。

方才姜明鬼在琴音中，恹恹厌世，悲不自已，竟是这个原因。他实在没有想到，和鹿馆中那些歌妓弹奏的缠绵悱恻的琴音相比，这人所奏的男子悲歌对人意志的消磨，竟更为危险。

"我不是人，而是'鬼'。"姜明鬼森然道。

刚才意乱情迷为琴音所乘之际，他忽然清醒过来，便是因为，在那样熟悉的颓唐绝望之中，他那几乎与生俱来的墨家之心，忽又跳动起来。一股怒火更是凭空出现：他以"兼爱"待人，却四处碰壁，遍体鳞伤，那他自然该化身为监察万物之"鬼"，激浊扬清，捍卫大道。

——如此，方不负他"明鬼"之名。

他在那红衣男子面前大剌剌地坐下，一双眼如饿狼般盯着对方。那红衣男子眉头一皱，微微扬手，立刻有青纱女子疾步前来为姜明鬼斟了一盏酒。她皎白的手腕上一圈红痕，正是方才被姜明鬼抓过一次的女子。这时她递过酒来，瞪他一眼，却又有些娇羞，连忙躲到了一边。

姜明鬼将酒一饮而尽，忽然道："你的妻子、父母，为什么死了？"那红衣男子自然便是续弦家的高渐离。

眼见姜明鬼不问而坐，如此豪横，他的眼中不觉现出欣赏之色。忽听姜明鬼一开口就问及自己的往事，十分无礼，他却更为愉快，微微一笑，道："人生在世，哪有什么死活，不过是曲终人散而已。"

姜明鬼来到此地，本是要向高渐离讨一份不必用手的弹琴之法。可在听过高渐离的靡靡之音，见过那琴音中的幻象之后，他突然想到，续弦家的琴音对人心弦的撩拨，也许更能开解鲤女的死志。

只是在此之前，他也需要辨别出高渐离的善恶。

"传说中，你的妻子听了你的琴音，狂舞至死；你的父母听过你的琴音，与世长辞。他们都死了，但你还好端端地活着——人命关天，岂是你轻描淡写，便可敷衍过去的？"姜明鬼冷冷地道。

他追问不止，越发无礼。高渐离微微皱眉，信手弹奏几个低音，悠远动听，终于道："续弦家以为，每个人的一生或喜或悲，都可看作一首曲子。不过，多数人的心弦已断、琴体蒙尘，因此浑浑噩噩，虽生而犹死。但续弦家的琴音能为他们续起心弦，让他们奏出自己的心曲。我妻子刚烈无双，闻弦起舞，直至身为玉碎。我父母返璞归真，虽于梦中身故，却也心满意足。"

看了一眼姜明鬼，高渐离微笑道："所谓死亡，不过是他们顺应自己的心曲，怡然奏乐，当一曲终了时，他们的生命也刚好结束。我这般解释，公子是否满意？"

他仍是没说明父母妻子的死因，却又似解释得清清楚楚。姜明鬼沉吟一下，问道："可是你没有救他们——"

"我为什么要救他们？"高渐离摇头道，"评判一首好曲是否动人，从来不在于长短。若他们注定要弹奏的乃是一首殇歌，那我也不应该打断他们。"

第二章 断弦琴

"难道一个人的生命之曲，是一成不变的吗？"姜明鬼怒吼道，"殇歌难道不能转为战曲，悲歌难道不能转为欢笑吗？难道不是人活着便还有改变的机会吗？"

"看来你想救的人，"高渐离露出意味深长的笑容，"他自己很想死。"

姜明鬼一愣，不料高渐离竟从这一句话中，反推出鲤女此时的心境。

"武阳城中有一个人，与这些姑娘年岁相仿。"既被猜出目的，姜明鬼索性不再隐瞒，"她叫作鲤女。只是与眼下这些姑娘的燕语莺歌不同，她的遭遇悲惨，刚刚被人断了两手……"

话未说完，高渐离的脸色陡然一变，道："原来是你！"

姜明鬼昨日害得太子丹断掉一只手，引致满城戒备，搜捕于他，鹿馆因此被封，琴湖草庐其实也曾经过盘查。姜明鬼之前未报姓名，高渐离自是无从想起，此时提起那女子，再对应他的形貌，登时明白了姜明鬼的身份。

"你便是行刺太子的刺客？鲤女还活着？"高渐离问道。

"她还活着。"姜明鬼双目炯炯，道，"高先生原来也听过鲤女的名字。"

"她的琴艺很好，我去听过她的琴。"高渐离沉声道，"虽然不免被妓馆的俗气沾染，但仍然很好。可惜我见到她晚了，若在她初入鹿馆时便结识了她，也许能听到更好的琴音，她也可以学习我续弦家的琴艺。"

"但她现在不会再弹琴了。"姜明鬼恨道，反手一斩，作势切在自己的手腕上，道，"她的双手俱于腕上两寸之处被人斩断。她此生不仅不能弹琴，便连吃饭穿衣都很难了。"

"是太子所为？"高渐离问道。

"我已为她报仇。"姜明鬼傲然道。

"好！"高渐离挥指弹琴，呛然一声疾响，如同霹雳，叫道，"抚琴弄曲的卑贱之人，多谢公子为她讨还公道！"

"我虽救了她的人，却救不了她的心。"姜明鬼见他激愤，也不由得期冀，道，"她此时万念俱灰，一心求死，我因此来找高先生相助，想求一种不用双手也能抚琴的法子。"

高渐离微微皱眉，指尖轻颤，琴音如冰泉流出，极为缓慢滞涩。

"我没有这样的琴谱，我救不了她。"高渐离慢慢地道，"让她去死吧。"

姜明鬼身子一震，猛地握紧了拳。

"如此乱世，便是一个健全之人都难求幸福，何况一个残废？"高渐离双目一眨不眨地望着姜明鬼，道，"何况她是一个女子，何况她是一个歌妓。活着对她只剩痛苦，你若心存善念，便应让她有尊严地死去。"

"她还活着，我们岂可随便任她去死！"怒气汹涌，姜明鬼猛地站起，喝道，"你是续弦家的顶尖高手，当今天下琴艺最高之人。你的琴音动人魂魄，早已超出礼乐之用。要救鲤女，竟有这么难吗？"

"苟延残喘，又有什么意思？"高渐离冷笑道。

姜明鬼瞪视着他，两眼黑气萦绕。

——方才那一瞬间，他的心中一闪而过，竟真有放任鲤女自生自灭的犹豫。

可若那样，这世上的正义，是不是又输了一次？

他所信奉的兼爱之道，是不是再一次、又一次，无功而返？

"我救不了她！"高渐离忽然道，眼见姜明鬼呼吸浊重，胸膛起伏之际，整个人都一张一缩，似是有什么鬼物正从他体内复生一般，不由得暗暗心惊，连忙道，"但如果你真的想让她活下去，也不是没有办法。"

姜明鬼闻言，霍然抬头。

"可是你为什么一定要救她？"高渐离见他神情可怖，郑重地问道。

姜明鬼喘息着，稍有迟疑。这个问题丑三、虎夫人问起时，他都可以慷慨陈词地遮掩过去。现在高渐离也问起，他却必须认真作答。

"我……害死过很多人。"姜明鬼涩声道，"我越想帮人，便越会害人；越想爱人，便越会伤人。我四处碰壁，不知所措，如今已是杀人多，救人少。但我不想连一个人都救不下来——鲤女，我既然救了她一次，便希望将她彻底救下来。"

"所以，你救她其实是为了自己。"高渐离目中精光一闪，一瞬间竟似刺透姜明鬼的心防，道，"她不能弹琴，便失去了活着的意义。你若不能救人，也便失去了活着的意义。"

姜明鬼沉默良久，身为"鬼"的杀气渐渐泄去，不住膨胀的身体慢慢恢复，终于道："是的。"

"可是好人难做，你想救她的话，其实唯有一个办法。"

"请讲。"姜明鬼道。

"你想让鲤女活，可你想过没有——人，其实从来没有单独地活着。"高渐离道，"所谓的'活'，不过是一个人在与其他人的交流之中，产生的喜怒哀乐而已。便如声音，也从来不曾单独存在，唯有风吹过竹林、雨打上荷叶、手指抚上琴弦，声音才会出现。"

他以琴音解释生命，颇为新奇，却也有理。

"所以，活着从来不是一个人的事。"高渐离道，"对鲤女而言，被人砍断双手，或许不足以令她死去，但她身体残疾，那以后她能见的唯有耳聋目瞎之人，要嫁的唯有背驼足跛之人，依靠的尽是穷困丑恶之人……这，才是令她心弦尽断、一心求死的缘故。"

续弦家揣度人心，果然不凡，姜明鬼心中激荡，道："所以，我应该将她带到全是健全之人的所在？"

高渐离微微摇头，道："周围全是健全之人，岂非更衬得她残缺丑陋无用？"

"那又该怎么办？"姜明鬼问道。

高渐离看着他，见他如此迟钝，一双浅碧色的眸子突然促狭地泛起一圈涟漪。

"作为琴师，她双手俱断，固然已不能弹琴，但琴有五音七弦，人有三魂七魄，作为女人，"高渐离道，"她本人仍可以作为琴而存在。"

他这话说得越发莫名，姜明鬼皱眉道："尚请明示。"

高渐离微微一笑，点手一招，立时有一名面覆青纱的少女越众而出，娇笑着向他走来。在姜明鬼的注视下，高渐离握住了她的手，轻轻一拉，那少女惊呼半声，半跌半扑，一下子摔进他的怀中。

高渐离盘膝而坐，那少女仰身躺在他的膝上，长颈修身，酥胸细腰，如同一架玲珑古琴。高渐离目中含笑，微微低头，与她四目相接，如胶似漆，一只手揽住她的脖颈，另一只手却探入那少女的衣内。

周围女子一阵吃吃窃笑，姜明鬼一愣，有一瞬间竟不知他是要干什么。

只见高渐离的手在那少女的衣下游走，轻拢慢捻，如奏名曲。那少女面色绯红，娇喘细细，双目一瞬不瞬地望着他，初时还咬着嘴唇，强忍着不发出声音，可随着高渐离的手越来越放肆，她也终于按捺不住。

"啊……"一声呻吟脱口而出，那女子的身体也猛地一抖。

而在这样的颤抖中，高渐离一只手将她抱在怀中，却如驾小舟、

第二章 断弦琴

驭巨浪,起伏跌宕,越战越勇。他的目光渐炽,单手的弹奏越来越快,那女子的呻吟之声也越来越急促。

"你……你这是做什么?"姜明鬼反应过来,不由得面红耳赤。

"天地交征之音,阴阳相合之道,鸟兽求偶之鸣,男女痴旷之调。"高渐离望着那女子,目中满是柔情蜜意,道,"我现在弹奏的,才是这天地间最本真、最动人的音乐,也是剥离了一切矫饰、一切虚文的,男子对女子的赞美。"

他的手法显然极为熟练,指尖每一按、每一拨,都令那女子的呻吟更为绵密滚烫——似哭泣、似欢笑,似愉悦、似痛苦,似乞求、似赞颂、似迷惑、似疯狂……那女子面上青纱一起一落,已给她的气息吹得几乎飞走。而她那一双妙目,这时瞪得圆圆的,空荡荡地盯着高渐离,似乎只是一池春水映着夜色,波光荡漾。

弹奏愈急,如雨打芭蕉,那女子的呻吟之声响遏行云,突然间整个身体高高耸起,又如玉山崩摧,骤然坠下。面上青纱歪在一旁,露出她半张俏脸,一张檀口张得大大的,却没有半点声音发出。

——虽然没有声音,但偏偏又令人觉得,仿佛听到了更加销魂蚀骨的欢啼。

高渐离也终于停下了手。

虽然只是单手弹奏,但这么一会儿,他已汗透重衣。那女子的身体,在他的膝上颤抖着,仿佛余韵未歇的琴弦,许久许久,才起死回生一般,发出一声悠长的叹息。

"能被这样弹奏的女子,谁能说她是残缺的?能发出这样琴音的古琴,谁能说它是无用的?"高渐离长长松了口气,抬起头来。

双目灼灼,他挑衅似的望着姜明鬼,道:"以鲤女为琴,你若能令她奏出这样的曲调,唱出这样的欢歌——她便不会死。"

第三章
支离人

姜明鬼离开了碧湖水榭，步履踉跄。

"鲤女要死，是因为她在这世上，丧父、离家、失贞、断手，已属无用之物，因此了无生趣。"高渐离的声音兀自回响在他耳边，"而对于一个女子来说，最直接的有用，其实便来自男子的爱。当一个男子越爱她，越是对她爱不释手，反复弹奏，越能证明她的美丽、她的有用。她是一段伤痕累累的梧桐古木，最后是作为柴火，烧水做饭，化为灰烬，还是终遇良人，为人弹响，成为一具婉转动人的古琴，全看你这好人的选择了。"

"为什么是我？"姜明鬼问道。

"爱她的男子越是出色，她感受到的赞美越是热烈。可鲤女是真的残废了，你能指望别的什么才子英雄突然爱她吗？你能指望那些猪狗一般的粗鄙男子，用他们的爱安慰到她吗？放眼所及，在这世上唯一可能去爱她、能救她的，只有你啊。"高渐离顿了顿，总结道，"你若能爱她，她便不是无用之人。她若不是无用之人，自然不会寻死。你若不能爱她，便任她去死吧。"

这人洞察人心，一字一句、一音一弦，似乎都落在姜明鬼的心尖。姜明鬼自非不知男女之事的人，可高渐离那般以女体奏乐，又以情欲动心的救人方式，还是太过匪夷所思，令人一时难以接受。

而听到他一声声"有用""无用"的剖析，姜明鬼才蓦然明白，虎夫人为他指路高渐离时为何笑容狡黠。

想来，那鸨母早已猜出高渐离为他想出的办法。

——难道这真的是姜明鬼救活鲤女的唯一办法？

这不免让人忧心忡忡。他在武阳城中寻了个背风处，勉强休息，等到第二日天明，城门大开，才买了些胭脂水粉、金簪玉镯，又混出城来，匆匆返回了磨盘村。

才一进村，丑三便匆匆迎来，道："姜公子，你可回来了。"

他昨日离开之前跟丑三约好，会在今日午时之前返回。届时看他是否能开解鲤女，再来定夺是否要请支离节出关。

"鲤女如何了？"姜明鬼问道。

"她又醒来一次，果然开始明白自己已是终身残疾，因此绝食绝水，一心求死。我已尽我所能开解过她，可惜收效甚微。再不解开心结，怕是撑不过今天晚上了。"丑三道，"你在城里，可有找到救她之法？"

"我给她买了些胭脂水粉。"姜明鬼沉吟了一下，道。

高渐离的主意实在太过离谱，他根本无能为力。勉强买些女子可能喜欢的东西，回来哄鲤女欢心，便是他现下唯一能做的了。

丑三愣了愣，不料姜明鬼郑重其事地出去了一日一夜，最后的主意却这么简单。

姜明鬼来到鲤女的房中，只见两名支离家的村妇，一盲一驼，正端了汤药，在鲤女的草铺前劝她喝下。鲤女躺在那里，双目无神，牙关紧闭，嘴唇上毫无血色，之前乌黑的长发如今干枯发黄，与杂草无异。

这一日一夜，她竟是比断臂之初的那一天，憔悴得更加厉害。

"鲤女，我去见了虎夫人。"姜明鬼伏下身来，在鲤女的耳畔低声道。

鲤女躺在那里，虽然睁着眼睛，却毫无反应。

"他们现在很不好。"姜明鬼道，"鹿馆已被查封，他们牺牲了你，但并没有被燕丹饶过。"

鲤女双目空洞，望着房顶一动不动。

"其实，我希望你能找到自己活着的意义。"姜明鬼道，"弹琴奏乐，不过是怡人雅兴。这世上不能弹琴的人，所在皆是，并不值得你放弃自己的性命。身残志坚，何事不能成就？昔者兵家孙膑，双腿俱废，不也建功立业？"

他努力说服鲤女，鲤女却似什么也听不进耳中。

"我还为你买了些胭脂水粉。"姜明鬼说着，将自己带回的包裹打开，一一为她展示，"这是齐国的水粉，魏国的金簪，秦国的……"

话没说完，旁边的丑三突然抢步而上，腕上短剑一挑，将他的包裹又合上了。

"姜公子，鲤女累了，我们让她休息吧。"

他一面说，一面硬架着姜明鬼离开草屋，来到外面的场院之中。

"姜公子，你是疯了吗？"丑三低喝道，隐隐带着怒意，"齐国的水粉、魏国的金簪，秦国的是什么？"他挥手一剑，将姜明鬼手中包裹划破，内里的首饰用品登时撒落，两枚玉镯，骨碌碌地滚开，"玉镯子？鲤女双腕俱断，你让她把镯子戴到哪儿去？"

姜明鬼这才反应过来，脸色一变，道："我……我糊涂了。"

丑三见他魂不守舍，终于叹了口气，道："姜公子以往智勇双全，我还以为你这一趟买来胭脂水粉，是能引出什么了不起的见识来劝解鲤女。现在看来，不过是死马当成活马医。"

姜明鬼叹道："我确实没有找到开解她的办法。"

"我也没办法了。"丑三把心一横，道，"那……还是请我们的爹爹出关吧！"

既已决定，丑三便去支离节闭关之处求见，并请姜明鬼跟随。

支离节闭关著述自然是极为重要的事，因鲤女之事被中途打断，只怕要责罚丑三，有姜明鬼在场，或许尚能避讳。姜明鬼满怀愧疚，紧紧跟着丑三离了场院，穿过一圈屋舍，来到了村外。

丑三左右一望，眼见再无他人，小声道："一会儿姜公子见到爹爹，莫要害怕。"

姜明鬼一愣，他几年前也曾见过支离节，虽只匆匆一晤，但也算得彼此敬重，怎会害怕？

"节先生宽厚待人，我当然不怕他。"姜明鬼说道。

丑三眼神闪烁，道："爹爹近两年研究'弃冗存真'之道，倾尽全力，已渐渐抛下一切。你见到他时，恐怕会有些意外。"

说话间，他们已来到一片树林前的枯井旁。

那枯井周围满是浮土杂草，显然平日鲜有人至。塌了半边的井栏上，搭着几块厚厚的木板，将井口整个盖住了。若非井栏之上装有一只巨大的辘轳，而辘轳上又垂下一根粗绳，几乎无法分辨出这里曾是一口井。

丑三在井旁蹲下，道："爹爹便在井下闭关。"他用腕上短剑敲击木板，连敲数下，对着板上缝隙喊道："爹爹！墨家姜明鬼公子带人来村中避难。他带来的朋友双手俱断，一心求死，我开解不成，想请爹爹出关相助。"

一语既毕，他便不再多言，以目示意，让姜明鬼注意那辘轳上垂下的粗绳。

那粗绳穿过井口的木板，深入井下，过了好一会儿，才突然一抖，似是传出信号。丑三松了口气，和姜明鬼一道将木板掀开，露出黑洞洞的井口，道："一会儿请姜公子帮爹爹出来。"

嘱咐完了，他便转动辘轳，将粗绳绞起。他双手残废，无法握住辘轳的木柄，便以手腕压住，交替用力，也慢慢地将辘轳转了一圈又一圈，硬生生自井中拉上一只竹筐。

竹筐自井口下的阴影中浮起，里面黑乎乎的一团物事，似是一人坐在那里，头上披着一块麻片，自然正是支离节。竹筐升至井口之上，姜明鬼上前一步，正待将这支离家首领扶下地来，突然看清了那人的样子，一瞬间只觉毛骨悚然，竟是呆住了。

之前所见的支离节，先天残疾，背弯颈斜，右耳贴在肩上，右手、右脚全都蜷曲如鸡爪，伸不直也用不上力。除此之外，他的肩膀很宽，五官粗豪，浓须乱发，即便残疾仍颇有威严之相，令人心生信赖。

但此时那竹筐中所坐之人，头发、胡子、眉毛、睫毛一根不剩。光秃秃的头上，几个黑洞洞的窟窿触目惊心，眼睛、鼻子、耳朵都被割去、剜走。

再向下看，他坐在筐中的身体备显瘦小，原来他右臂、双腿俱已不见。一个身子只剩了躯干与一条光秃秃的左臂。

姜明鬼伸出去的手僵在半空之中，被他的凄惨模样惊起一身战栗。

支离节虽然双耳被割，听力却在，微扬着头，笑道："姜公子呼吸大乱，是被老朽的样子吓着了吗？"

他开口时走风漏气，原来一口的牙齿也都被敲掉了。

姜明鬼深吸一口气，这才明白丑三之前的话，当即双手一沉，改扶为抱，将那残破不堪的人体抱出竹筐，问道："是谁将节先生伤成这样？"

"支离家与世无争，谁有那闲心来炮制我这样的废人？"支离节被姜明鬼抱在怀中，宛若婴孩，微笑道，"剜我目、削我鼻、割我耳、落我齿、断我手、砍我腿……的人，是我自己而已。"

这回答比为强仇折辱更令人震骇。姜明鬼皱眉道："节先生如此自残，所为何事？"

"自残吗？"支离节笑道，"我却不觉得是这样。我自断肢体，是为了抛下重负，不为这皮囊所拘，探寻真正的天地大道。姜公子若要可怜我，才是眼界小了。"

"何为不为皮囊所拘，愿闻其详。"姜明鬼道。

"我们支离家肢体不全，受尽世人白眼，因此一直以来都在探求残全之道，就是想告诉门下弟子，我们虽然命运多舛，身有残疾，但只须扬长避短，仍可过好这一生。"支离节听出姜明鬼虚心，微微笑道，没了牙齿的嘴巴一开一合，黑洞洞的仿佛深不见底，"不过三年前，我才突然发现，也许我们的残全之道，根本是反了的。在这世上，我们才是幸运的、健全的人，我们才该去同情那些四肢俱全、耳聪目明的残缺之人。"

"你所说的健全反而残缺，是指重瞳、六指之论？"姜明鬼看了一眼丑三，问道。

——先前，丑三开解鲤女，便是举了重瞳、六指的例子，说与之相比，所谓正常人都少了一瞳、一指，岂非也是残疾。

"那只是我们几年前用来开解弟子的说法。"支离节笑道，"现在想来，不过是自欺欺人罢了。我这两年所做的弃冗存真，却要深刻得多。须知五色令人目盲，五音令人耳聋，所谓的肢体健全、耳聪目明，也许不过是上天给我们套上的枷锁，反而令我们目不能视大道，耳不能听真音。数百年来，百家诸子殚精竭虑，上下求索，终究不能找到天地至道，不正是因为看得太多、听得太多、做得太多、想得太多了吗？因此，我自两年前开始，便慢慢将身上不重要的部分一一剔除，如今你所见的我，其实已是精简之后，更为纯粹的我。"

——原来这便是所谓"弃冗存真"！

虽然身躯残破，但他说到此处，志得意满，一张满是晦暗的脸上都放出光来。

"扑通"一声，却是丑三双膝一软，在旁跪下，叫道："爹爹大智大勇，义无反顾。可是……可是我们于心何忍……"

他之前提及支离节都难掩愁容，原来正是因了支离节此时的"纯粹"。

支离节笑道："丑三，你本该是最能理解我境界的弟子，怎可还以常人的眼光看我？"

"那节先生，已探知天地至道了吗？"姜明鬼问道。

"还差一点。"支离节叹道，"我如今仍未达到极致的精简，是因为我心中尚有犹豫。我虽刺瞎了双眼、割掉了双耳，却还保留了右耳的听力；我虽打落了满口的牙齿，却还留下了一条可以说话的舌头；我虽砍掉了自己的右手、双腿，但还留下了左手，用以写字、爬行……我仍然害怕，自己所学不够，却再也无法学习新知；亦怀有贪心，担心将来真有所成，却不能将自己心中所得说出来、写下来，传诸于世，所以还留下了太多冗余之物。"

说到此处，他微微一顿，黑洞洞的两个眼窟窿中，竟似流露出无尽的沮丧。

"不过，"他又振奋了一下，道，"即便只凭我现在的境界，也一定可以开解你那断了双手的朋友。"

虽不知支离节的开解是否可行，但既然暂无他法，姜明鬼便将这极度残缺的老者抱回了村中，丑三在旁跟随。一进入场院之中，支离家的人看到爹爹出关，不断有人上前问候。

支离节微笑着回应众弟子的关心，一张枯瘦可怖的脸，在阳光下也显得温和了许多。

来到鲤女所在的草屋，两名妇人向支离节见礼，支离节微微颔首，指挥姜明鬼将他放在鲤女身旁。他身体残缺，连坐都坐不稳，丑三跪伏于他身后，用自己的身子撑住了他。

支离节容貌之惨烈，便是鲤女心如死灰，也给惊得眼神闪烁。

"姑娘，你为什么就不想活了？"支离节问道。

鲤女沉默不语，但他们这一路行来，姜明鬼自是已向他解释了鲤女的遭遇。

"是因为你的双手，被人砍断了吗？"支离节微笑道，"人的一生，多有负累。名利是，恩仇是，便连肉身，其实也是。"他伸出仅有的左手，道："我们的肉身，其实有太多无用之物。人没有手可以活，没有腿可以活，没有眼睛可以活，没有毛发也可以活。想要看东西的话，只用一只眼睛也可以看；想要听东西的话，只用一只耳朵也可以听。没有牙，也饿不死；没有脚，用手也能爬；没有手，用嘴也可以做工书写……我们何必为多余的东西而患得患失呢？"

"可是……我们天生……就有双手……双腿……"鲤女终于道。

支离节说的话太过荒谬，令人不得不反驳。只是鲤女本就虚弱，兼之久不开口，一说话，声音沙哑得厉害。

可是她终于说话，却无疑是两天来最大的转机。

"天生的，便是对的吗？"支离节笑道，"人生下来时，目不能视，口不能言，手足无力，一毛不生……这个样子，到底是健全，还是残缺呢？"

鲤女眼中隐隐泛泪，却已哭不出来。

"你是被人砍断了手,殊不知我却是将自己'修剪'成了现在的模样。我的身体每残缺一分,我的心灵便健全一分;我能看到、听到的世界每少一分,我心中的天地便广大一分。姑娘,你双手断了,不能弹琴,但你这时想起,是不是觉得自己更想弹琴,对琴曲的理解更精深了呢?"

"我……"鲤女嘴唇颤抖,道,"我……不想弹琴……"

"所谓音乐,本应是在心中响起的天地玄妙之音。借助琴弦演奏于外、矫揉造作悦人以形,根本就是错的。双手既断,你再也不能弹琴,因此才会在悔恨与不甘中,发现自己真正想要演奏的曲子。你会因此听到心中更多的音乐,和这天地间更美的音乐。所以你不过是失去了几曲人人都听过的音乐,却因此获得了无尽的只有你听过的音乐——这,难道不是你的幸运吗?别人应该羡慕你啊!"

他的奇谈妙论令鲤女目瞪口呆,却怎么都觉得不对,良久方道:"你……你只是在骗我吧?"

支离节笑道:"我为何要欺骗姑娘呢?"

"哪有人会自残身体……"鲤女哽咽道,"你一定也是被坏人弄伤的……我不想要什么更美的音乐……我只觉现在行动不便、丑陋难看……而且伤口疼痛,令人时刻难安……"

"疼,不正因为我们还活着吗?"支离节道,"猪狗死后,即便油烹火煎,也不会觉得疼痛。我们还觉得疼,恰是因为我们还活着,越疼,越说明活着;越疼,我们活得越是清醒。"

他那仅存的左手,在自己的身上划过,道:"我的身体变成这样,全是自己所为,所谓不便、丑陋、疼痛,相较于探寻天地大道而言,又算得了什么?你若不信,我便在你面前再来为你演示吧!"

丑三在旁听见,吓得腿都软了,叫道:"爹爹,你如今再无半点多余的血肉,不能再折磨自己的身体了!"

支离节摇头道："谁说没有多余的血肉？除了活着所必需的心脏、头脑之外，我身上的口、舌、皮、肉、骨……其实全是无用的。只不过，我的心依然懦弱，所以还留着一只可以听见外物的耳朵，留着一条可以让自己活动的手臂——这些，其实都是我不够坚决，未能下定最后决心的表现。因为这样的犹豫，我已经几个月没有新的感悟了，即便在枯井中闭关，借外力令我隔绝一切，也再难收获。"

他空洞的眼窝望向鲤女，惨然笑道："我应该感谢姑娘，你推了我这一把，我正该继续前进。"

他的左手慢慢摸到自己右肋之下，道："婴孩出生，他的全身都是柔软的，因此可以快速长大，不断学习。但慢慢长大，骨头变硬，人也会固执起来，目光短浅。骨头便如牢房的囚栅，我将它们拆除，必可获得更大的自由。"

他的手指停住，道："不如现在，我就摘下一根肋骨。"

支离节的求道之法太过疯狂，姜明鬼心中不忍，待要劝阻，但支离节身为一派学说的领袖，舍身求道，外人又岂能妄加置喙。姜明鬼犹豫片刻，终是一言不发，默默走到草屋之外。

虽有支离节出关的大事影响，场院之上仍有许多支离家弟子兀自忙碌做工。姜明鬼来到场院一角，在一株桑树之下席地而坐。

桑树刚生新叶，嫩绿柔软，树下放着两只竹箕，里面铺着桑叶。桑叶上面星星点点，是几十只刚孵出的幼蚕，一个个又黑又瘦，低头进食。姜明鬼看着它们，只见它们狼吞虎咽，仿佛蚕叶便是天下间最好的美食，不由得哑然失笑。

离桑树不远有一方石磨，这时忽有一对男女走来。那男子双臂齐肘而断，肩上背着一个藤筐，筐内坐着一个女子。二人来到石磨旁，那男子微微低身，女子自筐中爬出，原来是没有了双脚。

那女子爬上石磨盘膝坐好，才帮那男子卸下藤筐，又自筐中提出一袋麦子，放在身边。那男子双臂俱断，就用肚子顶着磨杠，一圈圈地推起磨来。那女子坐在磨上，随磨旋转，一边转，一边不住地将麦子倒入磨眼，磨出面粉。

他们二人天残地缺，可是配合默契。男子在地上，走出一个大圈，女子坐在磨盘上，原地转个小圈。一内一外，一上一下，面粉簌簌涌出，二人一边劳作，一边闲聊，女子不时伸长手臂，为男子擦拭汗水，显是一对恩爱夫妻。

姜明鬼看着他们，忽觉一阵羡慕。

便在这时，草屋内传来一阵惊呼。丑三大叫道："爹爹，爹爹！"一群人已自草屋中冲出。有人抬着支离节，只见他周身抽搐，胸前鲜血淋漓，人事不省。

姜明鬼大吃一惊，几步追上丑三，问道："节先生怎么了？"

丑三双手不便，只能跟在一旁，这时被姜明鬼拉住，急得声音都变了，道："爹爹这两年，不停地重伤自己，身子实在太过虚弱。这回又想在鲤女面前拆下一根肋骨，结果突然血流不止，我们的药都没用了！"

他们一面说，一面不停地向前跑去，抬着支离节进了院子另一头的药庐之中。

姜明鬼跟了两步，颓然停下。

他只懂些医术皮毛，这么追去也帮不上什么忙，可是支离节既然失手，那么他对鲤女的开解，岂非又没用了？

有用，无用。

姜明鬼这两日，似乎尽是在和这两个词打交道。燕丹、荆轲、丑三、虎夫人、高渐离、支离节……他们每个人开口闭口，全都在得失算计，仿佛只消用算筹计数，便可决定一个人的生死。

他回过头来，慢慢走入鲤女所在的草庐，步履沉重，如有千钧。

刚才还叽叽喳喳的支离家众人都已离去,只剩鲤女还躺在草铺之上。

姜明鬼站在鲤女面前,一言不发地望着她。草庐中满是药味与血腥气,一片昏暗,只有门口处的阳光明亮,从他的背后照来,打出一条长长的影子,压在鲤女的身上。

鲤女气息奄奄,眼珠微抬,也漠然地望着姜明鬼。

姜明鬼面目背光,一片模糊,只有两只眼睛亮如星辰。

——事已至此,已没有人救得了她。

——再这样下去,她一定会死。

"鲤女姑娘,"姜明鬼终于开口,道,"我如何才能让你相信,你是一个有用之人?"

鲤女躺在那里,直似听到最可笑的笑话一般,慢慢咧开了嘴。

鹿馆的歌妓,都是相信虎夫人的"大用"之说的。唯其如此,她们才能在终日的卖笑生涯中,寻得一点心安。

鲤女目光涣散,咧着嘴,无声大笑。

正是因为她也相信"大用"之说,此刻无用之身的痛苦,才是如此清晰。

"他们说,我若爱你,便可证明你不是无用之人了。"姜明鬼慢慢地道,"我是墨家弟子姜明鬼。我们墨家讲求兼爱,爱敌人如同爱友人,爱仇人如同爱情人,爱路人如同爱家人,爱贤人如同爱小人。我若爱你,你真的会活下去吗?"

他突然说起墨家学说,便似刚才的支离节一般,夸夸其谈,迂腐无用。鲤女望着他,眼中渐渐有了一些焦点,昏昏沉沉地微笑着。

"不会的……"鲤女的声音低沉,几不可闻,"你不会爱我……"

"我爱残缺之人,如同爱健全之人。"姜明鬼却兀自道,"我爱姑娘,如同爱吾妻。"

他好似根本不知道自己在说什么,而只是在嘴硬。鲤女直笑得流出了眼泪，轻轻举起双手，越过那光秃秃的手腕，望着姜明鬼。

"我这样的怪物……你敢爱吗？"鲤女咬牙道。

姜明鬼上前一步，轻轻蹲下身来，单膝跪在鲤女身旁，亦道："我这样的怪物，你敢爱吗？"

他竟在学她说话，鲤女瞪视着他，一股怒火油然而生，只觉眼前之人虚伪至极，恨不得立刻将他那假面剥下。忽然她一伸臂，竟以断臂揽住姜明鬼的脖颈，道："好啊，你来爱我啊！"

伤口裂开，滚烫的鲜血洇透了包扎的布条，顺着姜明鬼的脖子，滴滴答答地淌了下来。

"好。"

姜明鬼半弯着腰，脸就伏在鲤女近前，双眼眨也不眨地盯着她的眼睛。

他竟仍不退缩，一味强撑，鲤女不禁又惊又怒。

"先生若不嫌弃……嫌弃我这残破之身……"鲤女冷笑道，"不如让我……让我就这样服侍先生……一回？"

姜明鬼的眼珠，似是颤动了一下，一颤之后，他仍死死地盯着她，道："好。"

然后他俯下身，解开了鲤女的衣带。

——只要一点。

——只要再加一点，这虚伪的墨家弟子便会退缩。

鲤女冷笑着，任他解开自己的衣裙，露出自己残破的、濒死的、毫无生机的身体。那具身体曾令无数男人趋之若鹜，但她知道，现在它一定丑陋肮脏得令人作呕。她的双眼恶狠狠地瞪视着姜明鬼，几乎燃尽了自己所有的生命，等待着这个人的崩溃与退缩。

但姜明鬼仍然注视着她的眼睛，道："你受了伤，就不要动了——

我会小心的。"

一面说,他已郑重地在鲤女身上伏了下来。他竟真的想要对她做些什么,鲤女骇然欲叫,直到最后一刻,仍在等待姜明鬼反悔……可是蓦然间,身下已传来一阵剧痛。干涩的身体直被那男子贯穿。

鲤女惨叫一声,眼前金星乱冒,几乎无法呼吸。好一会儿恢复视力,眼中慢慢浮现的,正是姜明鬼近在咫尺的一张脸。

那张脸如同木雕石刻,毫无表情。一双眼睛虽是望着她,却又似穿透了她的眼睛、她的头颅,望着她的身后。

一种前所未有的耻辱,一下子淹没了鲤女。虽然身在鹿馆,早非清白之身,但这时她仍不顾一切地用手臂抵住了姜明鬼,想要将他推开。

——她从未如此迫切地想要死去。

鲤女张大嘴巴,可这时却连叫都叫不出来了。她从未如此愤怒地痛恨一个男人,姜明鬼用一种远超燕丹的方式,只在这一瞬间,便成为鲤女在这世上最为厌恶的人。

可是姜明鬼不管。

在鲤女喷火的目光中,他一丝不苟地、小心翼翼地"爱"着她。

小心不碰到她的伤处,小心不令她感到更多的痛楚。姜明鬼沉默着伏在这个他全然不熟悉的女子的身体上。这个在两天前,他从未想过要打什么交道的歌妓。她虚弱得像是随时会死去,却气得两眼冒火,牙齿咬得咯咯直响。

所以,一切终究还是要走到这一步。

即使他早有预料,尽力避免,但到了最后,还是只能用上这个办法。

在姜明鬼的生命中,曾经出现过许多女人。

其中有两个,令他永生难忘。

第一个，将他当成种牛种马，与他交合，只是想生产出天生健康、聪慧的子嗣。

第二个，却如同一只发情母兽，用她的身体给姜明鬼带来巨大的愉悦，将他带出迷惘，却又将他推向更深的深渊。

——耻辱与绝望，悔恨与痛苦，狂乱与仇恨……

女人仿佛是他永远走不出的磨难——他与她们的每一次交合，都仿佛带着不祥与挫败。

而现在，是第三个！

——女人。

突然间，姜明鬼的眼中落下泪来。

麦离死在他的怀中，石青豹死在他的眼前……那些女子身上的血汩汩流淌，似是不息的河流，将他淹没。无论她们与他在一起时是怎样的心情，暗藏着怎样的目的，他都不愿她们死去，他都曾爱过她们，不愿她们长眠于地下。

"活下来。"他的身体颤抖，双目终于移到鲤女的脸上，他绝望地看着鲤女的眼睛，道，"活下来——嫁给我。"

泪水落在鲤女的脸上，滚烫如烧。原本羞愤欲死的女子猛地愣住了。那不可理喻、残忍无耻的男子，在这一刻痛哭流涕，竟似一个孩童，在乞求她一般。

——卑微地、不顾一切地乞求她。

——乞求她这残缺的、虚弱的、丑陋的、无用的……女人。

巨大的恨意宛如山崩一般轰然倒塌，碎成尘埃，鲤女紧绷的身体终于放松下来。

"唉……"

一声沙哑的琴音，终于在姜明鬼的身下，几不可闻地响起。

似是一根雪后枯枝，随时会被压断，他们的这次交合，匆匆结束。

鲤女明明早已流干了眼泪，这时却也眼角湿润。姜明鬼一言不发地为她整理好衣裙，又从旁端来支离家为她熬好的药。鲤女犹豫一下，问道："你为什么这样做？"

姜明鬼神色平静，道："因为我要救你。"

"你……为什么一定要救我……"鲤女怒道。

"你为什么一定要死？"姜明鬼反问道。

鲤女愣了一下，突然哽咽一声，张开口来，将他端到唇边的药喝了。

她出身鹿馆，早已绝了爱人之念。谁知这时自己残废了，却反而有一个如此男子，愿意为她拔剑刺王，不离不弃，不由得有虚幻之感。

姜明鬼服侍着她又吃了一些面汤，鲤女气色稍有好转。忽然脚步声响，丑三赶了回来，一进草庐，看鲤女正由姜明鬼喂食，不由得一愣，道："鲤女姑娘肯吃东西了？"

"也吃了药。"姜明鬼道，"我见节先生情势危急，你们忙不过来，便自作主张，将先前留下的药和饭都给她吃了。不会有错吧？"

"没有错！没有错！"丑三又惊又喜，连忙道，"都是对症之药、补血之食。鲤女姑娘肯吃，真是太好了！却不知姜公子如何开解她的？"

"我愿娶鲤女为妻，"姜明鬼看了一眼鲤女，道，"一生一世照顾她。"

之前鲤女听见丑三问话，忽感一阵阵心虚，一瞬间竟有些害怕，生怕姜明鬼出尔反尔。听得姜明鬼又在外人面前承诺此事，她才放下心来，不由羞得别过头去，失血苍白的脸上也浮起一层极淡的红晕。

二人的关系，竟在众人抢救支离节的短短时间内，有了这么大的变化，丑三惊疑不定，沉默半响，笑道："这原是抚慰一人最好的办法，我们都要为鲤女姑娘道喜了。"

鲤女靠在姜明鬼的怀中，勉力道："我这几日任性胡来，麻烦了先生……"

丑三把手一摆，腕上剑影飘摇，道："姑娘莫要客气。"

姜明鬼不愿多谈此事，问道："节先生现在如何？他的伤势不要紧吧？"

"血总算止住了。"丑三叹了口气，道："不过人却太过虚弱，昏迷不醒。我放心不下你们，因此回来看看。"

"是我们害了节先生。"姜明鬼道。

"天下残缺之人互助互爱，本就是我们支离家的愿望，救助鲤女姑娘一事义不容辞。而爹爹此番取骨失血，也是贯彻他的残全之道，与人无尤。只是现在看来，他那'弃冗存真'的学说仍有错漏。"

丑三喟然长叹，见鲤女度过了危机，眼下只需姜明鬼的照顾，便安顿姜明鬼在草庐中住下。他们二人已有夫妻之实，自然不再避讳。这一晚，姜明鬼为鲤女净面擦身，好言劝慰，鲤女的心安定下来，受伤以来，第一次安然睡去。

之后数日，姜明鬼对鲤女的照顾无微不至。鲤女伤势慢慢好转，双腕结痂，脸上也渐渐有了血色。他们二人此前并不熟悉，这时忽以夫妻相称，终日厮守，不免有些尴尬。鲤女既已将心中的死志宣泄了一回，自然不再求死，只是每每触及伤处，或有取用不便之时，又会消沉悲愤良久。

这几日来，支离家的人却来得越来越少。

除了每日有人送药、送饭之外，便连丑三，他们也只见过寥寥数次。药庐之中支离节的身体越来越糟,昏迷时多,苏醒时少,据说丑三等人想方设法,什么药都用了,却总不见好转。整个磨盘村因此笼罩了一层愁云。

这一日,天气晴好,鲤女精神不错,便由姜明鬼扶她到屋外透透气。

屋外的场院之上,处处都是支离家的男男女女在辛苦忙碌。他们行动不便,每日五六成的劳作都在这场院。扬谷舂米,晾鱼晒菜,织布编筐,洗衣酿酱……眼见众人虽然各有残缺,却都勤恳生活,有滋有味,鲤女的心境也开阔了不少。

二人坐在桑树下,姜明鬼拿了一把木梳为鲤女梳头。鲤女伤重体亏,一把把地掉头发,眼望地上枯发,又不禁落下泪来。

"没关系,你还年轻,将来我们出去,我帮你多采些草药调理,总能把身子养好。到时候,头发自然就重新长出来了。"姜明鬼一面为她梳头,一面安慰道。

"将来?"鲤女哽咽道。

虽然不愿多说,其中的悲愤却溢于言表。

姜明鬼听出她的沮丧,也不与她争辩。就在这时,忽听一阵惊呼,院落的另一边有一头犍牛冲了过来。

那牛刚从外面干活回来,背上还驮着小山似的一捆树枝柴火。牵牛之人带它来到场院东南角的柴房外,正要卸下柴火,忽然之间,它却似受了惊吓,哞哞长鸣声中挣脱缰绳,穿过了场院,向桑树冲来。

那牛本是支离家唯一的耕牛,劳作之外,平素极受宠爱,养得膘肥体壮。这时它发癫而来,直如一座肉山一般,狂奔之际,连大地都在颤动,气势惊人。场院上劳作的支离家弟子本就行动不便,这时匆匆避让,登时鸡飞狗跳,人仰马翻。

鲤女正坐在树下,突见这疯牛冲至,一对尖角如同利锥,一时吓得呆了。

姜明鬼面上青气一闪，挺身而起，双手一探，便握住了牛角。一身不周之力运起，咯咯声中，身子已硬得如同石柱，虽被犍牛推得双足在地上退滑数步，却硬生生将它抵住了。

"对不住！对不住！"那牵牛之人匆匆赶来，远远地叫道，"这牛不知怎么了，突然发疯，我拉也拉不回来……"

那是一个二十来岁的男子，四肢健全，眉清目秀，口舌便给，乃是支离家和外面人做生意时最为倚重的一名弟子。只是他天生没有脖子，一颗头颅结结实实地墩在肩上，两肩更是高过双耳。

犍牛在姜明鬼手上挣了几挣，动弹不得，渐渐安静下来。姜明鬼单手压住了它，一手在它的颈上摩挲。那犍牛噗噗喘息，左后腿不住抽搐，似是极为痛苦。姜明鬼注目一看，那里有一只红彤彤的蝎子，约莫一指大小。

那牵牛之人从地上捡起根柴火，将蝎子挑落，又几棒打得稀烂。有人连忙过来，为犍牛放血敷药。

"吓着姜公子了吧？"那牵牛之人道，"它是被蝎子叮疼了。"

姜明鬼看他一眼，摇了摇头，道："不妨事。"

鲤女在一旁吓得花容失色，姜明鬼将她扶起。鲤女将他重新打量一番，忍不住道："你……你的力气怎么这么大！"虽然曾听说姜明鬼如何如何刺杀燕丹、如何如何杀出武阳，但终究只是旁人所述，她并不真的知其厉害。直到此时姜明鬼在她眼前力扼奔牛，这才将她吓到了。

姜明鬼笑道："有我在，你什么都不用害怕。"

但姜明鬼的心中，已有了一些忧虑。

——这已是两天来，他们所遭遇的第三次袭击。

前天晚上，他们的草屋之中进了两条毒蛇，幸好姜明鬼及时发现；昨日午后，鲤女所服的汤药气味不对，幸好丑三在场，仔细检查，才发现其中混入了毒草。

毒蛇可能是偶然爬入，毒草可能是不慎混入，疯牛可能是刚巧碰上……但三者相加，却未免太巧了。

——所以，是燕丹派出的杀手，找到这里来了吗？

姜明鬼的视线扫过院中诸人，那牵牛之人正忙着将犍牛牵走；丑三正从支离节先生的药房中走出，神色匆匆；院中其他人，有的围拢过来，帮忙查看犍牛伤势，有的才从地上爬起，狼狈不堪……

周围似乎一切正常，但那杀手可能已潜伏其中。

他没有明刀明枪的本事，却似善于借力打力，以下毒、意外等手段杀人。目前来看，他的攻势不堪一击，但之后他的手段会不会越来越阴险？

正自沉吟，丑三赶了过来，道："姜公子，爹爹想要见你。"

姜明鬼一愣，这几日支离节身体虚弱，情形越来越糟，这时竟提出见他，他不由得心生不祥之感。可是，眼下那可能隐藏于暗中的杀手，又令人难以释怀。

他沉吟不语，丑三问道："姜公子，怎么了？"

姜明鬼带他走开几步，低声道："我怀疑燕丹已派杀手潜入了支离家。"

丑三一惊，问道："你确定吗？"

"十有八九。"姜明鬼沉声道，"前日的毒蛇与昨日的毒草恐非偶然。我这就去见节先生，但请丑三兄帮我照顾鲤女。"犹豫一下，他又道："我回来前，你千万莫要离开她。我回来后，会尽快带她离开，免得连累你们。"

丑三目光闪烁，道："姜公子放心！"

姜明鬼这才向鲤女略一示意，赶往支离节养伤的药庐。

第三章 支离人

当日支离节流血不止，被丑三等弟子送至支离家的药庐抢救，自此之后，便索性在此养伤。那药庐收藏药材，方便众弟子为支离节选药、煮药。只是数日来，支离节的身体仍是每况愈下，令人担忧。

姜明鬼走进药庐，只见支离节躺于一张草垫之上，旁边跪坐一名支离家弟子，随时侍奉。窗外的阳光照入，支离节本就消瘦的脸已干瘪如骷髅，黑洞洞的眼窝、鼻洞、嘴巴显得格外幽深。胸口起伏几乎微不可见，因为没有眼睛，姜明鬼甚至不能判断他是否醒着，唯有来到他的近前，轻声道："节先生，我来了。"

支离节的身子一动，呼吸猛地剧烈了一些，良久方颤声道："姜公子……"

这几日姜明鬼虽然每日都来探望他，但赶在支离节清醒的当口"见"到他，却还是第一次。那随侍的弟子帮支离节转动头颈，令他的脸朝向姜明鬼。眼见他气若游丝，姜明鬼连忙道："节先生找我有什么事吗？我能为先生做些什么？"

支离节咧开嘴巴，慢慢地笑道："听说姜公子……已救下了鲤女？"

姜明鬼苦笑了一下，道："我这一生，一事无成，如今娶鲤女为妻，用余生来照顾她，唯愿她再萌生机，早日忘了曾经的苦难。"

"若是人人都像姜公子这样，舍己为人……则天下残缺之人，就不会觉得悲苦了吧……"支离节叹道，说话渐多，精神似也好了一些，道，"我……没能帮上什么忙，十分愧疚。"

"节先生不要这样说，"姜明鬼道，"你舍身求道，我十分钦佩。"

"可惜……求而未成……"支离节道，"我快要死了……请姜公子尽快带鲤女……离开这里吧。"

"有丑三兄他们钻研医术，节先生的身体一定会康复的。"

"丑三？"支离节笑了笑，道，"我自己的身体，我知道……

自残肢体，便如毁坏一棵树木。今日折数枝，明日断一根……开始时可能没有什么，仍能自行痊愈，枝繁叶茂。但一旦超过界限，生机断绝，则剩下的根、剩下的枝叶，便回天乏术了……"

"节先生的弃冗之道，实在有些急了。"姜明鬼道。

"没办法……我必须为残缺之人，尽快找到一条出路。"支离节叹道，气息紊乱，"支离家过去只是收容天生残疾之人，但这些年来，战事越多，刑罚愈重，伤残之人也越来越多……他们都感受过健全的身体，因此对现在的残缺越发不能忍受……于是我们救不了的人越来越多，不想活的人也越来越多……支离家已不是残缺之人守望相助的大家庭，却成了触景伤情，令大家进一步失去勇气的……地方。"

支离节仰天苦笑，黑洞洞的眼窟中，竟似满是悲伤。

"所以，我必须给大家带来希望……自残肢体，这是绝对不正常的行为，却也令更多的人心生疑惑，以为我真的领悟到了什么大道，而当我真的可以证明这'弃冗存真'之道的时候……他们这些残缺之人，便都有了高人一等的机会……"

他自残身体，竟暗藏如此牺牲，姜明鬼心中五味杂陈，道："节先生实在有一颗圣人之心。"

"但现在，我要死了……"支离节苦笑道，经过一番言谈之后，精神又迅速萎靡下去，"这些年，我靠着自残求道的把戏，多救了……多救了十几个人……支离家也因此生气勃勃……可这一次失手，我看他们也将醒悟过来了……会有许多人灰心失望，支离家也……也将就此分崩……离析……"

他再一次"望"向姜明鬼，道："所以，姜公子……你……你和鲤女姑娘，尽快离开此地吧……"

"只是离开了此地，我们又能去哪里呢？"姜明鬼苦笑道。

"去……去乐土国……"支离节低声道。

"乐土国?"姜明鬼本就要带鲤女离开,支离节劝他们速行,他也只是稍作感慨。谁知支离节竟真有前往何处的建议,他不由得精神一振。

"传说中,在燕魏齐三国的交界之地,有一个乐土国……"支离节的声音越来越低,"那里远离兵戈,人人安居乐业……我向往了很久很久……你和鲤女若能去那里,也算了结了我……了结了我的一桩心……心愿……"

他黑洞洞的眼窟,"望"着窗外的方向,枯瘦的脸在这一瞬间容光焕发,竟似满溢幸福。

那随侍的弟子膝行数步,为姜明鬼奉上一份地图,已泣不成声。

"好,"姜明鬼接过地图,低声道,"那我们,就去那里。"

从药庐中出来,姜明鬼深吸一口气。

他身为健全之人,虽然同情残缺之人,但仔细想来,却实在未能设身处地去体会残缺之人的痛苦。而这支离家中的领袖不惜自残身体,也要给村中弟子一个希望,那样的决绝与惨烈,自是沉重得令他喘不上气来。

药庐为了隔绝地上潮气,筑有高高的石基。姜明鬼出得门来,居高临下地朝桑树下一望,不由得一愣:却见那里铺好了两张竹席,又摆好了两张长案,上设果品、茶水,虽然简陋,却成了一个极为正式的相谈阵势。

其中一张长案后坐了一人,假面微笑,正是丑三。

远远地看见姜明鬼望来,他立时向另一张长案作势相邀,伸出的手,正是一柄短剑。

——但在丑三的身旁,却不见了鲤女。

姜明鬼微微皱眉，心知有变。他走下药庐的台阶，穿过场院，快步赶到桑树下。丑三身后，围站着几名支离家弟子，望着姜明鬼时神色凝重，眼中毫不掩饰，满是敌意。

"丑兄忽然做此安排，所为何事？"姜明鬼问道。

"姜公子请坐。"丑三起身相迎，却不立刻回答问题。

他的态度虽然谦恭，但言行之中竟有说一不二的坚决。姜明鬼看他一眼，坐在他的对面。丑三微微颔首，似是对他的顺从极为满意，问道："爹爹怎么样了？"

"暂时还好。"姜明鬼简单答道，又问，"鲤女呢？"

"鲤女被我送到了一个安全的地方。"丑三的面具仍保持着笑脸，道，"刚才你进药庐之后，我便挟持了她。有人说我应该骗你，告诉你鲤女已被外人劫走，可我却知道，姜公子智勇双全，一诺千金，对姜公子用力不如用智，用智不如用心——所以决定和你说实话。"

"所以，你现在其实是在对付我？"姜明鬼问道。

"不敢对姜公子不敬。"丑三摇头道，"我只是想要姜公子的一个承诺。"

"什么承诺？"

丑三面具下的眼睛闪闪放光，道："永远离开鲤女，再也不要回来。"

他的要求莫名其妙，姜明鬼却终于肯定，他以鲤女为人质，原来是早有预谋。想到刚才竟是自己亲手将鲤女托付给他，姜明鬼心中不由得升起一阵怒火。

"这几天，我们身边的那几场暗杀、伏击，其实不是燕丹派来的杀手，而是你丑三兄所为？"

"那些不是我，是其他兄弟干的。"丑三笑道，"眼下才是我第一次向姜公子出手。而我一定会一战成功，让姜公子和鲤女永远分开。"

"我如何得罪了丑三兄？"姜明鬼问道。

他对丑三原本颇为信任，眼见这信任竟被辜负，不由目光森冷，瞬间动了杀心。

"我丑三这条命都可以交给姜公子，若是私怨，怎敢与姜公子计较！"丑三见他动怒，却不以为意，摇头道，"但你和鲤女约定终身，实在令整个支离家生不如死，大家心生怨恨，越来越恶毒，我为了让大家不至于走上歧路，也只能得罪了。"

姜明鬼一愣，不明白他话中所说的怨恨从何而来。

"大家同是残废之人，鲤女凭什么能有姜公子相救，并照顾终身？"丑三见姜明鬼面露疑惑，索性解释道，"残缺之人，废弃之身，我们支离家的哪个人没想过死？好端端地眼瞎了、耳聋了、手没了、腿断了、脸毁了、腰折了，以后一辈子不人不鬼，到死都是别人的累赘，活着还有什么意思？我们这些人，哪一个不是一晚上一晚上地睡不着觉，熬到最后，熬到怕死的念头大过了做人的尊严，这才死了心、认了命，把自己当成路边的一条癞皮狗、茅坑里的一只臭老鼠，苟活了下来？

"什么'残全之道'，什么'弃冗存真'，都不过是自己骗自己罢了。我们唯有认定了自己活该、自己命贱，才能不那么难过，稀里糊涂地活着——那才是真正的'心死之痛'！可是你和鲤女却偏偏告诉我们，并不是所有的人，都要经历这样的折磨！"

丑三腕上的短剑一闪，一剑将桌上的青梨削成两半。

"你为了一个鲤女，不惜行刺太子，为她报仇，又娶她为妻，大仁大义，何其圣也！可那对我们公平吗？支离家的人谁不是一身的冤情、满腔的委屈？我们和她是一样的！可是你会为我们报仇吗？我们的仇人锦衣玉食，我们自己却活得猪狗一般，在烂泥中刨食,受尽别人的白眼,你姜明鬼号称兼爱天下,可真能帮我们所有人报仇吗?即便真能帮我们报仇,你又能把我们中的所有女子都娶了,把所有男子都当成父兄一般,养老送终吗?"

丑三越说越气,怒喝道:"你做不到!"

姜明鬼脸上青气浮现,有一瞬间,一句"我做得到"几近脱口而出,可是稍一转念,他却终究明白,自己确实做不到。

——只是救一个鲤女,他就已经做好准备,要将自己的下半辈子都托付出去了。

——而一旦逞能,他很可能又全盘皆输,反倒害人。

"你是真的救了鲤女!在她心死之前,便先救了她!"丑三的面具虽还笑着,但额上的青筋跳起,早已怒不可遏,喝道,"断手之仇已报,心死之痛还令她高攀了姜公子这般人中龙凤。她的命怎么这么好?你让她活了,就是让我们死了;你要让我们死,我们也不能让你们活着!"

"所以,"姜明鬼沉声道,"你们到底想让我们如何?"

"你让我们原本死了的心又疼起来了!"丑三嘶声道,"你让我们怎么办?你们出双入对,郎情妾意,我们连瞎子、傻子都当不了——那就只好恨你!在这几天里,已有兄弟往你们房中放蛇,在你房后纵火,在鲤女的药中投毒,又驱赶惊牛撞人……可是这些手段,要么被你识破了,要么被我阻止了。我不想对姜公子恩将仇报,可我忍了一天、两天,却终究忍不了你们一辈子。"

原来这中间,还有他未曾察觉便遭扑灭的暗算,姜明鬼冷哼一声,越发恼怒。

"我知道,你姜明鬼有的是手段。"丑三道,"你是墨家高徒,有万人敌的本领。我们这些残废之人,无论用力、用智、偷袭、暗算,都不可能赢了你,反而会招致你的报复。所以,我唯有堂堂正正地和你谈,向你要一个承诺——即便耍赖,也要让你亲口给我们一个说法。"

他这么说的时候,两眼眯起,面具上的笑脸都狡黠了起来。

姜明鬼心中明白了他的打算,道:"就是让我离开鲤女,永不回来?"

"只要你走,我保证仍会尽全部力量,将鲤女照顾得千好万好。"丑三道。

姜明鬼冷笑一声,低下了头。

低垂的眼皮下,他目光冰冷。鲤女才因他的爱护而有了一点生机,如今丑三又强令他们分开,便如一个溺水之人,才抓得一根浮木,却又给夺走。这般打击,何异于以刀剑杀她!

"我若不走呢?"姜明鬼慢慢道。

"那我还可以给姜公子第二个选择!"丑三冷笑道,将腕上短剑一摆。

"当"的一声,那短剑早已被他松脱,这么一摆,登时脱腕而去,掉到了姜明鬼面前。

"第二个选择,姜公子可以自残一处。"丑三目光灼灼,道,"断手、断脚、瞎目、聋耳……任君选择。只要你也是个残缺之人,你和鲤女再怎么恩爱,我们都不会羡慕,你们就可以永远在一起了。"

——两个选择,俱阴损狠毒。

丑三赶尽杀绝,姜明鬼的声音更冷,道:"我若是一个都不选呢?"

"我们绝不愿意率先伤害鲤女。"丑三将光秃秃的手腕摆在长案上,道,"她是我们的同类,是我们的姐妹。现在她虽然被我们藏起,但我们没有多碰她一根毫毛。可是如果你不选,那我们唯有玉石俱焚,抢在你找到她之前,毁了她。"

"你敢动她,我让你支离家无一可活。"姜明鬼森然道。

丑三闭上了嘴。笑脸之上，一双眼睛冷冷地望着姜明鬼，直如两柄利刃。

"姜公子说说罢了。"良久，他才突然两眼一眯，复又笑道，"以你的侠义心肠，我即便杀了鲤女，你也只会让我偿命，绝不会迁怒他人。"

姜明鬼垂着眼皮，一言不发地望着那短剑，目光却比剑刃更为锋利。

虽然身体残缺，但丑三无疑是姜明鬼近年所遇的一名劲敌。姜明鬼一身承字诀的本领，早已练成不周之力，身如万仞之山，坚不可摧。可他的心，却往往因为满是破绽，成为他最大的弱点。

韩国绿玉络、赵国无赖家……甚至是麦离、石青豹、嬴政……这些曾经将他击败的人，都是从动摇他的意志开始，令他束手待毙。

——但那，也只是过去而已。

那一次次的挫折，早已令姜明鬼的心冷如铁石。这世上有些人就是邪恶的、凶残的、愚笨的、卑劣的……这些人注定无法"兼爱"，他们甚至连"人"都算不上。则对这样的人来说，姜明鬼只须做一个摧毁他们的"鬼"即可。

"其实姜公子，你本不必这么难于取舍的。"丑三见他低头不语，只道他尚在犹豫，"你根本就不喜欢鲤女，我们都看得出来。你只是侠义心肠，想要救她，便将自己施舍给她罢了。你怎么会喜欢她？她的手是残的、身子是脏的——在鹿馆里，她早就不知道有过多少男人了！"

姜明鬼目光从短剑上，移到自己的手指上。

他的手掌放在膝头，这时血肉收缩，手指更显得骨节凸出，长如鬼爪。

就在这时，忽有一人从后面的药庐之中匆匆跑出。他一腿残疾，跑起来颠簸不平,双手却还尽力托着一只托盘,一路来到丑三面前,"扑通"一声跪倒,叫道:"师兄,快去看看爹爹!爹爹要不行了!"正是之前侍奉在支离节身旁的弟子。

突传噩耗,众人都是一惊,丑三身后的支离家弟子已大哭出来,立刻要赶去相见。丑三坐在那里,虽然身体颤抖,却挥手一拦,喝道:"谁都不许动!"

众弟子一愣,全都止步。

"节先生病危,"姜明鬼咬牙道,"你身为大弟子,竟不关心吗?"

"关心又有何用?"丑三冷冷地道,"爹爹早晚会死,可是支离家还得在。"

他面具下的双目,死死望着姜明鬼道:"两个选择,我就在这里盯着你。你休想趁机拖延、脱逃,另想破解之法。你什么时候决定了,我什么时候去为爹爹送行。"

"我即使现在选择,将来也可以反悔。"

"你不会的。"丑三惨笑道,"姜公子言出必践,我便是不信天下任何人,也会信你。"

这荒唐的信任,直如一根长钉,将他最后的退路钉死。

姜明鬼慢慢拿起那短剑,嘴角微提,露齿而笑。他既不能辜负鲤女,又不忍支离节孤独死去,更不能做一个言而无信的小人——唯一能做的事,便只剩了一件。

"师兄,"那报信的弟子突然道,"爹爹知道你与姜公子冲突,所以让我把这个给你。"

一面说,他单手一掀,已揭开托盘上的半片盖布,露出下面的一片莹白之物。

丑三一愣,用腕上仅存的短剑托起那物——原来是一片骨头。

"爹爹怎会知道我与姜公子冲突?"丑三问道。

"爹爹听得很清楚。爹爹说，虽然他现在只有一只耳朵，但他那一只耳朵和两只眼睛的本领，早就集中到这只耳朵上了。他因此能听见世上一切的声音。"

"原来如此。"丑三托着骨头，半晌方苦笑道，"这，是当日他为救鲤女，从自己身上拆下来的肋骨啊。"

"爹爹说，"那报信的弟子道，"支离家可以没有骨头，但不能没有骨气。"

"骨气……"丑三抬起眼来，苦笑道，"骨气能吃吗？骨气能穿吗？骨气能让我们像正常人一样走路、说话、视物、用手吗？"

他将那片肋骨毕恭毕敬地放于案上，因为激动，腕上短剑在长案深深划下一道剑痕，道："此事关乎支离家上下上百条人命，今日便是天神到此，姜公子也休想全身而退。"

他意志坚定、心机深沉，果然是不死不休之局。

姜明鬼抬起头来，正待说话，那报信的弟子又将托盘上另一侧的盖布掀起，哽咽道："爹爹说，师兄若仍不愿放手，便再将此物交给你。"

那盖布之下，血淋淋的，竟是一颗心脏，约莫拳头大小，兀自微微跳动。

"爹爹说，支离家可以没有心脏，但不可没有良心。"

"这……这是谁的心？"丑三又惊又怒，霍然站起，怒喝道，"你将爹爹怎样了！"

"不是我干的！"那弟子大哭着叩首道，"是爹爹亲手将自己的心脏剖出来，交给了我！他说，师兄你为支离家殚精竭虑，只怕会走上歧途，因此剖心劝你。他此时尚有一口气，还在药庐等你！"

此言一出，丑三终于按捺不住，一跃而起，率先向药庐飞奔而去。

其余弟子也都追着丑三冲向药庐，院中一时之间竟再也没人阻拦姜明鬼。

姜明鬼僵坐在那里，半晌方长长舒了口气，紧绷的身子慢慢松懈下来，把玩着那柄短剑，望着远处的高天。

支离节对自己的弟子了如指掌，在临死之际，终于用自己的骨、自己的心，为姜明鬼争取到一点胜机，让丑三不得不分心，也因此露出破绽。可是此时此刻，姜明鬼却觉怏怏的，提不起精神，并不想去寻找对策。

——刚才他若执剑，死的人会是他还是丑三？

支离家弟子冲入药庐，稍一安静，蓦地传出了一阵撕心裂肺的哭声。

又过了不知多久，脚步声失魂落魄，丑三终于回来了。

姜明鬼抬眼望着他，指尖上兀自夹着那柄短剑。只是片刻不见，他面前的丑三驼背弯腰，似已老了十几岁。

"昔者纣王昏庸，比干苦谏，纣王乃挖比干之心，以证圣人七窍。比干受刑，掩袍而去，出城十里，方吐血而死。"丑三站在姜明鬼的面前，问道，"你相信，人真的可以无心而活，我们的爹爹在亲手挖去自己的心脏之后，仍然能和我们说话吗？"

"弃冗存真之道，真的存在吗？"姜明鬼轻叹道。

丑三望着他，双目之中难辨悲喜，良久，将手臂一扬，把腋下夹着的一个包裹扔在姜明鬼的面前。"咚"的一声，包裹散开，里面是一副制作精美、惟妙惟肖的木手。

"鲤女在村西五里的树林里，由我们的人用独轮车劫了去。"丑三颓然坐倒，道，"你带这双木手去，我们的人自会放了她。木手是给她的，你们以后再也不要回来了。"

姜明鬼放下短剑，将木手慢慢包起，起身道："多谢丑三兄。"

第四章

不系舟

姜明鬼来到磨盘村外，有了方向，很快便找到了那独轮车的痕迹。从车辙旁的脚印揣测，将鲤女劫走的人足有五个。他一路追赶，果然在距村西五里的树林中，找到了他们。

只见树荫之中，一辆独轮车侧翻着放在地上。鲤女坐于车后，背靠大树，满面怒色，却又掩不住惶恐。

她周围有五名支离家弟子，三男两女，聚在一旁小声商谈，个个面色阴沉。其中领头的，正是之前驱牛撞人的无颈之人。

姜明鬼无声无息地潜入林中。丑三虽然说只要出示木手，支离家弟子便会释放鲤女，但眼见他们因妒生恨，几乎不可理喻，姜明鬼实在不敢大意。他找准时机，霍然现身在鲤女身畔，斜步一滑，将那女子掩在身后。

"姜明鬼！"

那几个支离家弟子只觉眼前一花，鲤女便已被姜明鬼抢走，登时又气又急，纷纷举起手中的木棍长锄。

"节先生已然去世，丑三兄也同意放我们离开。"姜明鬼道，将那包袱托在手中一抖，甩开裹布，露出里面一双精制的木手，"有他为鲤女特制的木手为证！"

之前丑三与几名支离家弟子约定：他们挟持鲤女来这树林隐藏，若是丑三与姜明鬼相谈失败，到天黑时还没有消息，他们便将鲤女杀死；若是谈判成功，姜明鬼决意离开鲤女，丑三便会亲自将鲤女接回磨盘村；而若是姜明鬼选择自残身体，则丑三会给他这双木手，让他带走鲤女。

如今姜明鬼拿出木手，一众支离家弟子又惊又怒，仔细看去，姜明鬼手足俱全、耳聪目明，全无自残之相。那无颈之人叫道："你……你骗人！你若不残不废，丑师兄岂会让你带人走？"

"丑兄一念之差，险些为恶，节先生以性命相劝，他才终于悬崖勒马，也算给了我们一条活路。"姜明鬼沉声道，"你们莫要辜负了节先生的好心，莫要逼我手下无情！"

他之前力压惊牛，在场众人多数看在眼中，自是知道他的厉害。几个支离家弟子自觉理亏，渐渐放下了手中的武器，只有那无颈之人还举着柄锄头，直挺挺地僵在那里，打又不敢打，退又不想退，一张脸憋得通红。

"走吧。"有同伴轻轻拉住他。

"哇"的一声，那无颈之人竟大哭起来，道："丑师兄说要把鲤女嫁给我的……丑师兄说将来要把鲤女嫁给我的……我还没有媳妇！我娘还想抱个孙子……"被几个同伴连拉带拽才终于走了。

待他们走得远了，姜明鬼回过身来，对鲤女道："我来晚了。"

鲤女望着他，虽然无声无息，眼泪已如断线珍珠簌簌而落，突然扑到他的怀中，也放声大哭起来。

此前姜明鬼被支离节召进药庐，而丑三骤然翻脸，令人将她劫走。那几名支离家弟子虽然没有真的伤害她，但她双手俱断，毫无自保之力，被人载在车中，一路推行至此，心中的恐惧岂可言说。

第四章 不系舟

姜明鬼猝不及防让她抱住，浑身僵硬。林中光影斑驳，鸟鸣啁啾，鲤女没有双手，只能用两臂死死地夹住他的肋下。"扑通""扑通"，他听到鲤女的心跳声，穿透她的胸膛，进入他的身体。

痒痒的，软软的，是鲤女的发丝，在他的下巴上扫来扫去。

"有个地方，叫作乐土国。"姜明鬼微微抬起下巴，道，"那里远离纷争，人人安居乐业。没有人认识我们，也没有人欺负我们。我们可以在那里享受余生，无忧无虑。你愿意去吗？"

"带我去。"鲤女把脸埋在他的怀中，道，"带我去乐土国。"

二人稍事休息，收拾一下离开磨盘村，一路往燕魏齐三国的交界之处而去。

按照地图指示，乐土国的入口依山傍水，是一个名叫鲍叶村的地方。每年八月初八这一天，会有乐土国的使者来此，带人进入无忧乐土。此时才是春末，时间充裕，姜明鬼与鲤女慢慢过去，也尽可以赶得上。

路途遥远，鲤女又不能劳累，一路不免走走停停。姜明鬼身兼百家之长，偶尔想要挣些快钱，买卖占卜、修屋驱邪，都不在话下，一路车马食宿，全用了最好的。初时鲤女的日常起居全受姜明鬼照顾，一切私密之事都不可免，不由羞愤交加，时常发起脾气，但姜明鬼若无其事，一丝不苟，久而久之，她也终于习惯了。

天气由春而夏，由夏渐秋，鲤女双腕伤处终于落痂，又长出新肉。残缺之处触目惊心，又惹得鲤女哭了几日。而丑三之前所制的木手，被姜明鬼以墨家机关之术加以改造，令其更加灵巧，这时才终于为鲤女装上。

那木手材质轻便，几根手指还带有简易机关，虽然不如血肉之躯灵便，但是简单的捧、抓、勾、夹亦能做到。鲤女咬牙练习，磨得双腕出血也坚持不懈,待熟练掌握之后,如穿脱衣物之事,终于不必依赖姜明鬼,才开心了一些。

她的身体渐渐复原,心情也逐渐开朗,如此且走且歇,终于赶在八月初五来到了匏叶村。

只见一片小小村庄,坐落于群山脚下,一条大河从旁流过,奔腾汹涌,将村落夹于抱内。所谓匏者,即为葫芦。此地所产葫芦,壁厚皮坚,用来盛水盛饭,最是耐用,因此得名。

他们雇了一辆马车,还未进村,便已见到道路两侧片片种植的葫芦。

竹架高搭,葫芦藤交织攀缘,巴掌大的叶片密不透风,竟似夹道筑起两堵绿墙。时值深秋,熟透的葫芦色作淡金,鲤女在车窗中一眼望去,看到好几个长过二尺的,不由得啧啧惊叹。

本以为那已蔚为可观,谁知越是近村,视线所及的葫芦越是硕大,到得村口,一棵大树上垂下的一只葫芦,足有半人来高,沉甸甸地吊在树杈上,藤蔓如同巨蟒,足有人的手腕粗细。

"这么大的葫芦,能有什么用啊?"鲤女感叹道。

半尺长的葫芦,可以吃瓢肉;一尺长的葫芦,可以做水瓢;两尺长的葫芦,可以做米瓮。昔者辩士惠子,曾自魏王处得到几枚葫芦种子,种下之后,收获了能装五石分量的大葫芦。别人纷纷称奇,惠子则叹道,这葫芦虽大,但用来盛米盛水,必会断裂,因此大而无用,将来只能将其砸碎,扔到田里做肥。

惠子的朋友庄周听说此事,却道,这样的葫芦虽不能盛米盛水,但将它绑在身上,成为腰舟,便可以畅游江海。天下没有无用之物,只要用对地方,越无用的东西,也许便越有大用。

姜明鬼自幼在墨家小取城长大,百家之说皆有涉猎,听见鲤女此时的感慨,登时想到这个故事,再望向那些大葫芦时,心中也飞快地为它想了几个用处。

不多时,马车停了下来。二人下车,姜明鬼交付车费,那车夫跑了一趟长路,欢欢喜喜地去了。姜明鬼舒展一下筋骨,正待和鲤女进村,却被大树下的几个村民围住了。

"二位客人是要去乐土国吗?"有人大声问道。

乐土国那么神秘的所在,却被这些人光天化日地喊出来,姜明鬼不由得意外,道:"正是。"

"来得正是时候!三天后就是正日子啦!"那些村民七嘴八舌地道,"你们先住俺家吧!有干净房子,可以一起吃饭!给点钱就行!你们将来是要去乐土国享福的,把钱攒着也没用,对不对?"

原来每年八月前后,便会有大量的人来到鲍叶村,等候进入乐土国,此地村民因此学会了用食宿赚钱。问起价钱,大约是每日每人住宿一百钱,吃饭五十钱。这固然远超他处,可姜明鬼并不在意,只挑了一个顺眼的村民,便带着鲤女去了他家。

"来的人都能进乐土国吗?"一边走,姜明鬼一边问那村民。

"那可没准儿。"那村民收了他的钱,立刻笑道,"要真那么容易,咱们一村的人早都去了不是?每年来投奔乐土国的外地人也不少,可据说一年也就那么一两个人能真被接走。其他人不还是灰溜溜的,哪儿来的回哪儿去了?"

进入乐土国果然没有那么容易,姜明鬼皱眉道:"那么,乐土国是如何挑选入国之人的呢?"他出手大方,那村民也不隐瞒,索性将乐土国在此的传说,详详细细地解说了一遍。

原来乐土国的说法,根本不知何时由何人传出,只说是每年的八月初八,月上中天之时,便会有乐土国的使者自水中现身,带有缘之人前往乐土。

可是这么多年来,想入乐土国的人虽多,成功的却寥寥无几。

每年八月初八这一夜过后,那些未能进入乐土国的人都是一哄而散,逃也似的离开了鲍叶村。乐土国的使者固然从来无人见过,而本地村民便是想要打听那一晚发生的事,竟也无从知晓。众人如何被挑选、被选中后去往何方,都是一概不知。便连是不是真的有人能进入乐土国,都是近几年来有心人反复比较第二日逃走的人群之后,发现着实少了一两人才敢确定的。

曾有人想要跟踪乐土国的使者,但那一夜后,却疯疯癫癫,再也不能正常言语。还有人想在八月初八之外的日子,自行沿河寻找进入乐土国的秘道,却徒劳无功,什么也没发现。

那村民越说越离奇,姜明鬼沉吟不语,未置可否。到了那村民家中,安顿下来之后,姜明鬼便带着鲤女在村中游览,也去那村西河滩先走了一走。

这鲍叶村有二三十户人家。东面临山,名为扶维山;西面一条大河,名为青沙河。河宽百步,水流平缓,河滩上一片平旷,滩沙细腻如绵,只有河边一块形如卧牛的巨石,上面刻着两个字:乐土。据传便是乐土国使者每年接人的标记之处。

巨石附近,一直有人逡巡不去,瞧那衣饰神情,俱是外地来人。看见姜明鬼二人,一个个眼中都露出戒备提防之意。

此事处处透着神秘。鲤女看见那些人目露凶光,心中不安,问道:"真的有乐土国吗,真有人能去?会不会是有妖怪吃人,骗人来送死的?"

"事到如今,我反倒相信会有乐土国了。"姜明鬼听她担忧,连忙道,"若是妖怪吃人,这么些年,胃口该是越来越大才对。可现在每年还是只有一两人得以入国,看来十分清醒自律,须得有极为高深的智慧,方能实现。"

"可是,那村民大哥却说,他没有真的见过有人进入乐土国。"

第四章 不系舟

"他也没说，没有人进入过乐土国。"姜明鬼道，"那些每次少了的一两个人，是他们通过比较第二日落选人数知晓的。由此可见，那些落选之人，在次日早晨一哄而散时，一定极为迅速，才令人在很多年间都难以辨认少了谁、少了几人。由此可见，乐土国使者在对他们进行挑选之时，必有非常手段，令他们心生恐惧，迫不及待地逃走，从而使得乐土国的使者身份、挑选办法、来去之路，都成为秘密。乐土国的手段，必然不能以常理揣测。"

他只通过村民描述便推测出这些可能，鲤女望着他，越发心生钦慕。

"乐土国行藏如此神秘，"姜明鬼问道，"你还愿意去吗？"

鲤女犹豫了一下，道："你去，我就去！"

如此又过了三天，到了八月初八晚上，眼看明月升空，姜明鬼才带着鲤女，辞别了投宿的村民，前往河滩应选。

"祝二位真的能去乐土享福！"那村民大笑道。

二人来到河滩，只见青石前已聚集了三十余人，或坐或立，显然正在此等候乐土国的使者。这小小村落，几天来竟容纳了如此多的客人，一众人为免于提前暴露，少不得东躲西藏，姜明鬼稍微一想，便觉好笑。

今晚天色晴朗，青黑色的天宇中繁星点点，没有一丝云彩遮蔽。

距离月至中天，约莫还有一个时辰，姜明鬼不愿与人冲突，便带鲤女离开人群，在河堤腰上找了块干硬之处坐下。

姜明鬼将视线扫过河滩上的诸人，一面审视这些"对手"，一面也不禁有些恍惚。

当年他在墨家小取城的时候，小取城也有开城选人、助人达成心愿的惯例。那时他们是用一座会不停旋转的大取桥，对求助之人进行筛选。姜明鬼还曾混入其中，作为内应，对他们进行测试。

——也就在那时，他遇到了一名农家女子……

姜明鬼摇了摇头，将那些不堪的回忆暂时驱散。不过他心中也不由得有所警醒：乐土国的使者，会不会也潜入人群之中了呢？

他的视线再一次扫过在场众人，只见这三十多人相貌气度各有不同，其中有几人格外引人注目：西方一人，白衣长剑，桀骜不驯；东边一人，满面虬髯，混在人群之中说笑攀谈，眼中却精光四射，极为剽悍；人群南边，有一个人居然垒起一口土灶，正熬煮什么东西，腥臭扑鼻；而那青石的底下，正有一人在这紧要时刻蜷身大睡。

或是张扬，或是沉稳，或是怪异，或是反常……但这四人无疑是众人之中，最不容小觑的高手。

姜明鬼正自盘算，便见那白衣长剑之人向他们大步走来。

来到近前，那白衣人问道："你们也是想去乐土国的？"

"正是。"姜明鬼看他一眼，淡淡地道。

"回去吧。"白衣人的目光在鲤女双腕的木手上停留片刻，傲然道，"你的这位女伴已断了两手，不要再白白丢了性命。"

他言语无礼，鲤女气得面红耳赤，姜明鬼看她一眼，对白衣人道："此话怎讲？"

"乐土国乃是天下间独一无二的极乐之地，山涌黄金，泉喷美酒，人人向往，可不是一般人进得去的。"那白衣人冷笑道，"月至中天，乐土国使者现身之时，必会对我们加以挑选，可在那之前，我希望你们已不在这里。"

"我若仍在这里，便会白白丢了性命吗？"姜明鬼问道。

"你若能接我一剑不死，也算有本事，可以在此等候挑选。"白衣人按剑道。

他的剑狭长垂地，制式非凡，又以白木为鞘，更添肃杀之气。

"说来说去，只是要恃强凌弱。"姜明鬼摇摇头，道，"这河滩上这么多人，每个人你都要试上一剑？"

"哪有那么多人，"那白衣人笑道，"在我眼中，不过七人而已。"

"七个人？"姜明鬼的视线扫过河滩，果然有几人也正向他们这边看来，他问道，"七个人，你都试过了？"

"一人毫发无伤，两人衣袂碎裂。一人轻伤，一人重伤，一人已死——尸身被我扔入河中冲走。你，便是第七个人。"白衣人森然道。

"而我，"姜明鬼看着他的眼睛，慢慢地道，"能看到四个人。"

那白衣人一愣，脸色微变。

"那四个人中……有我吗？"他沉吟问道。

"你排第四位。"

姜明鬼答出一句，那白衣人脸色微变，忽然转身而去。

他突然而至，杀气腾腾，鲤女本以为姜明鬼与他必有一战，虽然对姜明鬼的本领颇有信心，并不害怕，却也躲开了两步。谁知那人说得两句，竟转身走了，她不由好奇，问道："这又打的什么哑谜？"

"此人心高气傲，自视过人。"姜明鬼道，"在他看来，在这河滩上，值得他拔剑一试的，不过七人而已，其余皆如草芥。可我告诉他，我所视为对手的人，却只有四个。他又问我那四人中是否有他——他刚刚说了他杀人伤人，我若因此愤怒，便会将他排除在外，我若畏惧，又会将他排得虚高。可是我只将他排在第四，这说明，我既不愤怒又不畏惧，不仅眼光高于他，胸怀胆量也远胜他。他因此输了我一着，唯有退去。"

他们两个唇枪舌剑之际，原来已交手数招。

"若非遇见了你，"鲤女回想一下，幽幽道，"我真不知天下游侠，竟有这般行事之妙。"

河水东流，滔滔不止。

那一弯银月越升越高，终于接近中天。河滩上的众人，都曾听过乐土国使者自神匏现身的传说，因此一个个全神贯注，不眨眼地盯着那硕大无朋的大葫芦。

而盯得久了，那古铜色葫芦上焦黑的雷纹，隐隐然竟似活了一般，蜿蜒爬行。

——突然之间，在众人的注视之下，那青石下睡觉的人已无声无息地站了起来。

河滩平阔，众人散布其上，青石横在大部分人与清沙河的中间。那人轻轻一跃，便跳上卧牛青石，背对大河，迎着众人的视线，长长地伸个懒腰，大笑道："明月中天，乐土重现。今年想去乐土国的人，也不少啊！"

众人的注意力原本都在大河之上，这时被他从中路一拦，再听见他说话，登时都吃了一惊。却见这人四十多岁，身材矮小，唇带鼠须，手上提着一个包袱，瞧来极为普通，但一双眼圆溜溜、黑漆漆的，却似两粒冷硬的黑石嵌入眼眶一般。

"你是什么人？"那白衣人按剑喝道。

"乐土国使者文不丁。"那小个子道，"有劳各位久等，我来接你们去乐土国。"

他的声音颇为独特，说话时双唇几乎不动，一字一句全从鼻中哼出，有些懒洋洋的，又透着些诡谲。他之前一直在青石下蒙头大睡，虽然举止反常，引人注目，但也真没有几个人敢猜测他便是乐土国使者。

第四章 不系舟　　105

"你不是该从河里出来？"那白衣人喝道，"口说无凭，你凭什么说自己是乐土国使者？"

强求对方符合传说之言未免可笑。方才文不丁蜷身大睡时，白衣人也曾将他视为七人之一，在他背后拔剑，虽只作势，未曾真的伤人，但不知是否已得罪了他，不由得有些惴惴。

文不丁看白衣人一眼，道："乐土国长生不老，遍地黄金，我为各位带来了些小小礼物。"

一面说，他已将提在手里的那只包裹解开，迎风一抖，乒乒乓乓地撒下了一地的金银珠宝，光华夺目，价值不菲。

他出手如此阔绰，不由得让人相信他的身份。

而这般豪迈，更令众人两眼放光，多体会到了几分乐土国的富庶。

"未知上使要如何带我们去乐土国？"白衣人又问，口气早就谦恭起来。

"要入乐土国，自然要请各位拿出本事。"文不丁自证身份，原本矮小的身形似也高大了不少，道，"今年，我仅能接两人入国。国主要我严格挑选，所以请各位仔细考虑。"

说着，他从怀中掏出两面小旗，先举起一面黑色的，道："乐土国所需的第一人，入国之后须担任我乐土国国主的殿前副将，因此，必须勇武过人、以一当百。有意此职的朋友，请来旗下竞选。"

说罢，他将黑旗一甩，掷于河滩之上，手法巧妙，恰令旗杆入泥，扎得稳稳的。

"乐土国所需的第二人，入国后须迎娶常太史府上爱女，因此必须相貌出众、人品端庄。"文不丁说着，又展开一面红色小旗，道，"常家小姐国色天香，自信相配的朋友，可来此旗下竞选。"

他手一挥，也将红旗插在青石之下，离黑旗七步开外。

"殿前副将、重臣之婿，都需百里挑一的人才。各位能来此地，自然都非常人。可是最后，仍要一决胜负，选出最后的两人。黑旗斗武，红旗比文，请各位分旗备战，稍后公平比试。而若有人自觉无论文武自己都没有胜算，也尽可即时离去。地上的金银财宝，均可自取，权作乐土国给大家日后买卖开店的本钱。"

两个名额、三种选择说得清清楚楚，河滩上的众人犹豫半晌，终于纷纷向那青石下聚拢，开始各作选择。

那白衣人虽然一副仗剑孤行、自负武艺的模样，却没有争那将军之职，而是径直来到争选夫婿的红旗之下，乃是要靠相貌、人品，来与人争胜。

之前为姜明鬼注目的大胡子，站到了黑旗下；熬制腥臭之物的瘦子，也选了婚配的红旗。

最后是红旗下去了五人，黑旗下聚了四人。其余人等的武艺相貌，便连自己也知几斤几两，面面相觑片刻，忽然大喊一声，纷纷向地上的金银财宝抢去。

要去乐土国的人，其实往往是对眼前世界失望了的。

有人是因为贫穷，实在活不下去；有人是因为卑贱，处处受人欺压；有人是因为壮志难遂，心灰意懒；有人是因为畏罪潜逃，不得不亡命天涯……他们抛家舍业，历尽千辛万苦方来到此地，就是要一个比原来更好的机会，从头再来。

无论是哪种人，乐土国的自由、权势、美人、金钱都一定能满足他们！

即便不能一劳永逸，也至少给了他们希望。

三十余人，一瞬间便为文不丁驱使，各取所需，两眼放光。

姜明鬼在远处看着，却觉心中失望，轻轻叹了口气，扶起鲤女，道："走吧。"

鲤女懵懵懂懂地站起来，问道："去哪里？"

"去哪里都好。"姜明鬼摇头道,"乐土国看来已不是我们该去的地方。"

二人转身欲行,却听远处文不丁叫道:"那边的两位,尚请留步。"

姜明鬼回过头来,只见青石之上,文不丁的视线越过一众竞选者的头顶,正望向自己。那双黑石一般的眼睛又冷又亮,令人心寒。

看见姜明鬼回头,文不丁立时换了一副笑容,道:"二位前来,难道不是想去乐土国吗?"

"原本是想的,这时却不想了。"姜明鬼淡淡地道。

"是因为你偕同女眷,因此不敢争取太史府夫婿之位吗?"文不丁大笑道,"你若真有本事进入乐土国的话,自应抛开在人间的一切。我看你这位女伴身有残疾,怎配得上公子一表人才?反而我们常小姐花容月貌、家世显赫,若能与她婚配,方不枉此生。"

河滩上三十余人忙着选择,红旗下更有数人正为常小姐竞争。可文不丁视若无睹,偏偏向着姜明鬼说话,劝他来此争取一番。

红旗下的白衣人顿时觉得姜明鬼比刚才更加讨厌,瞪着他的一双眼睛几乎喷出火来。

鲤女又惊又怒,待要争辩,却给姜明鬼轻轻按住。

"我们没有得罪过你,"姜明鬼沉声道,"你不应该侮辱我们。"

他态度越坚决,白衣人看他越是不忿,挥了挥手,大喝道:"装腔作势,故弄玄虚!若是不敢和我们较量,立刻就滚!"

他自作主张,唯恐姜明鬼留下,文不丁和姜明鬼却都不以为意。

文不丁笑道:"那我便向公子赔个不是吧。我看公子的身架,一身武艺也是不差的。即便不争公主夫婿之位,何不试试殿前副将之职?"

姜明鬼摇头道:"为人鹰犬,仰人鼻息,我没有兴趣。"

"是自觉学艺不精,争不过大家,便放弃了吗?"文不丁笑道,话中的讥诮之意却渐渐重了起来，"那也没关系，过来拿些金银回去花吧，也算没白来一回。"

虽然语含嘲讽，但他对姜明鬼死缠烂打，显然颇有看重之意。滩上众人又妒又恨，姜明鬼却觉他言语轻蔑，越发不喜，摇头道："我来乐土国，是因为有一位朋友对乐土国期许甚高。他以为乐土国是人间至善之地，无论美丑，不分贵贱，人人安居乐业，处处怡然自得。可现在看来，它也不过是争权夺利、贪财好色的地方罢了！"

此言一出，已是直叱其非，河滩上一时鸦雀无声。

良久，却见文不丁抚掌笑道："说得好，乐土国原是如此，本该如此！"

他这话中之意，竟是在附和姜明鬼的指责。滩上众人正自惊疑不定，忽然"咕咚"一声，红旗下有人一头栽倒，人事不省。

那人乃是一名壮汉，原在赵国做屠户，赵国国灭，颠沛流离，来寻乐土。虽然年近不惑，满脸横肉，肚大腰圆，举止粗鄙，但顾影自怜，雄心犹在，也想搏一搏那常小姐的垂青。

这时他突然直挺挺地倒了下来，顿时吓了众人一跳。

还没等众人反应过来，那些放弃文武之选的取金之人也倒了下去。

——齐刷刷地，如被镰刀扫过一般。

红旗、黑旗下的人，顿时只觉头重脚轻，眼前发黑。他们文韬武略多有过人之处，待要强撑，却还是在惊呼叫骂声中，逐一瘫倒下去。

"这……这是怎么回事？"

红旗下的白衣人不愧本领高强，还强撑着，说得出话来。

"这位公子说得对。"文不丁站在青石之上，俯瞰着他，笑道，"乐土国与世无争，高洁不群，又怎会引入世俗之人？黑旗之下，好斗喜战；红旗之下，贪色慕权；金银面前，见利忘义……其实我给你们的三种选择，你们选了其中任何一种，都注定与乐土国无缘。"

他如此这般解释，白衣人立时恍然大悟，甩了甩头，越发气得咬牙切齿，怒喝道："你……你耍我……"

"锵"的一声，白衣人终于拔剑出鞘。可惜剑身太长，才拔出一半，他已人事不省，整个人随着拔剑之势转了半个圈子，硬生生扑倒在地。

"那么，通过了今年的考验，可入乐土国的，便是公子和你的女伴了。"文不丁远远地望着姜明鬼，拱手笑道，"你不为权势所诱，不为女色所动，不为财帛所惑，正与我乐土国的立国之本相合。文不丁不才，请为二位带路，同赴乐土……"

"且住！"就在这时，忽然有人低喝道。

却见黑旗之下，一人颤巍巍地坐了起来，身形摇摇欲坠，忽然"唰"的一声，自怀中抽出一口短刀，狠狠扎在自己的腿上。

只见他生得粗豪威武，颔下一部虬髯，正是此前姜明鬼注意到与人说笑的大胡子。他坐起身来，呸地吐了一口血，挥了挥手，道："请使者带我进乐土国，我要见乐土国国主！我是燕国太傅鞠武的客卿，名叫毛环——我代表鞠太傅前来！"

那文不丁不知用了什么手段，令滩上众人倒地不起，而毛环先是咬舌自醒，然后又以刀刺股，终于令自己说话无碍，可见其悍勇。

"你要见国主，有什么事吗？"文不丁皱眉道。

"我们听说乐土国国内人才济济、高手如云，"毛环咬牙道，"不忍令你们终老山野，只做无用之人。鞠太傅代表燕王，着我来请乐土国出山，共同抗秦！须知，鲍叶村地处燕国境内，乐土国若以鲍叶村为入口，自然也身在燕国。你们既在燕国，便是燕民！如今强秦虎伺，你们也应当为国分忧！"

"不！"毛环话未说完，却给旁边一人打断，道，"乐土国与世隔绝，该是独立于燕国之外。即便想要抗秦，也不该听令于燕王，而应与齐国联合！"

红旗之下，另一人爬起身来，生得面黄肌瘦，却是先前熬制腥臭之物者："我是齐国人田年，代表齐王前来营救乐土国。燕国国君软弱，太子燕丹刚愎自用，乐土国除非迁入齐国，受齐国保护，否则受秦燕夹击，必遭覆灭。"

他居然也未昏倒，神志清醒，更甚于毛环。他原本还要佯装昏倒，等待时机，只是因为怕给毛环抢了先机，才匆匆暴露。

文不丁左看看，右看看，笑道："你们能至今不倒，恐怕都是有备而来吧？"

月色朦胧，河滩上横七竖八，躺着一地竞选之人。

文不丁冷笑着打量那两个未倒之人，道："你们早已调查过我，提防着我？"

燕国人毛环手持短刀，又在自己的臂上划下一刀，用以提神，咬牙道："你们年年在此接人入国，虽然隐藏形迹，又有办法令人头脑混乱，无法忆起当晚之事，但我一路追查，总能查到些蛛丝马迹——我花了三年的时间，找到十余名曾来此试探运气又失败而归的竞选者，帮助他们反复回忆，再三比较，终于可以确定，你们每次都会通过使人昏睡，来挑选一两个新人入国。"

文不丁的眉头紧锁，问道："你也算是有心了。"

"此乃燕国存亡之秋，也是乐土国为国尽忠的最后机会！"毛环叫道，"你们身为燕民，却一直避世逃遁，不交税，不服役，忘恩弃本，不忠不孝。但人非圣贤，孰能无过？我相信乐土国国主心并非如此。如今燕国君臣上下戮力抗秦，乐土国若能迷途知返，将功赎罪，将来九泉之下，也可无愧于祖宗。所以我今晚必须和你一起去乐土国，你若不带我去，便是害了你们的国主，误了你们的国民！"

他口中含血，说到激昂之处，血沫横飞。

"不要听他胡说！"齐国人田年大喝道，"乐土国裂土分疆，已不知有多少年，早就独立于燕国之外。既未蒙受国恩，凭什么对燕国国君尽忠尽义？"

他极为消瘦，一双眼因此显得极大，瞳仁四周皆见眼白。

"我也追查过乐土国的真相，我更知道，你们令人昏睡的手法必是用毒。所以我熬制醒神之药，令你的毒药失效，而我不会当场昏睡过去。"田年用手一指自己熬制臭汤的土锅，道，"这意味着什么？这意味着今日我能破你的毒，明日便有他人能破你的国。乱世之中想要独善其身，根本是不可能的。方今天下，齐国是唯一能抗衡秦国的大国，国内能人辈出，乐土国若想长存，必须依靠齐国。"

"呸！"毛环怒道，"齐国坐视韩赵魏楚的灭亡，什么时候帮过别人？从管仲开始，他们就只是一群重利寡义之徒，不足与谋！"

田年恨道："燕国自燕惠王起，杀肱骨、废良臣，任勇而无智，只会连累了乐土国。"

他们二人本就是齐、燕两国文武双全的人物，口齿伶俐，见识过人，这时明着斗嘴，想要说服文不丁，令乐土国为本国所用；但暗地之中你一句、我一句，全都在阻止文不丁，确保乐土国不要与对方合作。

文不丁见他们各执一词，等了一会儿，笑道："二位所说皆有道理，可是一奴难侍二主，乐土国到底该与哪一国联合，二位在昏倒之前，不妨多说几句。"

此言一出，毛环、田年登时安静下来。

他们二人以刺骨之痛、恶臭之药维持清醒，但实则天旋地转，体内奇毒仍在。

——文不丁显然知道他们的身体状况。

有对手在场,想要三言两语说服文不丁已不可能;而自己若撑不住,就此昏倒,便是将机会留给了对手;可若要胁迫文不丁,文不丁一副有恃无恐的模样,怕也不可易与……

心念电转,毛环、田年几乎同时出手。

燕国人扑向齐国人,手中短刀寒光纷乱;齐国人撞向燕国人,双手一张,两道水箭泼洒而出。

两国久有恩怨,二人各有绝技,如今生死攸关,出手更是全无保留。

刀光闪处,鲜血泼洒,水箭碎开,皮焦肉烂。二人勉强交手数个回合,举手投足,越来越慢,终于先后跌倒,再也动弹不得。

"两位怎么不继续了?"文不丁笑道。

毛环、田年摔倒在地,呼呼喘息,可是体内毒发,已说不出话来。

"世人无知,竟做蜗角之争。殊不知越是执着,越是竹篮打水。二位若不相互攻击,本可抵抗我的毒性更久。正如齐燕两国若不相互敌视,本可以抵抗秦国更久。"文不丁微笑道。

毛环猛一挥手,挣扎道:"唇亡齿寒……燕国若亡于秦军,乐土国也必为焦土!"

田年也喘息,甩头一避,道:"天下间绝容不下一片……安宁的乐土!"

"燕国想要我们的人,可是对抗强秦,最后我们的人恐怕都要被牺牲掉。齐国想要我们的国,可灭于秦国与灭于齐国,对我们来说,又有什么区别?乐土国什么都不想要,我们不过是一群出世之人,长生不老,无欲无求,哪怕将来真的亡国,在那之前,也只想要安稳度日,请各位能臣志士放过我们吧。"文不丁笑道。

毛环、田年瞪视着他,却一句话都说不出,终于直挺挺地倒了下去,不省人事。

"终于没人打扰了。"文不丁长长地松了口气,又望向姜明鬼道,"这位公子,我们可以出发了。"

兔起鹘落,他们一番争斗,各展所长,最终是文不丁只用言语,便击倒了燕国、齐国的两名高手——而姜明鬼就这样扶着鲤女,远远地看着。

这般唇枪舌剑、你死我活的决斗,他这些年实在看过太多。

人们往往有自己的理由:正义也好,忠诚也罢,为此不惜牺牲生命。他们如此决绝,无论别人的还是自己的性命,都可以如草芥般轻抛,而姜明鬼已没有了决断是非的信心。

——若非强弱悬殊如鲤女与燕丹,他都难以插手。

可是看到文不丁谈及乐土国的亡国之难,姜明鬼的心中还是不禁一阵恍惚。

几年前,他也曾面临一场存亡断续的选择:墨家小取城,虽然不曾立国,但独占一城,上下一心,弟子众多,实力强劲,亦是独立于七国之外的兼爱之国。

当年墨家钜子逐日夫人因痛感秦国强大,有扫荡六国之意,担心小取城也难逃灭顶之灾,遂将姜明鬼派下山去,传他小取城石印,让他以身代城,游走四方,传承墨家精神。

那时姜明鬼刚刚从绵延数年的颓废中振作,雄心壮志,一口允诺。

可惜在那之后,他连战连败,不仅令自己心爱的女子惨死,更弄丢了石印,将钜子的嘱托抛到了脑后。

如今,他已数年没有回过小取城,无颜面对师门,无颜面对逐日夫人,他甚至在不知不觉中有意闭目塞听,杜绝了一切有关小取城的消息。赵、魏已亡,原本厕身于三国交界的小取城,已全然陷入秦国的包围之中……

真不知这几年来,那城中的钜子、师兄、师弟……现在如何了。

——小取城,有没有如乐土国一般,被不同的国家拉拢和算计?

——逐日夫人这时,可有新的延续小取城的办法或人选?

"尚不知这位公子如何称呼?"他正出神,却被文不丁叫醒了,"文不丁忙于扫除闲杂人等,一时多有怠慢。"

"鬼。"姜明鬼被他问了,也就简单答道。

那本是他过去几年漫游天下所用的别号,这时随口报出,显然有戒备之意。文不丁听他如此自称,不由得有些不快,道:"原来是鬼公子。只是人鬼殊途,鬼公子欲入乐土国,是有什么伤心事吗?"

姜明鬼摇头道:"没有。"

"那便是有了。"文不丁大笑道,"那是很好的,伤心之人方能进乐土之国。"

"你本可轻而易举地击败毛环、田年,甚至杀了他们。"姜明鬼不愿多谈自己,问道,"为何偏要激得他们自相残杀,十分难看?"

"因为我希望他们在醒来之后,仍能记得这样一个教训。"文不丁叹道,"若天下只有一个乐土国,那便只有极少数的人能够远离不幸。若世人都放弃争斗,不再尔虞我诈,则到处都是乐土,天下人方有富足可言。"

"他们还会醒来吗?"姜明鬼问道。

"自然是会的。"文不丁道,"乐土国乃是可以令人长生不老的至乐之国,使者岂会滥杀!如今,碍事之人均已昏睡,姜公子便是此次进入乐土国的人,请过来一叙,与我共赴那不老不死的乐土。"

"恕难从命。"姜明鬼却淡淡地道,"我若过去,只怕也会为你所害。"

文不丁一愣,道:"鬼公子这说的什么话来?"

"那些蠓虫，是你放出的吧？"姜明鬼微微伏低身子，抬手一指，问道。

从这个角度看去，夜空之中，青石之下，在距离地面八尺左右的位置，若有若无地飘浮着一团灰色的烟雾，虽然无声无息，但翻滚起伏，一团一团的，直径几达丈许。

"你利用风向，放出了这些蠓虫。"姜明鬼道，"河风浩荡，这些蠓虫体轻翅小，自然会聚集在青石遮挡的无风之处。而你站在青石之上，只须移动身体，便能造成石后的风向变化，操纵蠓虫动向。这时你将两面小旗、金银财宝，全都掷于滩上，令那些竞争之人在不知不觉中走进蠓虫的飞舞之地。他们因此为蠓虫叮咬，中毒昏倒。"

他直起身体，微微叹了口气。

"毛环、田年他们其实已经发现了这些蠓虫，只不过这些飞虫太小、太不起眼了，因此他们也只是信手挥开，侧头闪避而已。若是他们抬头看一眼，便能以青天为底色，看到那一团以千计、万计的蠓虫汇聚成的虫云了。"

"鬼公子好利的眼。"文不丁笑道，"这种飞蠓，是我好不容易才自楚国的瘴气沼泽中找到的，当地人将它们称为'翳云'。它们群聚而行，数万只薄翅同时挥动，也没有半点声响。它们以血为食，在吸血之时，又会向猎物的身体中注入奇毒，可令猎物在被吸血之时毫无反应，直至毒素累积，不支倒下。而直到倒下，猎物可能都不知道自己的身体发生了什么变化。"

"我刚才若是径直过去，只怕也会走入翳云之中，成为它们的猎物。"

"不会的。"文不丁笑道，"鬼公子与他们不同，无欲无求，已经通过了乐土国的挑选，我自然会在你过来时，将这些飞蠓收起。"

"所以，你真的是乐土国的使者吗？"姜明鬼问。

"那是当然。"文不丁笑道。

"那么，"姜明鬼顿了顿，问道，"你身后那人又是谁？"

文不丁一愣，突然惊觉自己脚下的影子过分清晰，似是有一道光亮自他身后远远照来。

他蓦然回头，登时看到一幅奇景：只见河滩之外，大河宽阔，水光月影，交相辉映。而在水天之间的深蓝色夜幕之中，亮起一团闪烁的火光，其间隐隐包裹着一物，正自大河上游的黑暗中缓缓游来。

仔细看时，那团火光原来是由数百点磷光组成。磷光舞动蹁跹，似有灵性，一片片又轻又薄，如同会发光的雪花，轻盈曼妙。而被它们包裹着的那随波浮沉的异物，也渐渐被它们照亮了轮廓，原来是一只小山一般的葫芦。

那葫芦比匏叶村中最大的葫芦还要大上许多倍，虽然大半的身子都斜浸在水中，但仍可看出，它足有一丈多高，由一大一小两个肚组成，大肚径约六尺，小肚也足有四尺。

葫芦如同一艘宝船，顺流而下，葫芦腰上骑坐一人，在片片磷光之中如驭巨鲸，飘然而至，一派神仙风貌。

来到河滩青石近处，葫芦上那人一扬手，只见一道乌光飞起，一柄乌黑的铁剑飞过数丈，钉在青石之侧。铁剑上系有长索，登时如同锚钩，将葫芦拉住了。

葫芦随着水流转了个身，上坐之人拉动长索，将葫芦牵至河岸边。

离得近了，更可看清，原来围绕在那巨大葫芦旁的片片磷光，竟是一只只发光的蝴蝶，它们随风起舞，斑斓的薄翼上还不住撒下点点磷粉，在夜幕之中流光溢彩，直如梦幻。

"哦？怎么已经倒了一地，是谁帮我作了筛选？"

那骑坐在葫芦上的人看见青石旁横七竖八的人群，微微皱眉。

——月至中天,河心而来,原来他才是乐土国真正的使者。

只见他五十来岁,身材高大,头发花白,面容清癯,一双眼似闭非闭,一副自行其是、不以为意的神气。

文不丁不知他是要问责还是要行赏,仔细分辨他的表情,也根本看不出。他望了一眼姜明鬼,咬牙道:"在下'蜉蝣家'文不丁!他们皆是利欲熏心之辈,不自量力,我因此帮乐土国把他们都剔除出去了。"

真人面前,他终于自报家门,不再冒充乐土国使者。

"干得不错。"那乐土国使者颔首,将文不丁、姜明鬼、鲤女逐一打量,道,"可惜我此次只能带一人进入乐土国,现在河滩上的人,还是多了。"

河风森森,文不丁霍然转头望向姜明鬼与鲤女。

这时他终于不再掩饰,先前的斯文儒雅荡然无存,双目之中凶光大盛,如同一匹饿狼。

"请鬼公子退出河滩!"他厉喝道。

百家之中,有一家名为蜉蝣。

蜉蝣家擅长驭使虫蚁,更以虫蚁之物为师,领悟到人生百年也不过匆匆一瞬的道理。正如蜉蝣为虫,不饮不食,朝生而暮死,所谓功名利禄,全都没有了意义。

文不丁少年时潇洒不羁,周游天下,信奉"人生不过须臾,万物不应介怀",可是人至中年,血气渐衰,不知不觉间眼花齿摇,亲死友散。揽镜自顾,越来越清晰地感受到生命的凋零之后,他却突然生出人生苦短、时不我待的不甘。

因此虽和毛环、田年相似,他也曾对乐土国使者历年的行事方式有所打探,但比毛、田二人更进一步的是,从一开始他便下定了冒充使者毒倒众人,确保自己进入乐土国的决心。

唯有进入乐土国，他才能如虫儿于地下休眠一般，躲过朝生暮死的命运。

而一旦躲过生命的冬天，他也一定能如虫儿一般脱茧重生，发现全新的世界。

只是人群之外的姜明鬼和鲤女偏偏软硬不吃，才令他未能在真正的乐土国使者到来之前，将所有人处理干净，不露破绽。所幸乐土国使者不以为忤，仍令他们自行决出入国之人。文不丁心花怒放，再看那二人时，不觉已动了杀机。

"这位文先生冒用使者之名，暗算向往乐土国的众人，使者竟不生气吗？"姜明鬼却似听不见他的威胁，只是对那乐土国的使者叫道。

"我为何要生气？"那使者微笑道。

"他自作主张，也许会把那最佳的人选给剔除了，这不是坏了乐土国的大事？"姜明鬼道。

那使者微笑着摇了摇头。"从来都没有什么大事，也没有什么最佳人选。"他安然高坐，飘飘如仙，道，"乐土国的妙处，就在于我们从来不以高低贵贱、忠奸贤愚来评判国民。每年不得不淘汰一些想要入国之人，也是因为乐土国内往往只有一两个空缺。可供填补。这位文先生愿意帮我淘汰人员，我自然乐得清闲。"

"乐土国内，何来的空缺？"姜明鬼却敏锐地抓到了他话中的关键。

"生老病死，在所难免。乐土国要人人替，自然是有人去世。去年里，乐土国去世一人，我今日，便只带一人回去。"那使者微叹道。

"乐土国内，不能长生不老吗？"文不丁却被这消息惊呆了。

"长生不老有违自然之道，你既是蜉蝣家的人，实在不该有此妄想。"那使者微笑道。

他说得轻松,似是将死亡当成了再正常不过的事,文不丁却一下子泄了气:数年来,他四处调查,历经千辛万苦,又变卖家产,将所有的财物都当作诱饵,来此偷袭众人,只是为了能进入乐土国,寻找不老不死的奥秘。可现在乐土国使者却说,乐土国内也会有人死亡,他顿时只觉一切的努力付诸东流,而自己数年来不断逃避的老去、死亡,突然间近在咫尺。

"扑通"一声,文不丁脚下一软,瘫倒在地。

"似乎,已经有一个人放弃进入乐土国的机会了。"姜明鬼道。

先前与文不丁谈话时,姜明鬼便发觉此人曾多次提及"长生不老",如今一旦找到机会,便借着乐土国使者之口,将他击溃了。

姜明鬼竟只需三言两语便将文不丁弄得神不守舍,那乐土国使者点头道:"这位公子果然见识不凡。那便请你和我一同前往乐土国。你身边的这位女伴,是你的妻子还是姊妹?是你自行开解她,还是由我直接令她睡去,免得耽误行程?"

先前时他说只带一人,如今却似选定了姜明鬼。

姜明鬼皱眉道:"她是我的妻子,我们若去乐土国,自然是一同前往。"

"乐土国中,不收女人。"那使者摇头道,"女人,实在是这世上最为麻烦的事物。儒家的孔夫子说,女子如小人,近之则不逊,远之则怨,可谓一语中的。她们惯于喜怒无常、锱铢必较,又爱搬弄是非、争风吃醋。男人遇上了她们,哪一个不是焦头烂额、进退失据?古往今来,已令不知多少如商之纣王、周之幽王一般雄才大略的男子,操磨成了昏聩俗人。"

他冷冷地看了一眼鲤女,道:"所以,乐土国是不收女子的,尤其是如这位夫人一般年轻貌美的。数百年来,除了极少数丑陋、老迈的女子之外，乐土国一直是男子之国。大家磊落相交，从无罅隙，不知少了多少纷争，多了多少清净。"

他说得如此无礼，鲤女不禁又惊又怒。

"天有阴阳，人有父母，男女相谐，并无尊卑。"姜明鬼皱眉道，"乐土国号称一视同仁，不想竟如此短视。"

"你若要眼光长远，那也不难。"那使者冷笑道，"乐土国是自然之境、平衡之国。一切国民增减，都须与国内物产的丰歉相匹配，自有定数。而女子若来，则难免生育。子生孙，孙生子，无穷无尽，一旦导致乐土国覆灭，这般后果，谁能承担？"

"她只是一人而已，先生何须危言耸听？"姜明鬼道。

"她虽然只是一人，但代表的，却是天下万千女子。"那使者摇头道，"今日放她一人进入，难免明日也放入其他女子。男女繁衍，生生不息，后患也就无穷。乐土国便再也不能于乱世之中独善其身了。"

"那我们便都不去了吧？"姜明鬼问鲤女道。

乐土国近在眼前，可竟因自己是个女子，只能失之交臂，鲤女又悲又气，忽然将双手一扬，道："我不算丑陋吗？天下万千的女人，都如我这般可笑吗？"之前那白衣剑客前来挑衅，注意到了鲤女的假手，出言嘲讽，鲤女因此将双手藏起，乐土国的使者便没有看到。可这时说到悲愤之处，她将双手夹于腋下，用力一拔，脱下假手，露出一双光秃秃的手腕，亮于那使者面前。

那两截断腕又细又短，尖端浑圆，却又沿着尺骨分出两个肉包，粉红鲜嫩，令人望之欲呕。

那乐土国使者不由得一愣，不料这瞧来清秀单薄的女子，竟有这般严重的残疾。

"我这样的女人，能令男人为我争风吃醋吗？我这样的女人，能代表天下的女人吗？"鲤女惨笑道，"或者使者以为，我还算是一个女人吗？"

她神色惨厉，浑身颤抖，姜明鬼心中不忍，道："走吧。不去乐土国，我们未必找不到一方安身之地。"

"且住。"那乐土国使者望着他俩，突然再次问道，"你们是夫妻？"

"是……"姜明鬼看了一眼鲤女，道，"是夫妻。"

迄今为止，他们的关系其实颇为古怪：自那日二人有了夫妻之实后，这一路同行，虽然朝夕相对，同室而眠，却再未行男女之事，便连鲤女的打扮也仍是少女的。因此无论之前那白衣剑客还是此时的乐土国使者，都不知二人身份，只用"女伴"称呼鲤女。

姜明鬼此前也曾提及二人的关系，但不过是随口带过，如今却要应乐土国使者的提问，清清楚楚地自认"夫妻"，不禁有些踌躇。

他二人神色怪异，那乐土国使者如何看不出来？他的目光在二人身上不住逡巡，终于微笑道："所谓夫妻，不过是雌雄相配、生儿育女的搭子而已。水里野鸭，山中饿狼，虽是畜生，也尽能至死不渝。所以，你们若只因为是夫妻，便以为会永不分离、同入乐土，未免太自以为是。"他的目光中忽然露出狡黠的神色，道："可是我有一个问题，想请教二位。"

"请讲。"事已至此，姜明鬼别无选择，只得应道。

"我想知道，"那使者收敛笑容，正色道，"你的妻子若是无病无痛，一命呜呼，你会为她高兴还是难过？"

姜明鬼一愣，不料他作为一个前辈高人，竟有如此古怪的一问。

思忖良久，姜明鬼的视线落在鲤女古怪的断腕上，想到鲤女近来所受的苦，心中一软，道："我……会为她高兴。"

鲤女脸色微变，那乐土国使者长眉微挑，又问鲤女道："你的丈夫若是死了，你也会为他高兴吗？"

鲤女紧紧咬牙，道："他终于得以解脱，我自然为他高兴。"

他二人所言，可谓冷酷无情，那乐土国使者冷冷地看着他们，唇边却渐渐有了笑意，放声大笑，道："昔者道家先贤庄周，曾在妻子死后，鼓盆而歌，欣然于妻子托体天地，还归日月。这般顿悟乃是人生的极乐，也是乐土国所追求的大道。你们夫妻二人，若自信能以残破之躯，达到这般无情的境界，永不相爱，那我便破例一回，让你们一同进入乐土国吧。"

姜明鬼一生追求兼爱，到头来却须凭无情进入乐土国，一时间只觉荒诞莫名，他低头问鲤女道："如何，你还想去吗？"

鲤女咬了咬牙，道："去！"

"好。"她如此坚决，姜明鬼也终于平静下来，对那使者道，"便请先生带路。"

那乐土国使者也笑道："那么，乐土国孟损，恭请二位同行。"

"不！"

孟损的话才一出口，一旁却有人厉喝道："谁也不许去！乐土国欺世盗名，谁都不许去！"

伴随怒吼之声站起来的，却是蜉蝣家的文不丁。

先前他得知乐土国不能长生不死，登时灰心丧气，一蹶不振。可是在失望之中，听说鲤女因是女子，而不能进入乐土国，姜明鬼因不愿与鲤女分开，而放弃进入乐土国，不由得到了一些安慰，只觉大家都空欢喜一场，也不算孤独。可没承想此事竟突然峰回路转，那乐土国使者又特许他们入国，文不丁登时怒不可遏！

"我去不了，便谁都不用去了！"

大喝声中，他猛地向空中的飞蠓翳云掷出几枚草球。那些草球同样取自楚国的沼泽之中，有飞蠓最怕的味道，一经飞近，登时将翳云驱动，赶向姜明鬼与鲤女。

飞蠓体轻翅小，一离开青石遮挡进入风中，立时被吹得七零八落。眼看这些辛苦培育的虫儿转眼便损失惨重，文不丁心如刀割，可如今鱼死网破，他再也顾不得这么多了。

突然间，天地一亮！

远处的姜明鬼尚未反应，那盘旋在孟损身旁的磷光蝴蝶，忽然蜂拥而出，汇成一条闪闪发亮的天河，光华灿烂，从文不丁的头顶汹涌而过，一瞬间便淹没了飞蠓的翳云。

蝴蝶开合飞舞，明暗之间，那巴掌大的片片亮光像是无数双眼睛浮于夜空，欢笑着、追逐着，一眨一眨地望着文不丁。

翳云被蝶翼切断、剪碎，飞蠓四散，转眼消失在夜风之中。

"人生百年，不过一瞬，睡吧，做个好梦吧。"孟损轻声道。

文不丁浑身乏力，待要再战，忽然点点磷光从天而降，飘飘洒洒地落在他的头发上、睫毛上、肩膀上。文不丁扬起手来，只见自己的一条手臂都在闪闪发光，突然间天旋地转，脚下一滑，从青石上重重摔落，人在半空，便已人事不知。

孟损这才跳下葫芦，来到河滩之上，道："不知二位如何称呼？"

磷光蝴蝶在他身前飞舞，河滩上所有倒下的人身上，转眼间都覆盖了一层薄薄的微光。而文不丁的飞蠓没了主人的操控，早已随风四散，彻底没了踪影。

"在下墨家姜明鬼，这是我的妻子鲤女。"姜明鬼不再隐瞒，直报己名，又道，"先生是'蝶梦家'的人？"

百家之中，有一家名为蝶梦。

昔者道家庄周曾于梦中化蝶，醒来之后，恍惚深思，一时竟不知何为梦、何为真，何为蝴蝶、何为自我，因此有所感悟。

后来这一感悟逐渐自道家分流，而自成蝶梦家。学派中的弟子擅长以实入虚,化蝶为我,白日入眠,阴阳颠倒,专门研究人的梦境。

"百家争鸣,不过是人生一梦,乐土国中早已忘却学派的虚文。"孟损道。

一面说,他一面打开腰间斜挎的一口木箱。那些漫天飞舞的磷蝶立时向箱中飞落,一只只敛翅停好,排列得整整齐齐,将一口木箱照得一片雪亮。仅余两只一左一右,停在孟损的肩头。

"如今月既当空,君子便请上路。"孟损笑着将木箱合好背稳。

姜明鬼二人来至河边,那小山般的大葫芦,正被长索拉着搁浅在岸边。

离得近了,更觉它硕大无朋,一大一小两个葫芦肚圆溜溜、胀鼓鼓,便连两肚相连之处的细腰都粗如水缸,顶上一根弯曲的葫芦蔓也有男子的手臂粗细。

鲤女迟疑道:"我们……是要骑这个葫芦走吗?"

"不。"孟损却摇头道,一手握住那葫芦蔓,一手在隐蔽处拉开插闩,向下一拉,竟将那葫芦顶部两尺多宽、一尺多深的"顶盖"掀了下来,露出里面黑洞洞的空仓。他探身进去,先提了几袋压舱用的石块出来,道:"我们坐这葫芦走。"

鲤女大吃一惊,只觉两腿发软,姜明鬼却拍手称快,道:"好一艘葫芦船。"他弯腰打横抱起鲤女,道:"有我跟着,莫怕。"然后轻轻一送,让她滑入那葫芦之中。

鲤女只觉眼前一黑,人已坐到葫芦肚中,霎时什么都看不见了,鼻中所闻,尽是葫芦内部的草木湿气。正自慌张,却觉身边一挤,姜明鬼也从那洞口钻入,跳进葫芦的小肚之中。

葫芦的小肚不过四尺之径,底部凹陷如碗,更令人站立不稳。

两人入内,几乎难于旋踵,正有些不知所措,忽然一点亮光飞入,原来是孟损放出了停在他肩头的磷蝶。有了它的微光指路,姜明鬼带着鲤女半跪半爬,钻过葫芦的细腰,来到葫芦的大肚之中。

大肚直径六尺,立时宽敞了许多。葫芦内的瓤籽已被清理干净,借着磷蝶照亮,更可看见内里竟以葫芦壁上的筋梗,雕出了两个坑槽,正好可以让人倾斜着坐在里面。

"坐稳了我们便要开船了。"孟损在那圆圆的葫芦口外叫道。

他早已收回铁剑、长索,这时双手撑住葫芦口,用力推出,登时将那大葫芦推得漂离了河岸,来到深水之中。姜明鬼、鲤女两人的分量压得葫芦高高翘起,眼看就要翻倾,孟损抢上几步,轻轻一跳,也钻进葫芦的小肚之中,刚好将它压住。

大肚里坐了两人,小肚里坐了一人,这巨大的葫芦,稳稳当当地漂浮在水上。葫芦口翘在河上,那"顶盖"也没有收起,垂在口外,摇摇晃晃。只是大肚沉、小肚轻,葫芦身稍稍倾斜,刚好不至于灌进水来。

孟损蜷缩在葫芦小肚中,找了个舒服的姿势倚着,微笑道:"此去乐土,水路颠簸,尚请二位见谅。"

"原来乐土国是在河中吗?"姜明鬼叹道,"怪不得没有人知道它的位置。"

"要去乐土国,必须乘坐葫芦。"孟损道,"鲍叶村的葫芦虽大,但它的种子不过是乐土国流出的弃种。真正的葫芦上品只在乐土国中产出,其大如山,其硬如铁,历经三年方可成熟,可称葫芦中的大王。我将每年成熟的葫芦王开口、掏瓤、浸药、定重,花费数月,方改成一艘秘船。"

"所谓天地造化,便是如此吧。"姜明鬼道。

他先前读过的惠子的故事中,惠子的葫芦不过五石之大,而眼前这葫芦王怕是有百石之巨。天生巨大,自然难得,如今它漂漂摇摇摇,虽然浮于水上,整体却极为平稳,不至于翻滚,更可见孟损对它的改造也极为巧妙,不输墨家巧匠。

姜明鬼倚靠在葫芦壁上,只听外面水声汩汩淙淙,一时有些出神。鲤女坐在他身旁,身子缩得小小的,似是不想碰他一丝半毫。

"匏叶村河滩上的那些人,会怎样呢?"姜明鬼忽然问道。

"那蜉蝣家的文不丁被我的磷蝶所迷,只会睡上一晚,做几个梦。"孟损道,"其他人则是被文不丁的飞蠓毒晕,若飞蠓毒不死他们,自然也只是睡上一觉。"

那两只磷蝶,一只倒悬于他们所坐的葫芦大肚的壁顶,一只却还停在孟损的肩头,在少了月色的黑暗中,越发明亮。

"使者自河中现身,以葫芦为舟、磷蝶催眠,任何人对你都该过目不忘。"姜明鬼忽然想到匏叶村中谈及乐土国的异常之处,问道,"怎么匏叶村中却没有你的传说?每年那些落选的人,又怎么个个忙着逃走,不愿停留?"

"历年在河滩上落选的人,都会如文不丁一般为磷蝶所迷,沉睡不醒。"孟损淡然道,"而只要他们身上沾染了磷蝶的磷粉,便会在睡梦之中噩梦不止。人的天性,最会知难而退,做了太过可怕的梦,自然会在醒来时迅速忘记梦中之事。而当那噩梦足够恐怖时,更会让他们连入梦之前的事都统统忘记。"

孟损伸出手来,肩上的那只磷蝶落在他的指尖,翅膀开合,莹莹生光。

"当他们醒来时,那仅存的恐惧会让他们片刻不敢多停,迅速逃离匏叶村,以后即使想起什么,也不过只言片语,不足以暴露乐土国的秘密。"

原来这便是乐土国在此选人多年,却隐藏得如此完好的原因。

"他们到底会梦到什么,竟有那么可怕?"姜明鬼好奇道。

"蝴蝶迷梦,似梦非梦。"孟损摇头道,"或许,磷蝶只是将他们送回最天真、最淳朴的时候而已。"

对于那些早已习惯世故的人来说,对于那些为达目的不择手段的人来说,最可怕的噩梦,便是回想起自己曾经的善良,面对再也不想面对的自己。

姜明鬼心中感慨,不由得叹道:"蜉蝣盲目,输给蝴蝶一梦。"

葫芦起伏,他们一路交谈,又不知漂了多久。

孟损忽然身子一动,拧身来到葫芦口处,探头出去看了看,又缩回身来,道:"接下来可有点晕了,二位准备好吧!"说着探臂一拉,掀起外面垂着的葫芦盖子,用力一拽,将那盖子拉回葫芦口。

那盖子之前一直打开,这时骤然合上,登时将葫芦口的一点光也给遮住了,葫芦中只有两只磷蝶的微光。葫芦中的空气,顿时变得闷浊起来。

"这是……"鲤女惊道。

一句话还没说完,那葫芦已猛地向下沉去,似是坠入无底深渊,同时极速旋转,如天翻地覆一般。鲤女惊叫一声,几乎给甩出凹槽。便在此时,她察觉到自己腋下忽然伸入一手,温暖有力,正是姜明鬼将她牢牢抱住。

姜明鬼似是早有准备,一手揽住鲤女,一手撑在葫芦壁上,双脚蹬开,将二人牢牢固定在葫芦的大肚之中。那葫芦上下翻转,左右滚动,如同一枚弹丸,跳来跳去。鲤女只觉天旋地转,难受得闭上了眼睛。

"上古传说,女娲伏羲幼年时,他们的父亲曾捕得天上雷神。女娲伏羲怜其虚弱,用水助他恢复了神力,雷神因此脱困,返回天上之时将一枚种子交给兄妹二人。二人将种子种下之后,长出的便是巨大如船的葫芦。"孟损半躺在葫芦小肚之中,身体起伏,却似毫不受力，道，"后来雷神发下洪水，唯有女娲兄妹躲入葫芦肚中，随波逐流，才保得性命，由此成为人类的始祖。"

葫芦咯咯作响，直令人担心随时碎裂。而水声汩汩，又有许多河水，不住地从葫芦口处漏入，打湿了三人的衣物。鲤女紧紧依偎在姜明鬼怀中，双臂死死夹着他的胳膊，耳中扑通声传来，是姜明鬼沉稳有力的心跳。

"葫芦舟正合古意，二位可还喜欢吗？"孟损笑道。

空气越来越少，每一次呼吸，都似胸口压了一块石板，鲤女拼命呼吸，仍然憋得眼冒金星，慌乱之中越发气短，不禁手刨脚蹬起来。

"不要怕。"姜明鬼的声音忽然在她耳边响起，"我的气，全都给你。"

鲤女一愣，忽然惊觉，姜明鬼竟然没有了呼吸。而她身体所触，姜明鬼的身体不知何时也变得又冷又硬，干瘦得如同只有骨头一般。

"扑——通——扑——通——"

幸好她还能感受到姜明鬼的心跳，极其缓慢、微弱……却平稳。

她不像是抱着一个男人，却似依着一棵古树，沧桑、坚毅，无惧风雨。鲤女的心也突然踏实下来，顺着姜明鬼的心跳，她缓缓地调整呼吸，似乎也没有那么气闷了。

头脑昏沉，浑身无力，似梦非梦，似醒非醒……那葫芦上上下下，时而沉入水中，滴溜溜旋转；时而浮于水面，吱吱换气。也不知过了多久，又翻滚数遭之后，他们开始缓缓上升。

"哗啦"一声，葫芦外传来清脆的水花落下的声音，葫芦猛地向上一冲，停住了。

"砰！"葫芦口处的盖子，蓦然震飞。

新鲜的空气和一缕阳光猛地涌入，孟损道："恭喜二位，我们到乐土国了。"

第五章

乐土国

葫芦口处，清风鼓荡。锵然一声，有如龙吟，孟损手中寒光一闪，已将先前当作钉锚使用的铁剑拔出，"咔咔"数声，先将葫芦小肚上的壁顶刺破了几个窟窿。紧接着"咔嚓"一声，他一掌推起，将那一片壁顶整个掀了下来。

白亮的阳光当头洒落，孟损伸个长长的懒腰，身子微靠，倚在葫芦口，随手一扔，将铁剑抛给姜明鬼，道："姜公子请。"

姜明鬼一手搂着鲤女，一手接住铁剑，问道："这葫芦舟不要了吗？"

"古藤之上，年年都有葫芦新生、葫芦成熟。"孟损笑道。

"那我便不客气了。"姜明鬼将铁剑正握，向上往大肚的侧壁上一刺，"喀"的一声，刺了个对穿。他凭借手感，已对铁剑锋锐、葫芦硬度有了计较，运剑如龙，"嚓啦啦"一声长吟，将铁剑划出一个斜圈。

一圈划过，他将铁剑放于脚下，挺身一掌拍出，大肚上部的三分之一登时整个飞了出去，"扑通"一声，掉进一旁的水中。

一瞬间鲤女只觉豁然开朗，头顶上是湛蓝的天空，万里无云，秋日的太阳明晃晃地当头而照。葫芦外微风轻拂，碧波荡漾，一望无垠，乃是一片千顷之湖。

大葫芦被掀掉两片壁顶，更如一艘小船，中间以细腰做隔断，分成一大一小两个船舱，小船在平静的湖面上微微荡漾。姜明鬼、鲤女站在大舱之中，被此前葫芦中的水弄得浑身湿漉漉的，一时竟有两世为人之感，二人彼此相望，放声大笑。

笑声在水面上传开，更见开阔。只见这片碧湖四面环山，山高入云，而远远地，湖面零星散布着座座小岛，如同珠链。

"乐土国原来是山中之湖、湖中之岛！"姜明鬼赞道。

他们之前乘坐葫芦顺流而下，应是靠近了高山。而后葫芦忽然下坠，显然是进入河内漩涡，给卷入潜流之中，更在暗河漂流，不住地逆流而上，穿过了山体，最后才在这座平湖中升起。如此山穷水复，无怪乎外人只知有乐土国，而不知其所踪。

"传说中，乐土国的开国国主乃是晋国晋静公的公子。当年三家分晋，晋国为韩、赵、魏三国所窃之后，他逃出宫城，终于领悟到强大的国家必将招致灭亡，而唯有不去侵略别人，也令自己没有被觊觎的价值，方能长治久安。百年以前，他意外发现这一处神奇所在，物产丰富，无拘无束，于是与自己的友人、门客创立乐土国，并定下'小国寡民，无欲无求'的立国之策。此地地势神奇，山封水藏，与世隔绝，若是行走山路，非数月不可达，因此数百年来人迹罕至。唯有通过鲍叶村外大河中的一处潜流，方能快速穿过山腹，来到这片水国。而利用那潜流的最佳方法，自然是乘坐国内特产的大葫芦。"孟损坐在小舱之中，微笑道。

虽然仍坐在积水之中，但他双臂搭在葫芦壁的断口上，潇洒满足，极尽舒适，施施然宛在王座。

湖水澄清，倒映天光，尾尾白鱼不时跃水而出，溅起片片水花。

极目远眺,座座小岛草木丰茂,生机勃勃。

姜明鬼叹道:"如此造化,怎不令人有两世为人、此生若梦之感。"

"这片湖水,名为'不劳',湖中鱼儿肥美,取之不尽,便是姜太公至此,以直钩垂钓,也会吃得撑了。湖中小岛,即是'乐土',土壤之肥沃,便是种颗石头,也能结出一扇磨盘来,因此各有特产。乐土国既无外敌之扰,亦无内乱之忧,只消稍作劳动,便可解决温饱,因此方能人人安居乐业,远离一切纷扰。"

"那……到底哪座岛是乐土呢?"姜明鬼问道,触目所及,似是所有的岛都不甚大。

"每一座岛,都是乐土。"孟损道,"不劳湖中,其实共有小岛三十六座。立国国主因此确定了乐土国的国民数量:每座岛上,都有且只有一名国民,则三十六座小岛,便住了三十六名国民。"

鲍叶村中,想要进入乐土国的都有三十多人;而乐土国中,竟然只有三十六人?鲤女在一旁听他们问答,不由得脱口而出,道:"好小!"

"商周虽盛,难逃倾覆;齐晋虽强,难免凋零。小国寡民,方是立国正道,这是世人常常不能理解的道理。"孟损知她见识浅薄,也不生气,道,"乐土国中的三十六个国民每个人占据一岛,可耕种、可采摘、可饲禽、可牧畜,湖中可以打鱼,天上可以射鸟,因此完全能够自给自足。大家鸡犬相闻,彼此很少往来交道,因此少了摩擦、少了攀比,杜绝了战争,免除了灾祸。和这些便利相比,所谓大、强,又有什么意义呢?"

道家小国寡民之说,一向能自圆其说,如今竟有乐土国将其践行出来,姜明鬼叹道:"好一个隐者之国。可是,大家便永远都不见面吗?"

"见面与否,均是自由,只是各位岛主多数习惯了离群索居,不爱见人罢了。每个月的十五,我们会有一次月集。大家各凭兴致,带上岛上特产,进行物品交流,可以略通有无;然后便是每年一次的国诞日,方是列岛全国一同到场。"

"君子之交淡如水,如非必要,确实不必相见。"姜明鬼道。

"正是。"孟损笑道,"不过国诞日会有一年一度的'猎龙之会',乃是举国盛事,姜公子万万不可错过。"

"猎龙之会?"姜明鬼吃了一惊,道,"乐土国竟有此神兽吗?"

"姜公子到时便知!"孟损大笑道,却卖了个关子。

那葫芦舟漂于湖面之上,虽然平稳,却无桨无帆,难以动转。孟损扔给姜明鬼一片葫芦碎片,让他将舱内的积水舀出去,自己却倒持铁剑的剑柄,在葫芦舟外壁与湖水交界之处,轻轻敲击,发出"咚咚"的闷响。

葫芦震动,荡出点点涟漪,远远散开。过了一会儿,姜明鬼已将葫芦中的积水清理了七八分,才一抬头,便见湖面有两道水线闪电般直逼而来。离得近了,只见水花中露出两条巨鱼,面如黑炭,口如长勺,头圆背厚,体长足有七八尺。

两鱼来到葫芦舟边,盘旋撒欢,长嘴张开,竟会"昂昂"而叫。

"这鱼名叫'驼鱼'。"孟损笑道,"乃是不劳湖中的特产,最通人性。驯化之后,可比牛马,用来拉船是又快又稳。"

他一面说,一面将铁剑上的长索解下,一头拴在葫芦舟上,一头挽了个绳圈,扔入水中。

那两条怪鱼欢欣鼓舞,立时咬住绳圈,向前面的岛群游去。它们力气好大,拉着三个人及大半只葫芦舟船,也游得风驰电掣。

"这鱼好是听话啊!"鲤女惊喜道。

"但不知我们要去的岛,又是哪一座呢?"姜明鬼问道。

"我带你们去的,是东八有巢岛。"孟损道,"在去年十月的时候,有巢岛岛主意外离世，你们因此得以顶替他的位置，进入乐土国。"

"有巢岛？"姜明鬼好奇道，"与有巢氏相关吗？"

上古之时，猛兽横行，风雪袭人，而黎民多难。有圣人构木为巢室，袭叶为衣裳，教化万民，授以温饱，因此备受拥戴，号为"有巢氏"。

"那位岛主最喜欢建造，在有巢岛上盖了许多房子，有巢岛因此得名。即使你们今日上岛，也不愁住处。"孟损道，"可惜善泳者溺于水，有一日湖上大风，摧枯拉朽，有巢岛数间房屋因此倒塌。那位岛主不幸为房椽砸死，待到为人发现时，已没有救了。三十六岛便一直少了一人，直到今日才迎来你夫妻二人。"

原来他们能进乐土国，却是因为前人遭此不幸。姜明鬼叹道："前任岛主地下有知，我们夫妻二人感激不尽。"

"生老病死，不过是万物常态，姜公子不必在意。"孟损道，"不过，你们在这乐土国中生活，有几件事一定要牢记：第一，如非交好，切不可私自拜访其他岛国。乐土国中，尽是伤心愤世之辈，多数不愿见人。你们擅闯别人的岛国，很有可能因此结仇，遭到对方驱逐，伤了和气。"

"若是在此期间，我们被打伤、打死，会怎么样？"姜明鬼问道。

"那是你们咎由自取，是死是活，只能听天由命。"孟损道，"而若你们在反击时，不慎击伤、击死对方，则又是你们越界犯人，无礼在先，因此必受国主责罚。伤人者以血还血，杀人者以命偿命。"

姜明鬼深深地吸了口气，道："总之，在乐土国中，我们一旦踏上别人的岛国，是生是死，便身不由己了。"

"那并非针对你们二位新人，而是三十六岛人人如此，便连国主也不例外。"孟损道，"须知君子不群，乐土国中一旦有了亲疏远近，往往便会产生利益纷争，徒增烦恼，你们千万要小心。"

他所言有理，姜明鬼和鲤女默默点头。

"第二，你们须得记住，乐土国内要以烟柱传讯。每月初一、十五，国主岛上都会升起红色狼烟。见到此烟，你们也要点燃灶火，令炊烟升起，传信于国主；而十五日时，你们有什么需要，还可去国主岛外的水市上交换。"

"每月十五举办月集，为何又会以国主的狼烟为记？"鲤女问道。

"其实只是无奈之举。"孟损笑道，"乐土国与世无争，便连时间也是混沌的。每月朔望之日虽然可以凭借月亮圆缺来确定，但几天之内的满月，哪一日的月亮最圆，哪一日是月中十五，却常常产生分歧。为了避免混乱，索性由国主放烟为号，加以统一。"

"那每月两次的炊烟，又是给国主传了什么信呢？"姜明鬼问道，"炊烟不同于狼烟，随风而逝，国主在自己的岛中，真的能看到吗？"

"那烟是为防止各岛岛主一旦暴毙竟无人知晓，俟后为人发现，模样太过难看而设的。"孟损笑道，"至于国主是否能够发现，倒也不必担心。国主养有猎鹰，巡视诸岛，从不遗漏。当初有巢岛的上一任岛主出了意外，便是因此被发现，五天内及时下葬的。"

三十六岛鸡犬相闻，但为了互不往来，竟还部署了这么多的安排。细心之余，更显出此地天地混沌、生死无情，令人不寒而栗。

姜明鬼沉吟不语，鲤女望了他一眼，不由得有些不安。

"第三，你们绝不可以生育子嗣。"孟损道，"乐土国只有三十六人，今日加入一位无情之妻，已是破例。二位绝对不可擅自增加子嗣，须知父母爱护子女，往往会失去理智，贪得无厌，将岛国世袭因承，那正是乐土国最为反对的。"

姜明鬼微微颔首，道："我们明白了。"

"明白就好。"孟损笑道，"我看出姜公子目有神光、胸藏沟壑，

第五章 乐土国　137

必非常人。而乐土国的国民，也往往不是各国的名臣良将，便是各学派的能人义士，只不过出于种种原因，一个个心灰意冷，看透了世界，才隐居在这里。大家不求称王称霸，只欲独善其身，俯仰天地，钻研大道，不少人学贯古今，远胜诸子。姜公子既然是聪明人，日后一定会明白其中的妙处。"

姜明鬼回想自己的半生，叹道："明白。"

驼鱼摇头摆尾，破浪而行，一盏茶的工夫，已拖着葫芦舟进入群岛之间。三十六座小岛，大的方圆百亩，小的却只直径数十步。葫芦舟从座座小岛旁掠过，只见有的岛上树木苍翠，鸟语花香；有的环岛筑起高墙，宛如危城；有的种满庄稼，有的晾晒渔网，有的一片静谧，有的却传出阵阵歌声。

"硕鼠硕鼠，无食我黍。"孟损斜坐在葫芦小舱之中，笑道，"名利、野心、爱恨、执着，皆如仓中硕鼠，偷食我们的生命，令我们忧心忡忡，永失快乐。如今三十六岛皆无俗务劳神，所有生产各有所长，全凭岛主喜好，形成特色。所谓乐土，不外如此。"

"我们所在的有巢岛，也需要继承前任岛主的特色，继续建造房屋吗？"姜明鬼问道。

"那倒是不必。"孟损道，"除非你们自己也爱建造，否则尽可以依照自己的喜好，将有巢岛发展成为燧人岛、神农岛，另开天地。"

说话间，葫芦舟已停在一座小岛旁，两条驼鱼放开绳圈，来到葫芦舟旁，一起一伏地"昂昂"而叫。孟损以手轻抚二鱼头顶，从怀中掏出两片肉脯，喂了它们，对姜明鬼道："眼前就是有巢岛，以后便是你们的王国了。"

姜明鬼和鲤女抬头看去，只见眼前的小岛中等大小，上面覆盖泥土，长满树木。而在枝叶掩映之下，仍可看到一座座大大小小的房屋,高低错落,布满整座小岛。

"有巢岛空置半年有余,今日终于迎来新主。"孟损拱手道,"岛上有野果山泉,我也在前面的大石下给你们准备了火石、火镰及数日的干粮,帮你们习惯岛上的生活。祝二位在此一切顺利,早日找到乐土之乐,为有巢岛改个名字。"

"多谢孟兄吉言!"姜明鬼跳下船去,岸边湖水深可及腰,他将鲤女抱下来,高高托着,涉水走上小岛。

孟损在葫芦舟上拱了拱手,便操控驼鱼掉头离开。

姜明鬼遥遥问道:"未知孟兄住在什么岛上?"

孟损在葫芦舟上回过头来,笑道:"乐土国无君无臣,出谷去迎选新人这种事,烦琐劳累,实在没人爱干。每年唯有我这国主岛上的无用之人,才会出去跑这一趟。"

姜明鬼一愣,稍一反应,才确定原来他便是乐土国国主。想到他们同舟而行,自己对乐土国的安排多有微词,姜明鬼不由得汗颜,道:"姜明鬼有眼无珠,怠慢国主!"

"我便是不愿受此繁文缛节的磋磨,才一路隐瞒。"孟损笑道,"国诞日我们自会再见,姜公子不必在意。"

堂堂乐土国国主竟孤僻若此,姜明鬼也不由得暗自咋舌。

目送孟损驾鱼离开,二人方真正踏上有巢岛。在葫芦舟中漂游太久,难免两脚虚浮,但即将开始全新的生活,又令他们激动不已。

有巢岛上杂草丛生,树木虽多,但多数歪歪倒倒,想来是湖上大风卷袭所致。

他们去孟损所指的那块巨石下寻找食物,转了两圈,却一无所获。只见巨石下有一个石窝,旁边散落着许多石块,又有几块碎布、一柄火镰。仔细再看,周围还有一片纷乱的小兽脚印,想来孟损在出山前给他们留下的食物,已被岛上野兽掏出来吃掉了。

鲤女叹了口气,颇为沮丧。

他们自昨夜起便水米不曾入口,一夜漂泊,早已饥肠辘辘,初登有巢岛,举目无依,接下来又该如何过活?姜明鬼沉吟道:"谁吃了我们的,我们让它自己赔来便是。"他弯腰捡起火镰及两块碎石,道:"我们先去打猎。"

二人沿着地上小兽的脚印走了几步,越过一座土丘,立刻发现了"小偷"。原来是几只野兔,正在一片空地上争抢一块破布,各自咬着破布一角,三瓣嘴蠕动不停,直似吃什么佳肴一般,嚼得津津有味。

"那看来,我们今日是要吃野兔了。"姜明鬼道,手上碎石一紧,便要掷出。

"等一等!"鲤女却在一旁突然叫道。

姜明鬼收住了手,只见她双目盯着兔子,神情关切,想说什么又咬住了嘴唇,不由得一愣,道:"你不忍杀兔子?"

鲤女在家乡之时便养过兔子,到了鹿馆,也养了两只解闷。这时她见那几只野兔憨态可掬,一时动了善心,匆忙反应过来,也觉有些羞愧,道:"我……我们还是先去找住的地方吧!"

她既然有心相护,姜明鬼自不多言,扔下石块,往有巢岛中心走去。岛上随处可见三五成群的野兔,而比野兔更多的,则是遍布全岛的房屋。那些房子有的繁复如蜂巢,有的简陋如鸟窝,有的高大似宫殿,有的矮小似鸡舍,有的建在树上,有的却是地穴。有的层层叠叠,有的弯弯曲曲,有的房子打开一扇门来里面又套着一座小楼,小楼的门打开里面又建着一座更小的竹棚……

上任岛主似是想要尝试一切盖房的方法,在有巢岛上建出所有样式的房屋。凡有空地,便想立根房柱,加个屋顶,添几堵墙,开一扇门,使之独立成室。

小岛正中有半座大屋，乃是以土木混制而成，瞧规模相当不小，可惜已被大树砸垮——那大树击穿了房顶，横在大屋之中，虽早已枯死，却几乎与破屋融为一体。

这应该便是上任岛主的遇难之处。姜明鬼想到房舍俱在，而那人已去世大半年之久，不由得心生恻隐，长叹一声。

废屋旁边一所石屋，看来虽不及倒塌的大屋宽敞，却也别致精巧。

二人走进去，只见那石屋许久没有人住，屋内满是灰尘、杂草，但门窗俨然，格局十分齐整。

"我们就在这里住下吧。"姜明鬼道。

虽然没了孟损准备的干粮，但周围树上长有不少野果。姜明鬼出去转了一圈，便采了十几颗回来，沉甸甸足有三四斤的模样。两人坐在石屋门口的台阶上，用衣襟将野果擦拭干净，待要吃时，却又有些犹豫。

虽然孟损先前说岛上有野果可以果腹，可眼前这些野果红的黄的紫的，鲜嫩欲滴，个个有拳头大小，却都是他们没有见过的，不知是否可吃。

二人一人捧着一颗野果，擦了又擦，正自下不了决心，忽然旁边草丛中簌簌声响，有一物堂皇钻出，一蹦一跳地来到二人近前。

鲤女吓了一跳，仔细看时，原来又是一只兔子。

只见那只兔子一身灰色皮毛，一双长耳、一只短尾却是雪白的，没有一根杂毛。它毛色奇怪，体形肥大，足有一只小狗大小，蹲在二人面前时，两肋起伏，呼吸都有咻咻之声。

前有驼鱼，后有大兔，便连姜明鬼手中的野果，其实也大于山外，乐土国的水土实在滋养生灵，真不知他们若在这里生活得久了，会不会也长高长胖，变得巨大。见他们望来，那大兔不仅没有跑，反而又跳上一步，长耳伏下，一双黑溜溜的眼睛晶莹灵动，眨也不

第五章 乐土国

眨地望着鲤女手中的各色野果。

"你想吃吗?"鲤女用木手夹了一颗黑色野果,试探着向前推出,道,"你知道哪个能吃,哪个不能吃吗?"

野兔在这岛上土生土长,自然知道野果毒性,看见鲤女送来的黑果,立时跳上半步叼起,三瓣嘴飞快地嗑动,几下便吞入口中,拼命咀嚼,塞得脸颊都鼓了起来。

"你让它帮我们都试一下吧。"姜明鬼道。

于是鲤女将那些野果一个个喂给大兔,一边让它试毒,一边留神记忆。

结果那大兔几乎来者不拒,将一堆野果逐一吃完,只有一种黄色的浆果是不吃的。

它一副大快朵颐的模样,鲤女笑得止不住。临了,野果都已被它吃完,鲤女把一双木手摊开,那大兔又过来嗅了嗅才心满意足。它抖了抖长耳,钻入草丛跑了,雪白的圆尾巴一撅一落,草木摇晃得直如钻了个大汉进去一般。

"这乐土国的东西,都长得这么大吗?"姜明鬼看着地上一堆果核,摇头叹息道。

他又出去采了一些记住的野果回来,这才和鲤女吃了。休息片刻,二人开始整理石屋。屋内有石盆木桶,姜明鬼打来湖水,擦洗清扫。他本就力大无穷,墨家弟子又都是勤俭持家的好手,这一番打扫,用了两个多时辰,到了黄昏时分,一间石屋已干干净净。

休息一夜,次日起来,二人再次巡视岛上各所房屋。那些房屋就地取材,多为木制,历经一年风雨,无人修葺,许多都已朽烂。推开门来,屋内野兔受惊乱跳,墙壁上的破洞千疮百孔。

姜明鬼叮嘱鲤女在外面等着,自己进去搜寻,又找出许多可用之物,搬回石屋。

忙忙碌碌，上午都不及用饭。到了下午，姜明鬼做了一柄木叉，到湖边叉了两条鱼，又捡来柴火，将两条鱼串到火上去烤。鲤女未见湖鱼之生，便不怜其死，并不似对待野兔一般，不忍吃它。

眼见鲤女翻动烤鱼，双手越来越灵活，姜明鬼颇觉欣慰，又去采来一批野果，正准备下饭，才一坐下，忽然簌簌一声，昨天那只大兔又从草丛中钻了出来，一本正经地在他们面前坐下。

"你……"姜明鬼皱眉道，"是打算以后都找我们开饭吗？"

那大兔长耳微伏，突然一低头，后腿跳起，在地上又顿又拍，发出"砰砰"之声，随后簌簌的声音传出，草丛中又钻出两只大兔。三只小狗般的大兔子蹲在二人面前，排成一排。鲤女笑得直打跌，这岛上的兔子如此贪吃，姜明鬼也着实无奈，只好任由鲤女又喂了它们一些野果。那些大兔一蹦一跳，索性来到他们的脚边进食，丝毫不知怕人。

上任岛主虽是巧匠，但留下的东西终究有限，姜明鬼、鲤女初来乍到，食则无盐，寝则无被，吃穿用度都极为不便。好在他们来到岛上，已是九月初十，再过数日，便可赶上乐土国的月集了。

要去那一月一度的集市，自然需舟楫。岛上原有的一艘小船弃置于湖畔，虽有部分朽烂，但尚可维修。上任岛主建造房屋，所用的刀、锯、斧、凿都是极好的，姜明鬼拆了一栋快要倒塌的木屋，用现成的木头将木船补好。至于用于交换的东西，他便用剩下的木料做了些木碗木筷、木箱衣架，又摘了些野果备用。

头两日，他们还只有湖鱼、野果可供食用。之后鲤女通过野兔试毒，又找出几种可吃的野菜，改善口味。那些跑来蹭吃蹭喝的大兔越来越多，最后一数，竟有二十余只，每每在石屋外一趴，一个个肥硕沉重，蔚为壮观。

将木船送至湖中，姜明鬼忽然想起，有巢岛不知是否驯有驼鱼，可供驱使。他模仿孟损的做法，用凿子敲击木筏，声音沿水传出，果然过了不久，真的有两条驼鱼浮出水面。

姜明鬼大喜，待要招呼它们，二鱼却似认出他们并非自己先前的主人，一个个游得远了些，颇为警惕地看着他们。

"是不是也得喂它们？"鲤女出主意道。

姜明鬼随身带有野果，扔了两颗给驼鱼，二鱼游过来一口一个将野果吞了，一转眼又吐了出来，摇头摆尾，似是极为生气，尾巴打起了老大的水花。

它们比兔子挑嘴，姜明鬼一时却也无法可想。

转眼九月十五已至，一大早，湖心处果然有一道红色狼烟，冲天而起，想来下面便是孟损所在的国主岛了。姜明鬼将自己的货物搬上小船，鲤女行动不便，留下来看家。数月来，二人第一次分开，鲤女心中忐忑，道："你小心些。"

姜明鬼稍一点头，便手持长桨向狼烟下的国主之岛赶去。

虽然没有驼鱼，只能凭自己的气力划船，但姜明鬼身具古木之力，又在小取城学过舟楫水性，手起桨落，每一下都吃水极深，划得平稳有力。小船便如离弦之箭，向前蹿出，约莫半个时辰，已来到红烟之下。

只见烟下一座巨大的岛屿，巍峨耸立，如同湖中崛起的一座小山。岛前一片宽阔的水域中，漂浮着一张四四方方的木排，杂七杂八堆满了各色货物。木排一侧，又有十来艘小船，三三两两地比邻而停。船下驼鱼追逐嬉戏，船上之人也是有说有笑，轻松惬意。

乐土国恪守小国寡民的无为之道，不许国民擅自登临他人之岛，免生亲疏、少增烦恼，但一月一次的月集显然给了大家见人的机会。姜明鬼划动木筏船靠近众人，只见各岛岛主多数已是老者，个个仙风道骨，于是拱手道："各位先辈，请了。"

那些老者见到他,也纷纷回礼,道:"这位公子先前不曾见过,可是今年新来的岛主?"

姜明鬼连忙自我介绍道:"在下姜明鬼,新由国主引入乐土国,在有巢岛暂住,不知各位前辈如何称呼?"他目光扫视一周,却没有见到孟损。

"不重要,不重要。"一位老者笑道,"既入乐土国,尘世间的名字便都不重要了。你尽可以叫我作傀儡岛岛主,叫他作观星岛岛主……"

老者们尽以所在岛名为自己介绍,姜明鬼颇受触动,拱手道:"受教了。"

寒暄一番,准备交易。姜明鬼来月集,乃是为了换取和鲤女生活的必需之物,这时向那木排看去,只见上面兽皮、石块、蔬菜、粮食各种各样,有多有少,其中颇多是他想要的,便问道:"未知这月集何时开始,我们要等三十六岛岛主全部到齐吗?"

"随时都可以开始,并不要求举国之人到齐。"傀儡岛岛主笑道,"这时候还不来的,应该是不会来了。这次的月集连你有十四岛的岛主赶到,规模已然不小。"

他体态微胖,圆团团的一张脸,鹤发童颜,极为和蔼,也是众人中和姜明鬼说话最多的。

"那我们如何进行交换呢?"姜明鬼又问。

"只要拿出你的货物,放到木排上就行。"傀儡岛岛主解释道,"只要你放上了交换之物,那么木排上的东西,便尽可挑选。"

"那价钱如何衡量呢?"姜明鬼问道,"我只带了些水果木器,又怎知其他东西的价钱,拿多拿少,岂非都是不公?"

"所谓价钱,在乐土国毫无用处。"一个老者答道,"这世上人人逐利,方导致了弱肉强食,乐土国中的人早就明白这一点。木排上的东西便如你的野果、木器一样，一定是你的多余之物，才拿出来与人交换。既是多余之物，自然一钱不值。所有的东西都一钱不值，它们的价格自然是一样的。你喜欢的，拿去便是了。"

他青袍枯瘦、面容冷峻，乃是方才介绍的观星岛岛主。

乐土国人的见识果然超脱凡俗，姜明鬼心中激荡，道："那么，晚辈便去交换了。"

"去吧，去吧！"老者们纷纷笑道，"大家算出今日的月集或许有新人来到，因此许多东西都是为你准备的。你能拿走的，便尽量拿吧。"

姜明鬼又惊又喜，才知这处处克制的乐土国里，其实也有人情。他连声称谢，将小船划近木排，将自己的野果、木器搬上去之后，便在别人的货物中挑拣起来。不一刻，吃的、用的已堆成一座小山，搬上木排。

"你今日带来的，只是木器、野果啊。"傀儡岛岛主待他忙完，方沉吟道。

"不知前辈有何指教？"姜明鬼连忙问道。

"指教不敢当。"傀儡岛岛主道，"以前的有巢岛岛主，常用来交换的其实是贪耳肉、贪耳皮。那些东西是我们这些岛上没有，而有巢岛多余的。"

姜明鬼一愣，道："贪耳？"

"你或许还不认得。"傀儡岛岛主笑道，"所谓'贪耳'，便是有巢岛上的兔子。它们是这不劳湖中的特产，虽有兔形，却是天生异兽：春夏之时，草木丰茂，它们便食草而生，连窝生产，迅速长大；而到秋冬之时，万物凋敝，没有了食物，它们便互相吞食，饱飧血肉。吃过同类的贪耳，体形会长大几倍，更生出白毛异相。"

姜明鬼大吃一惊，回想那连日来向他们讨食的大兔，才知它们原来是吃过同类的怪物，想到那乖觉模样，不由得一阵恶心。

"有巢岛岛主是被那贪耳的模样蒙蔽了吗？"傀儡岛岛主见他神色有异，已然猜到。

姜明鬼稍觉惭愧，道："正是如此。我们初来乍到，这几日还曾将野果喂与那有白毛的贪耳，只道它们乖觉可爱，谁知竟是同类相食的恶兽。"

他此言一出，周围几位岛主却似听到什么不得了的消息一般，齐齐转过头来。

"其实天生万物，习性不同。我们又何必以人的道德标准要求畜生。"傀儡岛岛主笑道，"牛马日日食草，一生为人操劳，可称畜中君子。可是我们食其肉、寝其皮，又何尝尊重过它们？既然不敬君子，有巢岛岛主又何必鄙夷小人呢？"

姜明鬼一愣，一瞬间汗毛倒竖，竟是从未如此考量过善恶之辨，不由脸色数变，道："多谢解惑，晚辈受教了！"

"粗鄙之见，不值一提。"傀儡岛岛主看了看左右围过来的几位岛主，笑道，"倒是有巢岛岛主适才言道——'我们初来乍到'——'我们'？"

原来他们只是知道八月初八乐土国例行引入新人，填补有巢岛的空缺，却不知这回来的，却是姜明鬼夫妻二人。姜明鬼连忙道："我与拙荆同来，有巢岛目前有我两人。"

众人面面相觑，纷纷道："这可是近年少有。"

"国主也曾言道，夫妻特例，已有多年未见。"姜明鬼苦笑道。

"无妨，无妨。乐土国的居民多是鳏寡孤独、灰心丧气之人，方避世来此。似你们这般年纪轻轻而又夫妇同行的，确是少见。"傀儡岛岛主笑道。

他描述乐土国国民的出身字字诛心，姜明鬼念及自己及鲤女的

第五章 乐土国　147

遭遇，不由得叹了口气，道："其实，我们又何尝不是呢？"

他满心挫败，溢于言表，傀儡岛岛主笑道："无论如何，来到此地都该释怀了。"

姜明鬼颔首道："我明白。"

"不，有巢岛岛主只怕尚未真的明白。"傀儡岛岛主见他回答得轻快，笑道，"如今你已在岛上生活数日，未知你以为，乐土国之'乐'，到底是什么意思？"

姜明鬼稍作沉吟，这一点他其实也曾考量过。来此之前，文不丁等人提及乐土国时说的什么山涌黄金、泉流美酒、无忧无虑、长生不老，虽然俗气，但至少符合常人心中的这个"乐"字。可当他们真的来到此地，人迹罕至，缺衣少食，却哪里有"乐"了？

"不劳湖、乐土国虽然地肥水美、物产丰富，不致让我们饿死，但无疑比不上山外的锦衣玉食。"傀儡岛岛主见他沉吟，便知他果然有此困惑，笑道，"所以乐土国的'乐'绝非享乐之乐，而是心中的宁静之乐——此地与世隔绝，三十六岛岛主又尽是些苟且厌世之人。所以在这里，没有人在乎你的过去，你也不会拥有什么未来。一切称王拜相、青史留名的野心都不值一提。你每日要做的，只是钓鱼、打猎、种地、采果，否则便要挨饿。"

姜明鬼回想自己这几日，打扫、觅食、修船、备货……果然忙得连喘口气的工夫都要没了，不由得点了点头。

"可我们在这世上的烦恼，不就是想得太多、贪心不足所致吗？"傀儡岛岛主笑道，"这般每日忙碌，自然就什么烦恼都没有了。与世隔绝，便无外敌之扰；物产丰富，可免饥寒之忧；各家岛主都曾呼风唤雨；春去秋来，天地运行有常……只要你真心接受这一切，便会发现，原来自己心如止水，已得到了真正的快乐。"

姜明鬼如遭雷击，一瞬间豁然开朗，叫道："原来如此！"

"在乐土国，很多我们在俗世中汲汲营营的东西，都可忘却了。尊卑、胜负、好恶、生死……都已不重要。便如那贪耳异兽，对我们来说，重要的不是它的善恶，而是它肉质鲜嫩、皮毛柔软而已。"

姜明鬼目瞪口呆，两眼生花，道："多谢前辈指教！"

"指教什么？我说了什么？"傀儡岛岛主见他触动，哈哈大笑道，"我只是提醒有巢岛岛主，你什么都可忘记，却须记得下次一定带些贪耳肉、贪耳皮来和大家交换！我们过冬，一向少不了这两样东西的。"

姜明鬼魂不守舍，道："记得！记得！"

老者们闻言大喜，姜明鬼向众人再三道谢，方自划船返回。

月集所交换到的东西有很多，今日前来集会的十几家岛主嘴上不说，但果然送出的"无用之物"，都是姜明鬼和鲤女正需要的"有用之物"。油盐菜酱，被褥米面，应有尽有。

但和傀儡岛岛主等人的闲谈，却更令姜明鬼触动。

天高气爽，湖面宛如一块碧色水晶，小船滑行其上，平稳得如同停止了一般，只在船尾甩出两道长长的波痕。姜明鬼信手划船，只觉自己的一颗心，似也随着一桨桨入水，在这清波中涤荡。他们在这里，永远都不会出去了。那些他曾经不得不背负的责任、罪孽、荣耀、挫败……都已被群山所阻，碧水所隔，抛置在乐土国外。

微风拂面，水面越来越宽阔，过去的种种成败得失，随风而散。姜明鬼眼中不觉落泪，点点滴滴，直打湿了前襟。

终于回到有巢岛，姜明鬼擦干泪水，抬眼一望，远远地，便看见岸边有一个人影。他心头一动，连扳几桨来到近处，只见鲤女站在那里，一头长发被湖风吹乱，嘴唇也干燥发白，竟似一直不曾离开，就在这里等他归来。

"咯吱"一声，小船靠岸，姜明鬼跳上岛来，问道："你一直在这儿？"

鲤女定定地望着他，眼圈都已红了。

回想起来，她与自己漂泊来此，相依为命。今日自己独自出门，只余她一个人在此，必是十分孤独。鲤女虽然没有出声，但望着他时，眼中似有无尽的哀怨。姜明鬼心念电转，正想说些什么，却见鲤女忽地顿了顿脚，转身走了。

岩石峥嵘，长风吹过草木，露出有巢岛上座座房舍，远处水天一色，碧波万里，尽处一片空蒙。

远远地，只见她背影瘦削，长发随风飞舞。

姜明鬼长出了一口气，忽觉一阵释然，快步来到鲤女身旁，伸手将她扶住。鲤女吃了一惊，身子僵硬，却低着头一言不发。姜明鬼道："我们回去吧。"便先拎着几件交换来的要紧货物，带她回石屋。

回到石屋，姜明鬼先安顿鲤女休息。鲤女在湖边吹了一天的风，头昏脑涨，不久便昏睡过去，及至醒来，天色已晚，屋内一片昏暗，而院中正有火光跳动。鲤女走出来一看，只见在两支火把的照耀之下，院中已准备了饭菜果品，极为丰盛，又有一束束青枝白茅，将四周装扮一新。姜明鬼站在一旁，正笑吟吟地望着她。

鲤女忽见这般排场，心中忐忑不安，问道："你……你要干什么？"

来到有巢岛之后，她和姜明鬼朝夕相对，却越来越少说话。今日姜明鬼离岛，她坐立难安，不知为何，只觉那人一定会一去不回，将她一个人扔在此地，自生自灭。及至终于看见姜明鬼一人一舟自水天之间回来，一瞬间她高兴得几乎要叫出声来，可才放下心，一觉醒来，那人又如此大费周章地布置酒席，不禁又令她怀疑，他就要借此辞行。

姜明鬼走上前来,深深一揖,正色道:"鲤女,你我长居乐土,你是否愿意嫁我为妻,白首偕老?"

鲤女一愣,几乎难以置信,满面绯红,道:"我们……我们不是……已经是了吗?"

"之前我们虽以夫妻相称,但一路奔波,一直无暇行礼,实在委屈了你。"姜明鬼目光温柔,见她如此惊喜,只觉自己也倍感欢欣,道,"如今我们既已在此安家,自当郑重其事用一场婚礼告知天地。"

鲤女愣了半晌,眼泪簌簌而落,道:"姜公子,我是个……无用之人……"

"什么'有用''无用'。"姜明鬼伸出手来,轻轻拉着她的假手,道:"我今日去了月集,见过许多乐土国前辈,才明白我们现在身在乐土国,过去的事便都应忘记,什么'兼爱''仁爱''有用''无用',百家争鸣,都不过是虚妄之争,唯有过好今天的日子,才不负人生之乐。"

此时天色将晚,正值昏时,姜明鬼拉着鲤女拜过了黄天厚土,又向小取城的方向、鲤女母亲所在的方位各行一礼,虽无鼓乐丝竹,但远处传来的虫鸣风吟也喜乐无穷。叩拜既罢,鲤女早已喜极而泣。姜明鬼望着她,满心祥和,知道自己虽然未能救得一城、一国,但终究救下了这一个人。

又喝了两杯交杯酒,天色更晚,忽然"噗"一声,一支火把已燃尽了。

姜明鬼哈哈大笑,一把抱起鲤女,回到石屋之中。

之前他们在支离家虽曾有过一次交合,但那时鲤女身子虚弱,姜明鬼救人心切,也只是勉强行事,二人丝毫不觉快慰。如今鲤女的身子终于康复,手腕不再疼痛。这一次关起门来,才真正身心相合,渐生鱼水之欢之感。

高渐离所说的女体之琴所能奏响的最美的音乐,终于响遏行云。

自那之后,二人在有巢岛上的生活越发怡然自得。

天气渐冷,草木逐渐凋零,鲤女采集了许多野菜野果,晾干之后等待冬天食用。姜明鬼则制作弓箭、鱼竿,准备捕兔、钓鱼。

之前月集上得到傀儡岛岛主指点,知道这有巢岛上的兔子原来是异兽贪耳,而此前有巢岛更是以此作为月集的主要交换之物,姜明鬼便开始计划猎杀。他重新打点全岛,才发现岛上贪耳之多远超想象:草丛中、山洞里,甚至一座座废宅之中,到处是一窝一窝的长耳小兽。

原来此物生性好淫,出生三个月即可成熟交配,交配后半个月便可产仔,而每胎又能生出八到十只幼崽不等。有巢岛本就盛产贪耳,自去年没了主人,这些小兽近十个月都不曾为人猎杀,因此不断生育。体态如常兔的一年生贪耳,足有上千只。如大狗一般大小的二年生贪耳,也足有四五十头,它们漫山遍野地打洞,整座岛都快被挖空了。

他们刚登岛时,小贪耳之所以会抢夺孟损留给他们的食物,大贪耳之所以会来讨食,归根结底,其实是有巢岛低处的野草野果已被它们吃得几近绝迹。而岛上树木歪倒、房屋损毁,也正是因为贪耳四处打洞,损毁了房屋的根基。

鲤女初时仍觉贪耳可爱,尤其大贪耳又天生与人亲近,不想让姜明鬼杀生。然而眼见深秋将至,食物更少,贪耳终于交相吞食,到处血淋淋的,触目惊心,再因模样可爱而养着它们终是奢望,这才同意姜明鬼去捕杀——只是一切行事,不要让她看见为好。

姜明鬼箭法不俗,岛上贪耳又多,常常一两个时辰,便可射杀数十只。

他本来也是个善良之人，心肠柔软，除非必要，极少杀生。大贪耳数量不多，又曾与他们玩耍，他便没怎么猎杀，小贪耳数量众多，他前前后后直杀了五六百只。一箭一箭，将那些懵然无知、根本无力反抗的兔形小兽射倒，之后放血、剥皮，兽肉风干，兽皮硝制……弄得两手血腥，即便是他，也背着鲤女，偷偷吐过两回。

九月十五、十月十五、十一月十五，他又去月集与人交换货物。隆冬将至，天气越发寒冷，贪耳皮果然大受欢迎，几乎所有的岛主都拿了十余张。

不唯如此，姜明鬼更是发现，原来前任有巢岛岛主所驯的两条驼鱼，也正是要吃贪耳肉才肯听话。姜明鬼只是偶然喂了它们两条贪耳肉，它们便美滋滋地帮忙拉着小船，四处游弋。想来正是因为贪耳生于岸上，乃是它们平素吃不到的美味，才成了驯服它们的法宝。

而那一船船换回来的食物用具，也让他们的日子越发舒适起来。

因为贪耳大受欢迎，姜明鬼与众岛岛主渐渐熟稔。尤其傀儡岛岛主，更与他结成忘年交。

原来那傀儡岛岛主已在乐土国住了二十余年，今年已有八十高龄。他认为造化弄人，如丝牵傀儡，而芸芸众生，便是上天操纵的一场傀儡大戏，只需找出每个人身上的傀儡丝线，便能由此推演此人的一举一动、推动许多大事发生。年轻时他纵横七国，翻覆风云，尽享荣华富贵，后来看破名利，才归隐山林，又来到乐土国。

在乐土国的二十年来，他心无旁骛，钻研"人"这具上天的"傀儡"，对人与天的关系的运用，更是登峰造极。

据他说，乐土国三十六岛岛主，虽然不愿提及百家之说，但其实至少涵盖外面二十余家学派的传人。而他们在此清心寡欲，返璞归真，早已将各自占据的岛屿改造成各有天地的离奇世界，也将自己身上的"道",推至外界无法想象的高度。

那老者言及此处,神光焕发,身披圣人之气。

姜明鬼受他启发,回到有巢岛后也准备了木简,将墨家学说一一默写下来。

六年前,他还是墨家小取城最受器重的弟子,身负传承小取城的重任。可在咸阳城中的惨败,不仅令他深爱的女子惨死当场,更令赵国肱股重臣李牧遇害,小取城数名优秀弟子客死异国。自那之后,姜明鬼才一蹶不振,流落于江湖。

何为兼爱,姜明鬼原本以为自己此生都无法领悟。可如今他身在乐土国,或许余生也不会再有丝毫变化,时间一下子变得极为充裕,而他再也不用担心因自己理解有误,而害人害己,于是再来研究墨家学说,便成了一件不必焦虑,而只余趣味的事。

他这么认真地重温兼爱之道,鲤女也不由得好奇。她本是大家闺秀,自幼识字,开始时是自己在旁翻看木简,慢慢地有了心得,更可以与姜明鬼交流一二。姜明鬼又惊又喜,与她一起探讨,竟觉她天资过人,许多理解直令他也受益匪浅。

有巢岛上,因此更为充实和谐。

乐土国直到这时,才真正显示出令人快乐心安的妙处。

岁近年关,连下了几日大雪,有巢岛上积雪盈尺,不劳湖上千里冰封。新年元日便是乐土国的国诞日。按照惯例,唯有这一天,需要三十六岛岛主齐聚国主岛,畅饮畅谈,并举行猎龙之戏。

姜明鬼偕鲤女初来乍到,对这等大事自是不敢怠慢。之前在月集上,他专门询问过旁人,得知不劳湖集合天地灵气,湖中藏有一头巨龙。它夏天时沉于湖底,冬天时才浮上浅水,每年国诞日这天,它会从国主岛西侧取道,北游入海。上百年来,乐土国的人多次对它进行围猎,从未成功,近年来更渐渐成为国诞日最有趣的庆典活动。

龙之一物,自古被人视为神兽祥瑞,却从来没有人见过。如今在乐土国中居然可以狩猎,姜明鬼自是难以置信。但傀儡岛岛主等言之凿凿,不禁令他们越发好奇。

至于国诞日所须献上的礼物,姜明鬼询问时,众人也不隐瞒,纷纷报出自己的准备:有价值连城的夜明珠,有山间偶得的青竹杖,有某一学派的百年之秘,也有自己刚雕出的一块根雕。

以外界的眼光来看,它们价值天差地远,可在乐土国中,却都是可以送给国主的礼物。姜明鬼听了许多建议,一时拿不定主意,便在晚上关起门来,借着一盆炭火,准备自己的礼物。

他是墨家弟子,心灵手巧,思忖良久,乃用四根长长的木条,浸水之后鞣制,将其变成了两根半弯的轨道,又在轨道上设置了一张竹椅,用一根子母轴连接,使之既能在轨道上自如滑行,又可以前后摇摆,左右晃动。

"这椅子好生奇怪,能做什么?"鲤女在一旁看了一卷《墨经》,抬头休息时随口问道。

姜明鬼以手作势,道:"孟国主每年出山迎接新人,极为辛苦。这两根弯弯的轨道,可以装入下一次出山的葫芦舟中。如此一来,任那水浪如何翻滚,也能确保坐在椅中的孟国主在水下安然稳坐。"

他将那竹椅比在木轨之上,为鲤女讲解子母轴的功用。鲤女一面听着,一面以草叶为茶,为他煮了一碗茶汤。姜明鬼接过茶汤,眼见炭火闪耀之下,鲤女发丝微乱,眼波清澈,雪白的脸颊上直若涂了一层淡淡的胭脂,美艳动人,不可方物,不由得满心温柔,将她轻轻拥入怀中。鲤女依偎在他胸前,虽不说话,但二人心意相通,小小石屋却如满室春晖。

忽听门外传来"咚"的一声闷响,似是有人用脚重重地踢了一

第五章 乐土国 155

下门。

姜明鬼一愣，岛上再无第三个人，那敲门声从何而来？他放开了鲤女，开门一看，却见屋外的雪地上毛茸茸，圆滚滚，正蹲伏着两只巨大的贪耳。

门一开，两只异兽一蹦一跳地钻了进来，给火盆一烤，扑啦啦地先抖掉了一身的冰雪。

"竟是烤火来了？"鲤女拢了拢发鬓，笑骂道，"好一群好吃懒做的家伙。"

知道大贪耳曾经吞食同类之后，她对这外表乖巧的畜类已心生反感，多日未曾投喂。可如今连日大雪，这两只贪耳想必冻得不行了，才敢闯进他们的房中。鲤女心肠柔软，眼见它们肚子上的长毛都结成了冰绺，也便放任了。而隔了这么久乍一重见，她不由得更觉它们圆头圆脑，憨态可掬。

那两头贪耳，一只左眼上有个黑圈，似是给人用墨画了一个圈；一只的右耳烂如菜叶，像是曾和别的猛兽打过一场恶仗。二兽似是听得懂她的话，三瓣嘴翕动着，向鲤女嗅来。

鲤女手边正有一块果脯，见它们求食，便随手丢了过去。两只贪耳立时凑到一起，你争我夺地将那块果脯吃掉了。天寒地冻，它们想是饿得很，鲤女又自墙上摘下一块肉干，放到地上，两只贪耳也立时将肉吃了，嚓嚓有声。

"它们是不是又长大了些？"姜明鬼看它们吃食，随口问道。

之前他们初上岛时，大贪耳的体形如同小狗，可是如今再看，这两只大贪耳已如同小猪一般。两头凑在一起，直令屋里都有些拥挤。

"毛色似乎也有变化。"鲤女道。

他们先前所见的小贪耳，都是一身灰毛，大贪耳却是长耳、短尾为白色。而眼前的这两只，乃是白耳、白头、白尾、白臀，只余胸腹是灰色的，倒像是那白色正将它们"吃掉"一般。

两只贪耳吃完了肉干，又仰起头来看着鲤女。鲤女正想再去取肉，忽然想到，那墙上的肉干正是贪耳之肉。想到自己竟也用同类之肉去喂了它们，她不由得一阵恶心，几乎要呕吐出来，跺了跺脚，道："没有了！走开！"

两只贪耳缩起了头，三瓣嘴翕动得更快了。

突然"扑棱"一声，白光一闪，却是那黑眼的贪耳蓦地跳了起来，肥硕的身子一跃数尺，"嗵"的一声，跳上了墙壁，借势再一蹿，已将墙上挂着的一串肉干都拽了下来。肉干稀里哗啦地掉在地上，另一只烂耳的贪耳立时跳了过来，扯着肉干串的另一端，你争我夺，埋头大吃。

"哎呀！"鲤女惊叫道，"怎么这么没规矩！"

那肉干是他们过冬的重要食粮，被贪耳祸害了，岂不是连姜明鬼也要挨饿？鲤女急忙上前一步，抬腿便要踢开那两只贪耳。脚尖还未碰到，突然间身后传来大力，拉得她猛地向后一跌，还未等她惊呼出声，眼前白光一闪，却是那黑眼的贪耳跳了过来，凌空一口，恶狠狠地向她咬来。

鲤女大吃一惊，伸手一挡，"咔嚓"一声，那黑眼贪耳长长的门齿，便咬在她的手指上。

手腕剧震，那一只假手被黑眼贪耳甩头一拧，硬生生掰了下来。黑眼贪耳叼着假手落地，鼻梁上的毛皮皱起，猞猁低吠，凶相毕露。

"这不是两年生的贪耳！"姜明鬼在鲤女身后道，"它们已是三年生的了！"

方才的一瞬间，自然是他发觉贪耳有异，将鲤女拖后一步，躲开了黑眼贪耳的大半撕咬。谁知那畜生的动作实在太快，半空追击，仍是咬掉了鲤女的一只木手。

第五章 乐土国　　157

"我怕是犯了个大错！"姜明鬼低声道，闪身将鲤女掩在身后，"贪耳身为异兽，一到冬天便要自食其类。那是有违天道的恶行，却令它们因此获得变化之力。一年生的小贪耳吃小贪耳，于是成为二年生的大贪耳，体形变大，智慧提升，我们以为那便是它们变化的极限了。却没想过，若它们又活过一个冬天，二年生的大贪耳再吃了大贪耳，又会变成什么样呢？"

——体形变大，智慧提升？如今它们已有小猪般大小了。

——而那从吞食同类中获得的智慧，会是善良的吗？

"我之前留下二年生的大贪耳不杀，只怕已将它们养成了更凶的怪兽！"姜明鬼说着，试着向前一步，也是一脚踢出。

他这一脚，自是比鲤女踢出的快捷得多，"呼"的一声，挂定风声，又踢向那黑眼的贪耳。可是那黑眼贪耳两耳一伏，向旁轻轻一跳，便躲开了这一脚，紧跟着后足一弹，已如箭矢一般，向姜明鬼胯下钻去，扑向鲤女。

那畜生的动作好快，顿挫之间更是流畅自如，匪夷所思。姜明鬼脸色骤变，踢出的一脚才一落空，便硬生生收回，转而向后摆去，追着黑眼贪耳而来。"砰"的一声，那黑眼贪耳没料到姜明鬼的腿法竟可以这么快，才要咬中鲤女的小腿，便被他的脚踵重重撞在腰臀之上，肥大的身子立时横着飞了出去。

"吱吱吱！"两只贪耳受挫，更是发怒，颈毛竖起，双目赤红，三瓣嘴一开一合，露出森森白齿，一左一右向姜明鬼和鲤女慢慢逼来。

兽类本就比人更为矫健灵活，三年贪耳这般向二人逼来，气势汹汹，竟如狮虎。

姜明鬼深吸一口气，古木之力运于周身。

鲤女颤声道："它们……它们是要吃人吗？"想起初见时它们

那憨态可掬的样子，更觉恐怖和恶心。

姜明鬼冷笑道："同类都可以吃，人为什么不能吃。"

突然他向前一扑，已冲向左侧的烂耳贪耳。那烂耳贪耳原在一旁观战，忽见姜明鬼转向自己，猛地朝后退去，胖大的身子闪电般缩到屋脚，沿着墙根，腾地逃走了。姜明鬼掩着鲤女，不便追击，扑出两步，又急忙回身，拦在右侧的黑眼贪耳之前。

那黑眼贪耳先前被姜明鬼踢过一脚，正自记仇，这时刚往前一扑，又被姜明鬼拦住，一时将脊背高高拱起，吱吱怪叫，更见疯狂。

姜明鬼深深俯身，一双手臂垂在膝边，严阵以待。

贪耳体形虽大，也不过一尺多高，伏在地上时，肚皮贴地，姜明鬼想要对付它，唯有用脚来踢。可人只有双腿，一只脚站立之后，便只有另一脚可以用来攻击。贪耳因此只须稍加闪避，便可逃开。但他这时弯下腰来，双手便可触及贪耳的高度，那黑眼贪耳登时有所畏缩。

"小心！"鲤女突然惊道。

"腾"的一声，姜明鬼身后突然传来一声巨响，方才逃走的那只烂耳贪耳，竟猛地扑向他俯下的后背。

一前一后，一明一暗，两只贪耳的攻势竟有了兵法之意。

姜明鬼却毫不迟疑，骤然向前扑出，双手前探，猛抓面前的黑眼贪耳。黑眼贪耳一缩头，已从姜明鬼双手之间急蹿而过。姜明鬼一扑落空，双手在地上一撑——那烂耳贪耳却已扑到他的背上。

姜明鬼去势不停，就地一个翻滚，后背撞地，便在地上蹍过。那烂耳贪耳为免于被他压到，只得再往前蹿去——

电光石火之际，姜明鬼就地一滚，又腾身而起。只是这么一来，却变成烂耳贪耳在前，而姜明鬼在后。姜明鬼鱼跃而出，手如鹰爪，向前一探，抓住了烂耳贪耳的一条后腿，猛地一甩，已将那贪耳如

第五章 乐土国

流星锤般抡了半圈，随手便向那黑眼贪耳砸去。

那黑眼贪耳之前自姜明鬼身下逃过，又是扑向鲤女，鲤女吓得连连后退，才勉强没被它咬到。黑眼贪耳待要继续下口，忽觉身后恶风不善，急忙向旁一窜，"砰"的一声，那烂耳贪耳已重重砸在它方才停留之处。

"吱"的一声，烂耳贪耳给摔得一声惨鸣。它的反应其实已经很快了，就在这不容交睫的一瞬间，居然也勉强拧转了身子，变成前腿先行着地，只是下半身却再也不及变化，重重砸在地上，发出一声闷响。

姜明鬼快步而至，一脚再起，那烂耳贪耳还未爬起，终于被他一脚踢死。

那黑眼贪耳骇极，它与那烂耳贪耳已不知咬死了多少同类，却从未见过如此天敌，转身欲逃。姜明鬼没了后顾之忧，哪里肯放过它，追了几步，将它逼至墙角。黑眼贪耳还想跳起咬人，却被姜明鬼一把捞起，重重掼死在墙上。

连杀两只贪耳，如兔起鹘落，快得鲤女还来不及说话，战斗便已结束。

姜明鬼直起身来，长长地吐出一口气。石屋之内一片狼藉，两只贪耳血肉模糊，屎尿横流，令人闻之欲呕。

"你没被咬到吧？"姜明鬼问道。

"没有。"鲤女心有余悸，检视一番，方松了口气，道，"你呢？"她绕到姜明鬼身后一看，立时惊叫一声，道："你受伤了？"

只见姜明鬼背上的衣服已裂开一个大口子，露出里面黑沉沉、非丝非麻的一件黑衣来。原来那烂耳贪耳虽然只在他的后背停留了一瞬，却已咬了他一口。饶是他身上穿着冬衣，也给撕开了。

"我皮糙肉厚，"姜明鬼微笑道，"它们还伤不了我。"

鲤女放心不下，让姜明鬼脱下了外衣检查。果然见那黑衣乌沉沉的，毫无破损。这黑衣乃是一件长袍，姜明鬼一直贴身穿着，鲤女只道他穿着习惯，却不料原来这般坚韧，用手臂摩挲几下，赞叹道："这袍子的料子好生奇怪。"

姜明鬼愣了愣，道："这是墨家特制的衣服，我练的都是笨功夫，摸爬滚打，若不结实些，常会弄得衣不蔽体。"

"原来如此，"鲤女微微叹道，"幸好如此。这些畜生怎会这般凶狠！"

姜明鬼稍稍松了口气，也不禁微微皱眉，觉得此事怪异。

一年生的贪耳，吃草食果，乖巧可爱；两年生的贪耳，吃过了同类的血肉，便变得贪婪狡黠；而三年生的贪耳，吃过更多同类之后，愈发凶相毕露，嗜血好斗。真不知道，若是放任它们继续存活下去，四年生的贪耳、五年生的贪耳，又会变成什么样子。

姜明鬼激灵灵打个冷战，若是任由它们一代代地吞食同类，最后出现的贪耳，岂不比人类更加狡诈残忍？

而贪耳这种可以不断变化的特质，乐土国其他的岛主是否知道？

若他们知道，为什么不提醒姜明鬼，却放任贪耳的变化；若他们不知道，则前任的有巢岛岛主，又为何向他们隐瞒呢？

姜明鬼心念电转，瞬息间已考量了十几个念头，因担心鲤女受惊，脸上始终不露异样。他将两只贪耳的尸体扔到门外处理了，又将门窗关好，安顿鲤女休息。到了第二日一早，他背弓携箭，又出门去捕猎贪耳。

这一回他存了斩草除根之心，下手再无容情，数日之间，将整座岛细细地篦了三遍，草丛石窟，破屋树洞，都一一翻找过去，又猎杀三年生的贪耳一头、二年生的贪耳五头、一年生的贪耳三十余头。鲤女见他下手无情，待要劝解，想起那一晚两头贪耳的凶横便

第五章 乐土国

不再说话。

　　这般搜查过后，果然也找到了许多贪耳互食留下的骸骨。姜明鬼不愿再处理这些贪耳的尸体，索性在湖边堆起柴堆，将数日来猎杀的贪耳，一把火都烧成了灰烬。

　　烈焰熊熊，焦臭熏人，浓烟遮天蔽日。

　　姜明鬼透过浓烟望向远方，却似是整个乐土国都蒙上了一层阴影。

第六章

无情游

又过数日，新年已到，乐土国国诞之日终于来临。一大早，姜明鬼便带着鲤女出发，跋涉冰湖，前往位于三十六岛中心的国主岛。

不劳湖湖水结冰，小船早就不能用了。姜明鬼造出一架冰橇，让鲤女坐在上面，再用兽皮、被褥将她包裹得暖暖的。鲤女已有数月没见过姜明鬼之外的人，也一直未曾离开有巢岛半步，这时终于出趟"远门"，不由得兴奋，在冰橇上露出一颗小小的头来，东张西望，十分开心。姜明鬼在冰橇后扶辕推行，二人一路欣赏不劳湖的冬日盛景，且行且歇，直到下午时分，才来到国主岛。

姜明鬼此前数次来国主岛下进行月集交易，却从未真的登上过此岛。

只见一座岛屿巍峨峥嵘，隐于云雾之间，与其说是湖中小岛，倒不如说是插入水中的一座山峰。

岛下的栈桥旁停了十几架冰车，显然已有不少岛主到了。沿栈桥上山，一条闪闪发光的冰阶蜿蜒铺开。姜明鬼搀着鲤女拾阶而上，那些冰阶晶莹剔透，在阳光的反射下更显流光溢彩。冰层之下石阶、野花历历在目，小鱼、小虾栩栩如生，却都让冰面扭曲了，如梦似幻。

"孟国主好大的手笔。"姜明鬼惊叹道。

这般冰阶铺路，怕不得要上千条冰块？每条冰块重逾百斤，更不知他要花费多少时间来搬运布置。这么走了一里多地，周遭云雾渐重，雾气中黑影巍然，前面渐渐浮现出一座山门，横跨冰阶，雄浑壮阔。

离近一看，更是令人啧啧称奇：原来那山门竟由两座木雕组成，两员杀气腾腾的武将一左一右，探臂屈身，于冰阶之上四手相扣，叉指角力。

左边那武将散发披肩，细目鹰鼻，上身着鱼鳞锁甲，下身围水纹战裙，精瘦剽悍，整个人如铁枪一般，宁折不弯；右边那武将卷发蓬松，虎目狮鼻，一身皮甲，上绘烈焰腾腾，更显其壮硕矫健，势不可挡。

"这是……水神共工、火神祝融？"姜明鬼仔细打量二人，推测道。

上古之时，共工大战祝融，共工战败后，怒触不周之山，才令天塌地陷，万民受苦，女娲不得不炼石补天。

眼前这座山门，以他们二人角力的一瞬间为造型，已是器宇不凡。更难得的是，两座木雕竟是直接以道旁的两株古树改造而成。两树本就枝丫相连，被雕像者以极高的刀功顺势削剪，便化木成人，栩栩如生。而共工头上垂下的长发，秋叶未落，祝融腰间腾起的烈焰，断枝含青，两株古树竟似仍然活着。

古树的树根深扎地下，仿佛与整座山、整座岛合为一体，两尊雕像因此更有着沛然莫敌的力量。姜明鬼只望一眼，便觉一股洪荒古拙的气势扑面而来。仅这一座山门，就可看出国主岛岛主的境界高远。

穿过山门，二人继续向前，道旁林中忽有声音传来，道："贵客到，贵客到!"

那声音清脆却怪异,二人抬头望时,只见一只尾长七尺、翼分五彩的俊俏鸟儿,停在高处的树枝上,歪头看着他们,朱红色的尖嘴开合,道:"哪座岛?哪座岛?"

吐字清晰,果然是它在口出人言。

姜明鬼和鲤女对视一眼,朗声道:"我们来自有巢岛。"

"有巢岛,贵客到!有巢岛,贵客到!"那鸟儿听见他们介绍,立时大叫着转身,振翅向山上飞去。

"这只鸟刚才是在说人话吗?"鲤女惊奇道。

虽然常有人说鹦鹉能言,但真正训成的万中无一。鲤女在鹿馆见过的最灵巧的鹦鹉,也不过是模棱两可地发出介于鸟鸣与人言的声声怪叫,而似这只彩翼鸟儿一般字正腔圆、有问有答的,却是从未见过。

"鸟通人言,比人解鸟语更难。"姜明鬼颔首道,一时想起一位故人,微微一笑,道,"这鸟儿应该是记住了三十六岛的名字,只要来客报上岛名,它便会不断重复,上山通报。若三十六岛的岛名不错、不漏,它会说的字,恐怕有几百个。"

再往前走,他们经过一座短崖,崖上垂下一道雪白的瀑布,虽在隆冬也不曾结冰。山风吹过时,水雾张扬,那瀑布如活了一般,张牙舞爪地变成了一条白色的长龙。

姜明鬼目光闪烁,忽觉瀑边的草丛中似是匍匐有人,连忙将鲤女掩在身后。定睛再看时,原来是三个人以古怪的姿势,颓然倒在地上。

"他们死了吗?"鲤女又惊又怕,低声问道。

"它们……是傀儡。"姜明鬼已分辨出来,道,"它们是傀儡岛岛主的杰作。"

原来那三个"人",竟是三个衣冠宛然、须发俱全的傀儡,只是这么倒在草丛中时,一动也不能动,竟有一丝凄凉。

"它们怎么被扔在这里,是坏掉了吗?"鲤女叹道。

木为体,漆为皮,铜为筋骨,丝为经络,仿人肖物,是为傀儡。在鹿馆时,她也曾见过偃师以傀儡为戏,表演歌舞。这般与人等大、制作精良的傀儡,必定价值不菲,却给这么毫不留情地扔在荒山野地,不由得令她于心不忍。

"它们倒在这里,便是傀儡岛岛主所认为的大道了。"姜明鬼道。

乐土国的人虽然不喜与人交往,但三十多人毕竟也有亲疏之别。傀儡岛岛主与他一见如故,上个月曾邀他去傀儡岛上做客。姜明鬼登岛之时,只见岛如其名,乱石杂草之间到处都是散置的傀儡。

只是那些傀儡无论制作是精美、是粗糙,都没有丝线牵引或支架支撑,一具具或颓然跌坐,或长跪不起,或仰天而倒双腿压在身下,或扑倒在地屁股撅得老高,个个状甚不雅,毫无尊严。

它们就那样静静地、七扭八歪地倒在荒草中。

——毫不体面,一动不动,似是筋疲力尽之后,骤然惨死的反抗之人。

那时目睹这些傀儡的"惨死",姜明鬼不由得背心发冷。问及缘由,原来傀儡岛岛主认为人如傀儡,一举一动皆由命运操纵。一切成王败寇、悲欢离合,都不过是上天通过悬在人们身上的丝线摆布作弄而已。而唯有斩断丝线,那些傀儡方可在一瞬间逃离命运的控制。

为此,他不断制作傀儡,然后操纵傀儡唱歌跳舞,在傀儡正歌舞间、悲喜时,骤然斩断丝线。

——于是一瞬间,那些舞如流风舞雪的傀儡,立时重重坠落。

——而在跌落时,它们犹自在匪夷所思地扭动着、自由着、狂

第六章 无情游

喜着、绝望着。

一遍遍观察它们在那一瞬间的样子，一遍遍从它们的"惨死"之状中推演天道，傀儡岛岛主才觉得自己看尽世间百态，得窥大道。

姜明鬼走近傀儡仔细查看，只见它们衣物残破，关节处钻出的枯草都长得老高，显然在此倒伏了太久。若非木头所制，只怕早已不成人形。

不过它们的新旧仍有差别，最旧的一具，脸上的漆面剥落，五官难辨；最新的一具，却还光泽明亮、眉目如画。

"它们分了先后顺序，应该在这里放了很久。"姜明鬼沉吟道，"恐怕是傀儡岛岛主之前每年给国主的礼物。"灵光乍现，三十六岛的名字在他心中一一闪过，"山门是木雕岛的礼物，灵鸟是珍羽岛的礼物，瀑布是有龙岛的礼物……我们这一路所见所闻，便是三十六岛曾经献给国主的礼物，也是三十六岛看家本领的展示。"

一想通此点，他们再向前时，一路所见便更有来历。岩上星图、溪边石阵、树上小屋、风中明灯……有十几处异景，给他们找到了出处。至于那些未找到礼物的诸岛，也不知是那些岛主的礼物不适合展露，还是姜明鬼和鲤女未能从山林树木中将它们分辨出来。

最后他们所见的，是一座熊熊燃烧的炉鼎，正是金丹岛炼丹的标志。

"腾腾腾"，火焰拦路，冲天而起，姜明鬼和鲤女绕过炉鼎，来到了国主岛的近天之野。

那是一片坦荡无垠的草坡，地势平缓，冬草金黄。

草坡的中间，五座白石石亭飞檐翘角，簇拥成圈，形如梅花。

姜明鬼与鲤女涉草而入，荒草没膝，随风摇曳，石亭中聚集了许多人，个个仙风道骨、相貌高奇，看见他们到来，傀儡岛岛主等熟识的纷纷笑道："有巢岛岛主伉俪到了。"

姜明鬼二人连忙上前一一见礼。鲤女自到乐土国以来，一直待在有巢岛，不曾踏出半步，如今是第一次与外人相见。他们年纪既轻，又是夫妻同行，那些岛主看她时，眼中不免都带了好奇。

石亭建造巧妙，虽然没有围墙，却极其背风，被下午的阳光一照，十分温暖。亭中更已铺好兽皮，设好座席，位于主亭正座上的老者清癯潇洒，自然正是孟损。

"孟国主别来无恙。"姜明鬼与鲤女见礼道。

自从为孟损接引入国以来，他们便再也没有相见。这人连月集也从未现身，身为国主，实在深居简出到了极致。

"姜公子与尊夫人在此居住可还适应吗？"孟损笑道。

"有劳国主费心，"姜明鬼与鲤女对视一眼，道，"我们夫妻二人在有巢岛上衣食无忧。"

"那就好。"孟损微微笑道，"你们的感情，似又好了些。"

"叫国主见笑了。"姜明鬼笑道。

"小心，"孟损却摇了摇头，道，"小心，多情生祸。"

姜明鬼一愣，孟损接着道："天地不仁，万物无情。乐土国的乐，一定源于无爱无恨。你们若太过沉溺儿女私情，只怕反遭其害。"

姜明鬼只觉一盆冷水当头浇下，一时间激灵灵打了个寒战。他们在进入乐土国之初，孟损千叮万嘱，他们在乐土国须行无情、自然之道，夫妻间最好的关系也当是不悲不喜、不爱不恨。可这几个月来，他们二人放下芥蒂，直有新婚燕尔之感，实在与之全然悖逆。

归根结底，实在是因为那样的要求有悖人伦，当属空谈。姜明鬼与鲤女虽然当时诚心允诺，进入乐土国以后，却已不觉将其抛于脑后。

——可是当此喜庆欢乐之时，这一国之主竟突然毫不留情地提及此事。

此次相见之前，他们颇有与孟损故人重逢之感，谁知刚一见面便被泼了一盆冷水。待要解释一二，孟损却已转过头去，似是什么事都没有发生一般，又微笑着与别的岛主招呼说话了。

姜明鬼与鲤女只好先行落座。三十六岛中有农桑岛、酒神岛、口舌岛等，专精产粮、酿酒、厨艺，当此国诞之时，自然大展身手，备下极为丰盛的酒宴。再过片刻，陆陆续续又有数人上山，每到一人，必先有灵鸟通报。

不多时，三十六岛岛主终于到齐，这时夕阳西下，冬日余晖洒在周围柔软的冬草上，直令一切都似金光灿烂、辉煌壮丽。孟损笑道："乐土国立国百年，摒弃尘俗，没有贵贱之分、贤愚之别、强弱之论、亲疏之辨，因此成为大家的乐土。一年一度的国诞之日，其实也只是让大家热闹一二，当作一年的点缀。如今三十六岛的岛主既已来齐，便请大家分享自己过去一年之所得，展示自己的贺礼吧。"

众岛主轰然叫好，立时有人起身道："春晖岛钻研天气之变、冷暖之移，近来终于可以令昼夜颠倒、冬夏交换，今日特送国主春花一片！"

这位春晖岛岛主身材胖大，满面红光，穿一身翠绿的衣袍，戴一顶粉红的头巾，一眼看去，直似木桩之上开出了一朵娇花。一面说，他已来到石亭外的草坡上，信手挥过，袖内撒下点点金粉。忽然间，只见那片枯草无风而动，枯叶新发，柔苞吐蕊，在众人眼前扑簌簌地开了满地的小花，红的、白的、黄的，在这隆冬时节备显蓬勃。

冬日回春，枯草开花，直如仙法，众人欢声雷动。欢呼声中，又有一位岛主站起来，道："石英岛开采宝矿，特送国主玉斧一对。"手腕一翻，自袖中掏出一红一白两柄玉斧，道："白玉斧主寿，破一切疾病毒恙；红玉斧主吉，斩诸般凶险灾厄。"

他双斧一挥,孟损案上两枚拳头大的野果登时裂成四半。红斧所斩的野果,果汁四溢,不到片刻,果肉竟已化为乌有,案上只余一摊汁水与两片果皮;白斧所斩的野果慢慢结霜,不一刻竟冻得结结实实。

两枚野果被糟蹋了,立时又有人快步走来,手中捧着两枚新果,道:"农桑岛今年最甜的果王,请国主品尝。"

接着一名女岛主站起来,道:"风舞岛送国主一支老身新练的舞。"

一旁一名吹笛的老者道:"清音岛为风舞岛伴奏,祝我乐土国千秋万载、永无愁绪。"

那风舞岛的女岛主头发花白,一张脸上竟像没有皮肤似的,目凸牙翻,肌肉鲜红,令人望之肝胆俱裂。可是她腰背挺直,风姿绰约,轻轻一跳,便来到五座石亭中央的空地上,曼转腰身,翩翩起舞。

笛声清越悠扬,那吹笛老者轻轻伴奏,婉转之间,竟似一双无形之手,托在那风舞岛岛主的身下,令她本就轻盈的舞姿更飘飘出尘,直似驭风而行,浑然令人忘了她狰狞的面目。

姜明鬼听到笛声,心中一动,偷眼去看鲤女,只见鲤女双目垂泪,道:"这位老人家,年轻时想必也是天上仙子一般的容貌。"

一曲舞罢,风舞岛主与清音岛主向四方施礼,他们二人一个残一个老,可这般联手献艺,虽只一瞬,却有风华绝代之感。众岛主皆是击掌叫好,喝彩不绝。

如此这般,三十六岛逐一献上今年为国诞而备的贺礼,有新奇有平凡,有物件有才艺,有简单有玄妙,不一而足。姜明鬼献上葫芦舟的竹椅,构思精巧,做工细致,也被众人称赞不已。

"对了,姜岛主,"孟损收下了竹椅,忽然道,"前几日,你的有巢岛上浓烟滚滚,远超通报平安的狼烟,不知是在干什么?"

姜明鬼今日此来,正有彻查此事之意,听见孟损相问,立刻道:

第六章 无情游

"有巢岛特产异兽贪耳是大家都知道的。不过我却在前几日将它们赶尽杀绝,国主所见的浓烟,便是我将那些贪耳尸体尽数焚毁所产生的。"

此言一出,众岛主面面相觑。傀儡岛岛主叹道:"你猎杀贪耳,贪耳皮什么的留下了没有?"

姜明鬼摇头道:"那些畜生自食其类,且越变越是凶狠邪恶。我不愿多碰它们一下,因此以弓箭射杀之后,便连皮带肉,全都烧毁了。"

傀儡岛岛主顿足道:"我们之前不是说过了,乐土国中无谓善恶。你怎么还执着于此?"

"但那'恶',若是大到即使我们想要忽略它,也不可得呢?"姜明鬼道,"贪耳活得越久,吃下同类越多,体形便越是巨大,狡诈凶狠。二年生的贪耳,通晓人性;三年生的贪耳,已欲择人而食。若它们继续存活下去,四年、五年,贪耳是否会长成猛虎,比人更聪慧?则到了那个时候,是我们吃贪耳,还是贪耳吃我们?"

"原来,姜岛主是怕了。"孟损笑道。

"孟国主不怕吗?"姜明鬼反问道,"人从呱呱坠地,到力能擒狮搏虎,尚需二十年。而贪耳只须吃下同类,便可获得智慧与力量。长此以往,焉知它们不会强于众人。"

"姜兄所虑甚是。"孟损环顾众人,微笑道,"不过你是否已察觉到,它们无法一直变强、真正获得智慧的原因了呢?"

姜明鬼一愣,心中灵光一闪,似也察觉了其中的关键之处。

"贪耳要变强,须得吞食同类,但到底需要吞食多少才能引起变化?"孟损笑道,"有巢岛前任岛主其实曾做过计数。一年生贪耳要长成二年生,须得吞食小贪耳十只。二年生贪耳要成为三年生,须得吞食大贪耳一百只。如此算来,其实一只三年生的贪耳,便须吞食一年生贪耳一千只——千中选一,这样多的贪耳,你的有巢岛,养得起吗?"

姜明鬼回想有巢岛上树倒屋塌的惨状,道:"只怕……是养不起的。"

"前任有巢岛岛主曾经说过,供出一两只三年生的贪耳,已是有巢岛的极限。而超出极限,岛上草木便会为贪耳啃食干净。既无食物,又无法离开有巢岛,那一众贪耳无论大小,都会被活活饿死。然后才又有草木萌蘖,贪耳新生,历经数年,重新回到平衡之中。"孟损笑道,"所以,姜岛主根本无须为贪耳不断变强而忧虑。有巢岛天然会将它们限制在三年生之内。它们再怎样厉害,也不过是我们的一盘肉、一顶皮帽而已。"

姜明鬼这才明白其中的奥妙,只觉造物神奇,无处不在,感慨道:"既然有此隐情,国主及各位岛主为什么不提前知会我一声?"

傀儡岛岛主叹道:"这终归是你有巢岛的事。"

乐土国中,各岛如非必要,都是老死不相往来。即便傀儡岛岛主与姜明鬼较为熟稔,但以往交谈,也往往局限于天地大道,而少言利害得失。之前的有巢岛岛主一向是将岛上贪耳数量控制在一年生的小贪耳四百只、二年生的大贪耳二十只左右的。不过他去年死得早,少了秋天的一波猎杀,傀儡岛岛主等人便猜到今年有巢岛上的贪耳数量会剧增。之前姜明鬼用来交易的贪耳数量远少于预计,他虽心中疑惑,却也不便相问,只道是姜明鬼要自己留用,谁知却在有巢岛上养出了三年生的贪耳。

"这一点,我倒是有所预料。"孟损笑道,"不过我想着你们既然要在有巢岛上长住,一直负责为大家提供贪耳的皮肉,那耳提面命便终究不如亲自体验一回,因此什么都没有告诉你们,而是让你们自行去见识乐土国的神奇与贪耳的怪异。"

第六章 无情游 173

"我们可算见识到了。"姜明鬼苦笑道,"若非我皮糙肉厚,我们两个只怕便被贪耳吃了。只是这么一来,我已将岛上的贪耳赶尽杀绝,以后便没有皮肉可以和大家交换了。"

"这个倒不用姜岛主多虑。"孟损笑道,"昔者吴国灭越,越国成年男子皆杀之,而越国只需二十年便休养生息,操练已毕,灭吴国于一役。人尚且如此,野兽又岂会被你一人信手所灭?必有贪耳幸免于石下、土中,姜岛主回去,容它们稍作繁衍也就是了。"

姜明鬼和鲤女对视一眼,终于道:"如此也好。"

于是继续由其他岛主献礼。一轮献礼之后,天色已彻底黑了下来,食风岛岛主和明灯岛岛主在石亭中点起灯笼,照得四下一片光亮。酒神岛岛主准备的佳酿源源不绝,众人畅饮欢歌,直至夜半。眼看临近终了,焦火岛岛主与金丹岛岛主又起身道:"我二人还有一点小玩意儿,最后给大家看个热闹。"

说着话,只见焦火岛岛主拿出一副弓箭,那羽箭上没有箭镞,却在箭杆头上绑着根竹管,上垂引信。金丹岛岛主将其点燃之后,焦火岛岛主一箭射出,那羽箭飞至半天,忽然"啪"的一声炸开,一瞬间铺开的火焰照亮了半边天。

鲤女吓了一跳,道:"这是什么?"

姜明鬼却已在之前的月集上听他们说过,笑道:"金丹岛岛主擅长炼丹,而炼丹家早就发现木炭硝石等物混合,可制成火药,一旦爆炸,威力无穷。如今他与擅长用火的焦火岛岛主合力,用弓箭将火药射到天上,令其无遮无挡,果然更加惊人。"

漆黑的夜色之中火焰经空,矫矫如裂空长电,隆隆似震耳惊雷。焦火岛岛主一箭箭射出,天上留下一道道淡灰色的烟影,石亭中众岛主的喝彩声也是一浪高过一浪。

在一片欢腾热闹中,孟损高高站起,举杯大笑道:"猎龙之时已到!"

国诞之时,有猎龙之戏。

这一点,孟损之前接他们入乐土国时便曾提到,在之前的月集中,姜明鬼已听诸家岛主说过。如今孟损亲自发令猎龙,一切都将真相大白,他们不由得越发好奇。

于是众人离席,浩浩荡荡地往岛西而去。其时天近子时,天上繁星点点,亮得刺眼,密密麻麻地压在头顶上,竟似伸手便可以摘下一般。众人把臂同行,高歌欢笑,约行了半个时辰,方下了国主岛,来到背面的冰湖之上。

只见星光辉映之下,方圆数里的冰面反射银光,布满一个个浑圆的冰洞。那些冰洞错落有致,边缘光滑,每一个直径都是一丈有余,显是人为凿出。

而在每一个冰洞之上,又都立着一座三足木架,木架上垂下树皮绞成的粗绳,如蟒蛇一般沉入湖中,粗绳上又缀有一个个瘪瘪的皮袋子,牢拉在半空中。

"我们今年用捕风之法来猎龙。"孟损大笑道,"此计为食风岛岛主所献。那些粗绳下挂着爪长三尺的石钩,或深或浅地悬于湖下。只要那龙从这些冰洞下经过,就一定会被钩住。"

众人欢欣鼓舞,似是迫不及待想要看那巨龙上钩。姜明鬼越发好奇,悄悄问傀儡岛岛主,道:"那巨龙到底长什么样子?这世上,真的有龙吗?"

"龙肯定是有的,但长什么样子,我们也还不知道。"傀儡岛岛主笑道,"乐土国猎龙百年,我自己也参与猎龙十几年了,却从未猎到它的真身,甚至连它冰下的形貌都没有看到,只知它极其巨大。而年复一年,我们猎到的,其实只有几片龙鳞、一截龙须、一枚龙牙、数瓶龙血而已。"

"既然一直都猎不到,我们为何还要来猎?"姜明鬼问道。

"因为猎龙之趣,并不在于猎到啊!"傀儡岛岛主笑道,"每逢国诞之日,便有巨龙经过,这是何等的吉兆,而它便如大道,我们虽然只能探知其一鳞半爪,却总能不断地接近真相,不断地对它了解更多。也许有一天,我们会通过那一片片龙鳞、一截截龙须,拼凑出这巨龙的模样。只要想到此,你难道不觉得,便是死了也值得吗?"

朝闻道,夕死可矣。姜明鬼微微沉思,想到那龙破冰而出,矫矫于天,直令这世间一切定论、一切常识、一切的无趣全都烟消云散,不由得悠然神往。

巨龙未至,他们于是在此等待。冰面寒冷,幸好孟损也提前在此备好了几个营帐,里面又满满地堆着兽皮,可供众人休息。

从岛上一路走来,大家都有些累了,便是先前在国主岛上进食的酒肉,也已消化殆尽。有人在冰洞的水面上撒些炒面,不多时便有一尾尾大鱼浮上水面抢食,却被那投食之人一棍一个敲得昏了,趁着鱼肚翻白捞出水来,就地收拾干净,生火烤了,招呼大家来吃。

和姜明鬼、鲤女分在一个营帐的,还有五家岛主。除傀儡岛岛主外,其余四家都较为生疏,在月集中少见,分别是:义犬岛、食风岛、游鱼岛与好龙岛的岛主。

那义犬岛乃是三十六岛中的北五岛,岛上养了许多猎犬,因为最靠近环湖高山,得以时常上山打猎,乃是乐土国中除有巢岛的贪耳肉之外,另一家常能与诸岛交换肉食、皮革的。此次猎龙,义犬岛岛主带来猎犬二十条,弓箭、刀枪无数,时刻准备与巨龙搏杀。

食风岛则是南三岛,岛主出身百家之中的御风家,惯会炼丹用气,可做御风之行。食风岛岛主是此次猎龙之戏的献策人,耗时数年,做出数百只风袋,坠在那三足木架垂下的粗绳之上。只要巨龙上钩,便可将巨龙拖出水来,钓上冰面。

游鱼岛岛主则最会游泳、潜水,并精通钓鱼之法。此次猎龙,他配合食风岛岛主,亲自安排了每一柄石钩在水中的深度,确保其错落有致,巨龙一旦在此经过,便会被钩中;而一旦被一柄石钩钩中,挣扎之际便会被许多柄石钩钩中。

好龙岛却是乐土国中研究巨龙时间最久的。传闻昔者楚国人子高,官为叶公,平生最喜言龙,衣带酒器、卧室装饰,到处都雕画着龙。天上的龙见他如此虔诚,便真的降入叶公家中,龙头从窗口探入,龙尾伸入厅堂,而叶公一见之下,魂飞魄散,五色无主。好龙岛便时常以此自嘲。

"在下来自有巢岛。"姜明鬼安顿鲤女在营帐中好好休息,方向众人重新介绍道,"我与妻子初来乐土国,尚未参加过猎龙,不知巨龙的厉害。猎龙之时有什么须得当心的地方,不知诸位岛主可否提前告知一二?"

"有巢岛岛主捕猎贪耳,据称数日之间便可灭绝一岛贪耳,想必射术不凡。"那好龙岛岛主神情倨傲,道,"可猎龙毕竟不同于打兔子。未知你又有什么本领,不至于成为我们的拖累?"

姜明鬼自继承了有巢岛岛主的名号以来,几乎未显露自己的本领。在三十六岛岛主之中,便是今日国诞献礼,也只是送上竹椅一张,无怪乎好龙岛岛主对他颇有怀疑。

姜明鬼微微一笑,并不动怒,拿起义犬岛岛主的一柄长矛,道:"借用一下。"

他单手提着长矛向旁走了几步,来到空旷之处,身子一晃,"嘎啦"一声,古木之力运起,周身筋骨已然打开。

血肉干枯,他的身体猛然拔高半尺。姜明鬼将长矛扛于肩上,

第六章 无情游

单手握着，身子一旋，反向将腰背拧紧，蓦然间俯身一旋，以腰为轴，自上而下，自前而后，又自下而上地一旋。也就在这一记旋转之中，"呼"的一声，他振臂一挥，将那长矛掷上天去。

长矛飞起，在群星之间寒光一闪，一瞬间几乎看不见了。

"好大力气！"义犬岛岛主惊叹道。

长矛不轻，而他这一掷，少说有十几丈的高度。姜明鬼回过身来，微微一笑，卸掉古木之力，道："见笑。"但见他头顶一点流光，直刺而下，姜明鬼侧移一步，伸手向旁一抓，正好将那落下的长矛又稳稳接住。

矛尖距离冰面半尺，稳如磐石。姜明鬼反手挽个枪花，将长矛递还义犬岛岛主，又对好龙岛岛主道："我没有别的本事，只是力气大些，猎龙时总能帮些忙吧。"

他这一枪所表现出的何止力大，其准确度、胆识更是难得，众岛主纷纷叫好，好龙岛岛主也道："怠慢有巢岛岛主，是我没有见识了。"

既知姜明鬼的本领，这人立时不再托大，为姜明鬼介绍起这乐土国的巨龙来。

"一百年前，乐土国立国。冬夜时候，有位百花岛岛主于冰上行走之际，突然冰层碎裂，一条巨龙跃出冰面，双目如灯，矫矫于天。百花岛岛主吓得魂飞魄散，从此之后疯疯癫癫——那是巨龙第一次被人见到。而之后几年，有不少人曾在不劳湖中搜捕巨龙，却一无所获，逐渐也就淡忘了。直到八十多年前，又有人在冰面上行走时，竟看到巨龙的影子自冰下游过，才再次确认了巨龙的存在。

"数十年来，三十六岛岛主几经更迭，数代好龙之人不断搜集巨龙出没的规律，终于在傀儡岛岛主的推演下于十一年前确定，它会在每年的新旧交接之日，游过金星与国主岛那座断头峰的中线。"

天边一颗明星灼灼闪耀，正是金星。好龙岛岛主扬手指点，将其连向国主岛上的一座高山，峰头斜平，如被一刀斩断，自然便是断头峰。

"于是十年来，我们每年的至寒之日都在此设伏，想要捕猎巨龙。可那龙实在太大，始终难见其全貌。而冰层又厚，我们也不能从近处观察。偶尔以鱼叉、钓钩攻击，它鳞厚皮韧，也一直不能真的将它杀伤。"

那好龙岛岛主一面说着，一面自身边包裹中拿出一枚圆盘一般的东西，道："这便是我们在七年前获得的一枚鳞片。"

姜明鬼接过那鳞片，只觉它直径约有尺半、厚约二指，青中透红，宛如水晶。拿在手中，触手温润，刚中带柔，却不似想象中那般沉重，反倒轻飘飘的，用力一掰，还可微微弯曲。

"矫矫神龙，竟然今日可见！"姜明鬼惊叹道。

用罢了烤鱼，三十六岛诸人又分散开来，检查各个冰洞上的三足木架及其上的粗绳、鱼钩、风袋。时近子正，忽听义犬岛岛主所带的猎犬汪汪大叫起来。

"龙来了！"傀儡岛岛主叫道。

姜明鬼正在加固木架，闻声蓦然回首，只觉东面的星光，似乎突然暗淡了。

定睛一看，不是"天"黑，而是东面的"地面"黑了。

原本乳白色的冰面下，突然由远而近，涌来一大片黑影，直令天地变色，诡谲非常。黑影自冰面下席卷而来，又急又快，瞬间已扫过他们脚下。"咔啦""咔啦"数声，一个个立在冰上的木架骤然崩裂，木架上垂下的绳索与风袋，猛地沉入冰水之中。

木桩重重地砸在冰面上，猛然间，木桩折断，冰洞也骤然碎裂，

第六章 无情游

水花高高溅起。

"上钩了！"远处的游鱼岛岛主大叫道，闪身脱下外衣，赤条条地抓起一柄鱼叉，从最近的一个冰窟窿里跳下水去。

忽然间"砰"的一声，一个冰窟窿上蓦地"炸"开一个灰色的皮球。那是食风岛岛主特制的风袋，以不劳湖中的大鱼鱼鳔缝制而成，又厚又韧，每一个都有合抱大小。风袋的袋口中藏有金丹岛特制的丹药，拖入湖中后，丹药遇水登时放出一种极轻的水汽，一下子将风袋吹得胀鼓鼓的。

一个个风袋从水中跳起，离水而出，升至半空，将水中的绳索猛地拖起一截。

湖面下的黑影剧烈翻滚，巨大的水柱从冰窟窿中冲天而起。冰面涌起一座坟丘似的鼓包，一座座木架陆续绷裂，越来越多的风袋升至半空。水浪漫过冰面，在火把的照耀下色泽粉红，显然那巨龙已然受伤出血。

"它被绳网缠住了，慢慢拉住它！"混乱中，孟损的声音道。

那一座座木架上垂下的石钩，其深浅、远近都是由游鱼岛岛主与他联合部署的，既考虑了鱼性、水性，又计算了气运、命数，那巨龙在冰下经过，只消被一枚石钩挂住，便会因为疼痛，在挣扎间不断卷到其他石钩，最终被石钩连缀的绳索卷成的一张大网网住。

而那大网上又缀满风袋，会将它不断上拉，令它无法下潜，体力耗尽，直至"钓"出水面。

狗群汪汪狂吠，义犬岛岛主手持弓箭，不断奔走于各个冰洞之间，不住向下射箭。

姜明鬼也提着长矛，一面看着冰下水浪，一面往一处冰洞走去。

冰面剧烈颤动，"咔嚓""咔嚓"的碎裂声从四面八方不断传来。粉色的血水一浪接一浪地在冰面上漫过，远远铺开。姜明鬼涉水而过,只觉冷风扑面,心中激荡,不周之力运起,周身宛如火烧。

虽是无故捕猎,可那巨大的、强横的龙,令他本能地起了杀戮之心。

——与贪耳不同,在龙的面前,他才是弱小的。

可那稍有差错,便可能使自己死无葬身之地的危险,却让他整个人都振奋起来,狂热起来。

那一处冰洞中的十几个风袋已升至半空,将探入水中的绳索拉得笔直,却几乎一动不动,倍显异常。

果然,在那冰洞中,粉色清洌的冰水下,已浮出一段青色的龙脊。

在晃动的水面下,一片覆盖着巨大鳞片的皮革被石钩拉着,卡在冰洞下。皮革包裹的身体极其巨大,直径一丈多宽的冰洞才勉强显出其宽,而首尾延长,绵绵不绝,根本无法从这一段窥其全貌,只是单看那皮革紧绷的质感,便可知龙的强壮。

石钩钩入一片龙鳞,将那鳞片整个掀开了,鳞根处鲜血汩汩,看着都觉疼痛。

风袋的升空之力虽大,但显然不足以将巨龙钓出水面。姜明鬼一步跨到冰洞边缘,一手挽住风袋拉直的绳索,将身体稳住,一手将长矛举起,便要刺下。

——突然之间,姜明鬼却觉一阵战栗,周身汗毛倒竖,如被针扎。

他猛地低下头来,只见眼前一片金光,摄人心魄。那金光来自冰下,如同一轮金色的太阳,与他的双足只隔着一层坚冰。太阳的中间一道碧线深不见底,宽如独木桥,更迸射出森冷的光辉。

然后,那太阳一闪,忽地熄灭了,旋即又一闪,比刚才更灿烂地亮了起来。

——那是……一只眼睛!

——龙的眼睛!

第六章 无情游

金色的眼睛，碧色的瞳仁，一瞬间，姜明鬼的心跳骤停，自双腿往上，仿佛被千把钢针刺过，又疼又痒，还来不及反应，只觉脚下一股巨力涌来，"轰隆"一声闷响，冰层破裂，他双足剧痛，被整个撞上了天。

什么古木之力、不周之力，在这洪荒巨兽面前，都不过是吹灰之力。

那巨龙一头撞破冰面，将姜明鬼震得高飞数丈，若非手腕又传来剧痛，真不知要飞到哪儿去了。

腕上剧痛来自连接风袋的绳索。之前姜明鬼准备枪刺龙身，因为是站在冰洞边，水滑冰脆立足不稳，于是一手挽住风袋牵引石钩的绳索，用以借力。谁知突然被巨龙自脚下袭击，破冰撞上半空，他的手腕因此缠在绳索上，一时竟拉扯不断。

姜明鬼迅速飞起，风袋上升缓慢，登时又将他拉了下来。可跌落之后，风袋继续向上飘起，又拉着他向天上飞去。姜明鬼大吃一惊，一臂坠着自己的身体，另一只手提起长矛，待要将风袋刺破。

可是突然间，他福至心灵，又将长矛放下了。

这一组风袋足有二十余只，可钓起数十斤重的石钩，并利用石钩将一段龙身钓起，全部涨满，足有二百来斤的力气。这时绳索崩断，石钩已沉入湖底，风袋之下再无沉拽之物，因此这般缠着百十多斤的姜明鬼扶风升起，也毫不费力。

姜明鬼一手挽着风袋，不住上升、上升——

上升五丈。姜明鬼低下头来，向脚下望去，只见刚才那一撞，他方才立身的冰洞周围，湖冰已整个碎裂。湖水翻涌，夹杂大块冰块起伏碰撞，望之触目惊心。之前露出水面的那一段龙脊已然消失不见，在方才的撞击中，显然它挣断了石钩，重获自由。

上升十丈。冰面上狗群四散，人声嘈杂，一道道黑色的裂纹如同枯枝，在冰面上闪电般地延伸出去。三十六岛岛主东奔西走，狼狈万状，各处冰洞不时炸开冲天的水柱，令人目眩神迷。

上升二十丈，寒星宛在身边。姜明鬼瞳孔收缩，在这一瞬间，看到了从未想到的一幕——两条巨大的黑色龙影，在白色的坚冰之下蜿蜒游动，它们紧紧靠在一起，一条长约百丈，一条长约二三十丈。

——巨龙竟有两条！

与它们相比，冰上的三十六岛岛主虽然忙碌不休，但人如蝼蚁，犬如草芥。

"轰！轰！轰！"

远处传来巨响，是焦火岛岛主点燃了火药。火药在水下炸开，一团团明红色的亮光在冰下亮起又熄灭，映得巨龙的身子越发清晰。

便在此时，姜明鬼却看到，其中较小的那条龙影突然一转头，与大龙分散了。

它似是被火药所惊，吓得慌不择路。

可是它这般逃走，要去的方向却是——鲤女的营帐！而几乎就在同时，那营帐的布帘一挑，走出一人，正是鲤女听得外面声音嘈杂，起身出来，想看猎龙的热闹。

姜明鬼大吃一惊，不敢怠慢，连连戳破手上的风袋，一面调整方向，一面向下落去。天旋地转，风声呼啸，他终于在营帐前十步之处，截住了那条小龙。

"嚓！"姜明鬼一矛割断腕上绳索，最后的几个风袋猛地飞走，他的身形快如流星，从半空中直坠下来。

"轰隆"一声，姜明鬼重重落地，手中长矛挟雷霆万钧之势，破冰而入。

"离开这里！"姜明鬼大声叫道。

矛身剧震，矛尖仿佛刺到了顽石，直挫得他虎口发麻，双腕剧

第六章 无情游

痛。姜明鬼不及细想，扔下长矛，回头迎上鲤女。"你……"鲤女待要说什么，却被他伸出双手，往肩上一压。鲤女登时只觉两膝发软，一下坐倒在地，还没反应过来，又被他用力一推，在冰面上打横滑了出去。

几乎与此同时，他们身下原本透明的冰层蓦然发白，一股巨力涌起，方圆十步的冰面鼓起如坟，旋即"嗵"的一声，冰面碎裂，姜明鬼被直撞上天。

碎冰飞溅，姜明鬼匆忙一瞥，只见鲤女已滑至数丈开外，总算未受波及。

而在他的身下，一头庞然大物自湖中一跃而起，冲过碎冰，扶摇而至。额头之上，还钉着他那支长矛。龙吟声中，那巨龙一口便咬向了他。

就在这时，突然一声"嗖"的怪啸自远处破空而来。

那声音尖锐而迅猛，由远及近直飞而来，一道乌光正中巨龙的颈部，而在射中的一刹那，火光暴起，其上更缚有火药。

"射日岛岛主！"姜明鬼大喜道，在半空中一个转身，落回冰面，"腾腾腾"连退数步，方才站稳身形。

射日岛位于三十六岛南二岛。岛主孤高冷傲，一向独来独往。他箭法卓绝，手上一张神弓，腰间九支奇箭，号称百发百中。据说他在射日岛上吞吐天地之气，吸取日月精华，每日只射三箭。

一箭射天上飞鸟，以之果腹。

一箭射湖上粼光，以之练技。

一箭射天上烈日，以之证道。

这一箭从它发出鸣响的位置算来，应是在五百步之外。射日岛岛主在黑夜之中一箭射远，犹有如此准头、如此威势，其箭术着实惊人。而那巨龙被火药吓了一跳，却没怎么受伤。长吟声中，颈上鳞片怒张，越显凶相。

"嗖"的一声，第二箭又从黑暗中射了下来。

这回的箭声却极其沉闷，姜明鬼猛然回头，只见冰面之上，又有一道黑影激射而至。

这回的箭，却是一支如橡巨箭。箭身长过丈许，粗如人臂，贴着冰面滑行而来，恰好穿过中间混乱阻隔的一众岛主、猎犬，笔直地向那巨龙露出水面的腹部射去。

只是这一箭，那巨龙却也看到了。龙吟声中，眼见那箭光将至，它一探头，竟然以上示下，抢先从数丈开外向那巨箭咬去。

它身形虽大，但动作好快，长颈一缩一伸间，直如一道黑电，真的从那巨箭的上方咬去。"喀嗒"一声，那巨大的长吻在冰面上方以毫厘之差停住，可是利齿相撞，却没咬到。

——在那一瞬间，那巨箭突然变慢了！

巨箭在冰面上发出尖锐的嘶鸣声，箭尾处刮起雪白的冰屑。它的箭镞里原来藏有倒钩，这时突然刮在冰面上，登时改变了它的速度。

然后，"咯"的一声，倒钩崩落，那一箭又忽地变快了。

巨龙一口咬空，嘴还没有抬起，便被那一箭正射在鼻子上。"嗵"的一声，巨箭虽然弹开，但巨龙已痛得仰天长嘶。

传说中那射日岛岛主藏有九支奇箭，每一箭都有妙用，看来果然如此。

"叽"的一声，第三箭又已射来！

这一箭的声音与前两箭不同，一道流光溢彩的箭影，转眼便出现在姜明鬼与那巨龙的视野之中。

那巨龙直起身子，下颚微垂，一瞬间，竟有了威严阴沉之感。然后，它猛地一张口，一道水箭突地从嘴中射出，迎面浇在那第三支箭上，只听"哗啦啦"一阵水声，箭枝登时被击落在地。那支箭

第六章 无情游

跌落在冰面上，长约三尺，光芒莹莹，在箭身上缓缓闪烁，可惜到底有何特异之处，却终究不为人知。

那巨龙回过头来，森然凝视着姜明鬼。

虽然被射日岛岛主连射两箭，但那两箭看似声势惊人，其实都未穿透它那一身鳞甲。只有姜明鬼之前那一矛破冰而来，以万钧之势刺入它的头骨之中。因此它对姜明鬼最是记恨。

姜明鬼深吸一口气，"嘎啦"一声，身子骤然挺起。青气覆面，古木之力运走全身，整个人血肉干枯，却已刀枪不入，力大无穷。

周围又有若干岛主纷纷赶来，眼见巨龙现身，立刻将自己的本事悉数使了出来。

巨龙一瞬间连中十数击，却浑若无事，一双金睛死死盯着姜明鬼，忽然一探身，又向姜明鬼咬来。

姜明鬼双目一瞪，豪气顿起，猛地冲了上来，便在那森森冰面之上，迎着巨龙的巨口，将双臂一张，"砰"的一声，竟以双手撑住了巨龙的双颚。

"嘎啦啦"，冰面裂出蛛纹，姜明鬼只觉一股前所未有的巨力贯穿双臂而来，直令他眼前发黑、喉间发甜，几乎要一口血喷出。他被推得向后滑去，双足在冰面上所过之处，蛛纹瞬间蔓延出数丈开外。

滑行十丈，姜明鬼终于止住身形。巨龙之口悬于身前，腥气扑鼻。

姜明鬼双臂用力，将巨口稍微合上。越过那岩石般粗粝的上颚，他看见巨龙金色的眼睛正冷冰冰、明晃晃地望着自己。

就在这时，姜明鬼视野的余光中，忽然看到一道人影。

那人影从天上而来，似是从闪烁的群星中一跃而下。

从头到脚，这人带着一种颓然与绝望，从高空中笔直落下，如同一柄从天而降的重锤，结结实实地砸在巨龙的头顶。

"嗵！"

只听重重的一声闷响，那巨龙被砸得头一沉，下颚猛地磕在冰面上。那砸在巨龙头顶的人一撞之后，身子弹起二尺有余，再落下来，手脚扭曲，脖子已断，"哗啦"一声，跌落到姜明鬼的脚边。

那声音古怪，显然不是血肉之躯。姜明鬼定睛一看，原来是一具傀儡。

——傀儡岛岛主到了！

星空中，忽然出现了第二条人影。

漫天的星光之下，只见它四肢抱紧，身体蜷缩成球，骨碌碌地滚动着，向天上飞去。来到最高点上，稍稍一顿，蓦然间身子一震，整个地松开了。

——就像是有人突然砍断了牵引它的丝线。

——就像是有人突然夺走了它的生命。

原本蜷曲成球的手脚齐张，身体舒展，整个人如同一个"大"字，浓墨重彩地写在星光之中。

然后它也失去一切凭依，向下砸落。落下时，手脚随风抖动，却刚好绞在了一起，整个人变得上小下大，后背向地，扭曲着坠了下来。

"咚"的一声，这具傀儡几乎就在上一个傀儡撞击巨龙的原地，又重重砸在巨龙头上。

巨龙的头颅狠狠撞在冰上，旋即弹起，怒不可遏。

而那傀儡的一条胳膊猛地飞到一边，一颗头也离体而去，叮叮咚咚地从巨龙的头顶滚落下来。

那头滚到姜明鬼的脚边，碎裂的脸上，模糊的五官似乎拼凑出了一个古怪的笑容。

——那笑容充满落寞讥诮,似乎已看透这世间的一切虚伪与无力。

——然后这世上的一切,便都与它无关。

姜明鬼一阵恍惚,瞬间感同身受,只觉一切都没了意义,身体像是一下子重了几十斤。正想放手停战,忽听鲤女叫道:"明鬼!"

姜明鬼一惊,猛然清醒过来,只觉手上压力暴增,那巨龙正努力张大两颚,要挣脱他的双手控制。姜明鬼激灵灵打了个寒战,大喝一声,重新将它撑住了。

头顶"呜"的一声,第三具傀儡又从空中砸落下来。

群星之间,它先是向上跃起,昂首,并臂,在夜空中笔直向上,似一支巨大的箭射向最深邃的虚空。然后去势耗尽,它在远高于前两具傀儡的地方,落下。

——弦断,命绝!

它又变成头下脚上,重重坠落。手脚、身体全然无力,在劲风的拉扯下抖动不已,更显得那一颗向下撞来的头颅决绝而孤愤,似是汇聚了它周身的重量,星空中的全部杀机。

"咚——"

傀儡第三次砸在巨龙的头顶,巨龙如小山一般的大头猛地下沉,柔软的下颚压在冰面上,硬生生压碎坚冰,令它的头面大半浸入水中。重击之下,巨龙之口蓦然间张至极致,姜明鬼借势脱身,猛地向后跃起。鲤女之前被他推开,这时放心不下,正在一旁观战,姜明鬼将她一把抱起,向远处狂奔。

"那是龙!"鲤女叫道。

姜明鬼双腿战战,与巨龙角力虽只片刻,却几乎筋疲力尽。

"轰轰轰轰——"忽然间,他的身后传来巨大的破冰之声,姜明鬼回头看时,只见那巨龙张开大口,一路撞破厚厚的冰层,直向他们扑来。

而在这一瞬间,姜明鬼忽然脚下一滑。他急忙平稳身形,可冰面有水,用力踏下之后,反倒更是站立不稳,"扑通"一声,和鲤女一起摔倒在地。

"龙要来了!"鲤女叫道,慌忙想要爬起身来,可她的手臂却被姜明鬼压住了。姜明鬼想要起身时,衣带又钩住了鲤女的发簪。鲤女痛叫一声,单手想要解下衣带,可木手本就僵硬,拨弄几下,反倒缠得更紧了。姜明鬼一伸手,索性拉断衣带,可是鲤女身子一仰,带得他身下一滑,又摔倒了。

两人在冰面上摔倒又爬起,爬起又摔倒,一时间狼狈万状,寸步难行。

咆哮的巨龙向他们越逼越近。姜明鬼运起平生之力,将鲤女硬生生托在半空,正待迈步再走,却觉脚下一动不动,低头一看,竟是他的双足沾了太多的冰水,这时已冻在冰面。

腥风扑面,巨龙猩红的巨口,近在咫尺。

姜明鬼目眦尽裂,用力抬脚,"咔啦"一声,竟将左腿拉断了。

那巨龙之口,已到二人眼前。

姜明鬼怀抱鲤女,单腿站立,忽然间平静下来。

他稍稍转头,望向巨龙。巨龙怒吼声中,腥风将他的发丝、衣袂吹得猎猎张扬。

巨口开合,巨龙的森森牙齿如同利刃,在姜明鬼的眼前一次次刷过,只须再向前半尺,便会将他的身体咬穿——但那半尺似有一堵无形的墙,令它无论如何也咬不过来。

姜明鬼静静地望着巨龙,神色越来越释然。

那巨龙迟迟咬不中姜明鬼,渐渐也觉无趣,再空咬几口,也停了下来,一双金色的巨眼与姜明鬼四目相对,忽地流露出一丝怯意,硕大的身子慢慢向后退去，如同一条大蟒，哗啦啦地滑回冰洞，消失于湖水之中。

身边如火如荼的猎杀之声忽已遥远，姜明鬼环目四顾，四下里的人影、景致如在水中一般，晃动涟漪，模糊不清。他注目向一个方向望去，视线如同利剑刺入迷雾之中。于是那里的涟漪渐渐散去，露出隐藏在后面的真实世界——

冰湖之上，凿开了一个冰洞。冰洞之中，载浮载沉的，是两根枯木。那一个个学富五车、明道天地的三十六岛岛主，正围着冰洞大呼小叫，手舞足蹈，将自己的屠龙之术，用到那两根无知无觉的木头上去。

——原来那便是"龙"。

——原来那便是"猎龙之戏"。

第七章

梦中身

姜明鬼回过头来，这一瞬间斗转星移，天翻地覆，他断腿复生，直若两世为人。

冷风吹过，他打个寒战，道："这，都是你让我们做的梦？"

在他的对面，孟损身裹厚厚的皮裘，正坐在一副冰车之上，一面欣赏三十六岛岛主"猎龙"，一面怡然饮酒。见他清醒，孟损不由得吃了一惊，道："你怎么会醒了？"

"到底什么是真的？"姜明鬼问道，声音不知为何也有些沙哑，"我们之前……一切猎龙的准备都是假的吗……我们真的参加过国主岛上的宴席吗？这里……这里真的是乐土国吗？"

方才为巨龙追赶，生死一瞬之际，姜明鬼忽然发现了其中的漏洞：那巨龙扑向他们的时候，速度实在有些"慢"了。明明以它之前几乎可以正面截击利箭的速度，早该在姜明鬼和鲤女摔倒之时便咬住他们。但不知怎的，它长吟咆哮，气势汹汹，却只是在不断逼近，未能真的伤到他们。

仿佛它与姜明鬼的几丈距离，是在不断拉长，永难到达。

与此同时，姜明鬼和鲤女不断滑倒，仿佛永远都站不起来，永远都逃脱不开。

　　他们似是陷入了一个古怪的平衡中去。他们迫切地想逃，但逃不走；巨龙疯狂地追击，却追不及。姜明鬼在畏惧，在焦虑，在慌乱，同时也在抗拒，在不甘，在坚持……在那电光石火的一瞬间，他忽然明白过来：自己的行为与巨龙的行为，那种种不合常理之处，竟都源于自己的心情。

　　——他越急，便越站不起，跑不动。

　　——可是他绝不甘心死于巨龙之口，于是巨龙再怎么样也无法真的伤到他分毫。

　　便如一场噩梦，在巨大的恐惧面前，梦中人寸步难行，但每到生死攸关之时，求生的本能又会令那恐惧之物远离自己。

　　在那一瞬间，姜明鬼迅速抓住了自己的一点清明神志，并因此发现了猎龙行动中更多的不合常理之处：傀儡岛岛主的傀儡，如何能有那么大的力量，直将巨龙砸入冰中？而如此沉重的傀儡，又怎么会突然出现在半空之中？

　　射日岛岛主的箭，又是如何做到如椽之巨，破空而来？

　　更有甚者，风袋如何有那般轻盈，石钩如何有那般牢固，巨龙如何有那般硕大……

　　越是思索，眼前的世界便越是破绽百出。

　　——梦，这一切都是一场梦！

　　——醒来！

　　当他明白了这一点，那巨龙终于在他眼前退去，所有的虚幻消散，他重新看见了真实。

　　手上沉重，姜明鬼低头一看，幸好鲤女还好好地被他抱在怀中，只是双眼紧闭、双眉微锁，显然也在做梦。

　　"我果然不该让你进入乐土国。"孟损微微皱眉，道，"数十

第七章 梦中身

年来都没有人突破我的蝶梦之境，你却一来就给我捣乱。"

"数十年来，你都在用蝶梦家的本领，迷惑三十六岛岛主，令大家以为枯木便是巨龙，于是凭空作战，丑态百出，以供你取乐吗？"姜明鬼怒道。

"也不一定是枯木。"孟损坐在冰车之上，并不急于辩解，而是慢慢将杯中酒喝完，道，"有时我在冰洞里放条山藤、放尾死鱼，他们也能玩半天。"

先前在鲍叶村渡口处，他瞬间将蜉蝣家高手文不丁拉入梦境，已让姜明鬼叹为观止，如今他更在不知不觉间，令包括姜明鬼在内的三十六岛岛主先后入梦，而在梦中，更能交谈走动，猎龙搏命，其神乎其技，让人毛骨悚然。

"乐土国中，大家已与世无争，你为什么还要折辱大家？！"姜明鬼厉喝道。

他如此愤怒，孟损却不由得叹息一声，道："便是因为你太过在意荣辱，才会自梦中惊醒。姜公子，刚才在梦中与巨龙一战可觉畅快？"

姜明鬼稍一沉吟，与那巨龙一战，虽然他全然不敌，但乍见巨龙时的惊喜与那种生死一瞬的刺激，无疑极为难得，乃是他数年来少有的振奋时刻。

"但那终究是假的。"姜明鬼道。

"为了让你们获得这假的畅快，我每次都需要精心布置。入冬即建造玲珑冰阶，令你们从上岛之时起，便有冰阶、山门、彩鸟、鼎火……——引你们入梦；来到石亭，所有人都已在半睡半醒之间，再佐以混入磷蝶之粉的美酒，于是大家目睹耳闻，尽是豪杰名士、盛景奇观、美酒佳肴、灼见真知。大家都不觉寒冷，忘了烦忧，再来到不劳湖上，痛痛快快地施展一回自己的屠龙之术，这难道不是乐土国最大的快乐,我这国主给大家最大的好处吗?"

"你是说,你是为了大家好,才令大家在梦中猎龙?"姜明鬼惊讶道。

"不然,你以为他们活着,还有什么趣味呢?"孟损微笑道。

"昔有少年朱泙漫,拜师学习屠龙之术,倾家荡产,苦学三年。出师之日,他的屠龙术炉火纯青,可是四处寻觅,却找不到一条龙的影子。他所谓的一身绝技,最终没有任何用武之地。"

孟损眼望那些如痴似狂的各岛岛主,慢慢说起屠龙术的典故,微叹道:"其实乐土国中的人们,他们那一身本领,又何尝不是屠龙之术呢?他们俱是百家精英,可百家学说,又何尝不是屠龙之术呢?那激辩的诸子,孔孟、老庄、墨翟、惠施即使个个学富五车、才冠古今,他们的学说又真的有人听吗?他们的治国大道,又真有什么国君去实行吗?乐土国中的诸位早已对人间失望,来到此地,终于有了将屠龙之术施展开来的机会,难道不应该感激我吗?"

"可是虚假的猎龙,不曾屠恶龙、调风雨,救民于水火,又有什么意义?"姜明鬼道。

"所带来的快乐却是真实的。"孟损笑道,"或者,你也可以将他们在梦中的猎龙当作是真实的,而他们一年中的其余三百余日,不过是一场梦幻。"孟损却不以为意。

蝶梦家颠倒梦境与现实,他说起此荒唐之言却如理所当然。

只见傀儡岛岛主在冰洞旁指手画脚,大呼小叫,虽然所说之话支离破碎,如同梦呓,脸上却容光焕发,志得意满。突然间,他脚下一滑,"扑通"一声跌入湖中。可在众人惊叫声中,他水淋淋地爬上来,白发湿成一绺一绺的,仍是毫不退缩,大声指挥攻击,与那两截枯木做猎龙殊死之战。

"三十六岛岛主久居乐土,清心寡欲,真的需要用这种快乐来欺骗自己吗？"

"叶公好龙，其实乐土国的人并非真心喜欢这死水一般的生活。"孟损叹道，"或许一开始，大家在外面的世界四处碰壁，是真的心灰意冷，想要远离纷争、平静等死。但真到了乐土国，在这日复一日的无所事事中，这些曾经呼风唤雨的人终归会感到寂寞——而你知道，在乐土国，任何东西都会在漫长的时间中变得更大、更疯狂。"

姜明鬼心中一动，忽觉竟似是黑屋的房顶透了一个洞一般，迟疑道："比如……贪耳。"

"比如贪耳。"孟损微微颔首，道，"比如贪耳，比如驼鱼，比如葫芦，比如漫山遍野的野果，比如每个人心中的百家之道……比如我等永远都消灭不了的欲望与寂寞。"

他长叹一声，面上不由得露出几分萧瑟之意，道："贪耳只需三年，便可因欲望而变成一头猛兽。人，又需要多长时间，会因寂寞而变成一只恶鬼呢？"

"乐土国，曾经有'鬼'吗？"姜明鬼问道。

"我带他们猎龙，其实便是在猎杀他们心中的寂寞。"孟损没有回答他的问题，眼神却稍见锋利，道，"用一个他们永远无法战胜的巨兽，消耗着他们心中的寂寞。便如一茬茬地杀死贪耳，好令他们不至于无休止地变化，最终变成了鬼。"

姜明鬼抬起头来，望着在冰洞前那些癫狂的世外高人。

——激动，振奋，勇猛，决绝。

——像一根根久已霉烂的朽木，突然间熊熊燃烧。

——他们何其快乐！

"那么，孟国主打算拿我怎么办呢？"姜明鬼叹了口气，道，"我既然已突破蝶梦之境，知道了猎龙之戏的真相，未知国主要如何令我保守秘密呢？"

猎龙之戏事关重大，自然不能为人破坏。

孟损坐在冰车上，又给自己倒了一杯酒，道："我其实，还想和姜兄聊一聊贪耳。"

"还要聊贪耳？"姜明鬼稍微意外。

"孟兄不觉得，贪耳的变化，其实格外像人吗？"孟损饶有趣味地望着他，道，"刚出生时，个个娇憨柔弱，懵懂无害，相差仿佛，但若活得够久，渐渐地便有了云泥之别：名士、巨贾、恶霸、游侠、佞臣、良将、贤王、昏君……这些人，与那些庸庸碌碌的俗人相比，何尝不是一群怪物呢？"

姜明鬼一愣，回想贪耳在自己眼前的变化，以及自己此前所见的异人种种，一时无言以对。

"而若想成为怪物，便需两个条件：一是时间，日积月累；二则是需要吃人。想要建功立业，便须吞食别人的心血，对其利诱逼迫、奴役鞭策；而想要称王称霸，更须吞食别人的性命，以致血流漂杵、尸横遍野。"孟损道，"乐土国岁月绵长，在第一个条件上天然不利——不过我们有猎龙之戏，可以舒缓。

"至于第二个条件，却是乐土国的优势所在。我们小国寡民，既无权势引诱，更无美色动摇，你便是想要吃人，也吃不得几个，不能吞食同类，也便不会变化了。"

孟损说着，自怀中掏出一方木盒，打开来，里面是三枚荧光闪闪的药丸。

"姜兄若想留下，便服食此枚磷丸，我助你从此永在梦中，无忧无虑；你若不愿留，我便将你们送出乐土国。"孟损目光深沉，道，"只是出去之后，你又有天下万民可供吞食，日后真变成怪物的时候，莫要后悔就是了。"

"我怎会吞食别人！"姜明鬼皱眉道。

"你没有吞食别人吗？"孟损微笑道，"若不曾吃人，你又在害怕什么？"

姜明鬼一愣，那些本已忘了数月的过往，竟又如潭底翻起的泥沙，涌上心头。

他出身墨家，自幼为逐日夫人赏识，不仅传授了一身肩担天下的本领，更屡次偏袒，令他下山历练；小取城倾全城之力，数年间将最好的机关、药物、人才、车马……都交由他使用，对他的信任与支持，连他的大师兄辛天志都觉得嫉妒，则对于其他人而言，他是否"吃"掉了他们的机会，夺走了他们的人生呢？

而他半生奔波，却如负薪救火，韩国之衰微、赵国之覆灭，尽与他难脱干系。兵戈所向，国破家亡，血流成河，若说那些韩国人、赵国人是因他而死，被他"吃了"，却也难于辩解。

更有甚者，罗蚕、麦离、石青豹，他辜负了她们的心意，毁去了她们的一生——他，是不是也"吃"了她们呢？

"你来到乐土国，其实便是心中已有所感，因此自救而已。这时再度出山，又去吃人，不免功亏一篑，将来变成了食尽黎民、忘恩负义的怪物，回首今日的决断，你真的不会后悔吗？"

他的言辞锋利，姜明鬼双手捧着鲤女，一时间只觉重逾千斤，说不出话来。

"这一次，你要将姜夫人也吃掉吗？"孟损问道。

姜明鬼一愣，愤然抬头，道："你休要胡言！"

"乐土国与世无争，姜夫人在此颐养天年，一双残手永远不会有人嘲笑。可你非要出去，便是强行令她面对种种不便以及世人的同情与厌恶。你'吃'掉了她的自尊与快乐，难道不是吗？"

姜明鬼倒吸一口冷气，望着怀中鲤女，没想到自己好不容易建立的信心竟如此不堪一击。

"出去之后,我自会保护她的。"姜明鬼挣扎道。

"可她若是根本不想出去呢?"孟损道,"姜兄不妨将她唤醒,且让我们来听听她的意思?"

姜明鬼心中犹豫,却也将鲤女放下,又以冰水敷面,帮她醒了过来。

孟损的蝶梦之境,最神妙的地方在于似是而非。在场众人经历的虽是一样的东西,但看到的、听到的却各有不同,而又彼此关联。以姜明鬼和鲤女而言,姜明鬼看到的是巨龙突袭鲤女,自己以古木之力抗衡,虽经射日岛岛主、傀儡岛岛主相助,仍落于下风,于是不得不抱起鲤女逃走。

而在鲤女看来,却是姜明鬼猎杀巨龙,自己从旁助威,不料被巨龙长尾扫中,奄奄将死,姜明鬼正抱着自己回有巢岛救治。

忽然被姜明鬼唤醒,鲤女恍惚了一下,道:"我已经死了吗?"

"我们只是醒了。"姜明鬼道。

不及宽慰,他便将孟损以蝶梦之境迷惑众人的缘由说了。鲤女也是见识过这人的本领的,当下又惊又怒,恍若隔世。

"乐土国并非乐土。但孟国主给了我们机会,让我们决定是要离开,还是留下。"姜明鬼道,"我此时并无主意,自是随你去留。你尽管选择,总之我们绝不分开也就是了。"

他如此温柔,鲤女不由得感动,道:"我知道了。"可稍一沉吟,又不禁犹豫,问道:"孟国主真的肯放我们离开?"

"姜夫人莫要把人看得扁了,死乞白赖地将你们留下,倒显得乐土国对你们有所企图似的。"孟损笑道,"所谓道不同,不相为谋。留下,是我们相识一场,我帮你们一劳永逸,解脱苦海。可你们若实在想走,乐土国也不少你们两个,我自然也不会强求。"

鲤女眼珠转动，又问道："我们不服食药丸，也保证绝不泄露猎龙之戏的真相呢？"

"举世皆梦，而你独醒，这样的痛苦，你们不会喜欢的。"孟损摇头道，"姜夫人快些决定。其实你们只要服食磷丸，接受了猎龙之戏，乐土国便是再无瑕疵的至乐之国。你们无忧无虑，身心充盈，直至百岁，何乐而不为？"

"可那毕竟是假的……"鲤女犹豫道，"那样虚假的日子，又有什么意义？"

"当然有意义。日子虽然是假的，但快乐是真的。"孟损微笑着，用一根手指轻轻敲着自己的额角，道，"其实，什么是真？什么是假？梦中那猎龙的豪迈、险死还生的快乐，难道不是比终日为稻粱而谋更加纯粹、更加美好吗？你们若如此执着于真假，那不妨设想，若将来有一种蝶梦之境能够达到极致，可令天下之人一同入梦，同悲同喜，同忧同乐，则这世上，岂不是再也不需要抢夺了？到时候人人只需一张草席、一碗粥饭，便可在梦中锦衣玉食，坐拥天下，岂非人人快乐？姜兄追求的墨家兼爱，也便达成了。"

他说得煞有介事，却实在异想天开，鲤女近来正学兼爱之道，不禁哑然失笑，道："哪有这样的梦境！"

"怎么没有？"孟损笑道，"甚至在这样的梦境中，姜夫人的双手也是可以长回来的。到时候，你还会说梦是假的，而'我'是真的吗？"

这句话对于鲤女而言，无疑正中下怀，姜明鬼在旁听得，不由得心头一紧。

他望向鲤女，只见那女子两眼放光，嘴唇颤抖，似要被孟损说服。姜明鬼心如刀割，想说些什么，却一时开不了口。可是慢慢地，鲤女眼中的神采又一点一点地暗淡了下去。

"所以，"鲤女看了一眼姜明鬼，道，"我们要走。"

她竟最终作出如此选择，姜明鬼、孟损都不由得大感意外，几乎怀疑自己听错了。鲤女一言既出，脸色更是惨白，道："我们断不会留在乐土国。"

孟损又惊又怒，问道："姜夫人为何如此委屈自己？"

"因为，我不愿忘记我的断腕。"鲤女道，"我近来在读墨子的著述，常常在想，小取城明明人才济济，力可敌国，墨家弟子却为何要过着陋食粗衣、摩顶放踵的日子？反复研读，才终于有了一点所得。"

"未知姜夫人有什么高见？"孟损冷笑道。

"追本溯源，墨家最早的成员多为失意之人。墨翟出身低微，最知人间疾苦，他所招收的弟子，也多为孤苦无依的退伍士卒、饥寒交迫的失业工匠。这些墨家弟子因墨家学说而团结起来，日渐强大，但他们始终记得，正是当初的那些痛苦，才令他们走到了一起，所以墨家弟子愿意永远折磨自己，以提醒自己，不要忘记天下间还有千千万万如他们一般痛苦的人。"

鲤女说着，双眼望向姜明鬼，眼中虽然有泪，却更有感激。

"那又如何？"孟损不悦道。

"那便是说，对于墨家弟子而言，痛苦才是他们生存的明证。一个人若还知道痛苦，他便还活着；若一个人彻底没了痛苦，他与行尸走肉又有什么区别？"鲤女哽咽道，"我双腕俱断，已是事实，每痛苦一天，愤恨一天，便是活着一天。你若用虚假的美梦令我忘了痛苦，甚至忘了断腕之事，忘了仇恨燕丹——那我活着，又有什么意义？"

她这番话振聋发聩，姜明鬼没料到她只学了两个月的墨家学说，便有这般领悟，听她辩言，竟令他也颇有所得，不由又惊又喜。

"所以乐土国的危险,远不止令人变成怪物。"鲤女话已至此,越发顺畅,道,"听孟国主所言,在乐土国岁月漫长,什么东西都会长得巨大疯狂——那么,沉溺于蝶梦之境的'乐',会不会也越变越大,越变越疯狂呢?当我们真的只需一张草席、一碗粥饭便可沉迷梦境的时候,再也没有恨,又没爱、没有痛苦的时候,我们固然不是吃人的怪物,但是否已变成另一种怪物了呢?"

"好一个痛苦之道。"孟损道,"我只道说服姜公子便可决定二位去留,想不到姜夫人的见识也是如此了得。"

他自怀中取出一支长笛,嗫唇吹响,笛声清越,直上九霄。

"二位聪慧执着,却终究未得自然大道,与乐土国的立国之本相悖。我们今夜好聚好散,孟某送你们夫妻一程。"孟损微笑道。

"请孟国主指路。"姜明鬼沉声道。

"出山道路崎岖,你们要走,少说也得半年。我既让你们走,便不为难你们。"孟损微笑着将长笛交给姜明鬼,道,"长吹便是令其起飞,连声短吹便是使其降落。不过,除非特殊情况,它自会认路,前往鲍叶村附近将你们放下。"

"什么放下?"姜明鬼听他所言莫名其妙,心中隐隐不安。

孟损微微一笑,向天上一指,道:"由它放下。"

忽然间天幕暗淡,一个巨大的黑影自东而西飞速而来,它是如此巨大,似有一匹黑布在众人眼前飞过,直将漫天闪烁的星斗全都给吞蔽了。

烈风袭面,令人难于呼吸,冰洞中浪高三尺,三十六岛岛主全被刮得东倒西歪。那巨大的黑影掠过姜明鬼一行人的头顶,缓缓降落在距离他们数百步远的冰面上。白色的冰面越发衬得它硕大无朋,黑色的巨翼在冰上划过,冰屑四溅,冰面如被铁耙耙过,留下一道道数寸深的冰痕。

那是一只巨鹰,双翅张开,足有十几丈之大。在它的双爪上还抓着一只葫芦,那葫芦正与当日姜明鬼和鲤女乘坐的葫芦舟大小相同。但这时在它的爪下,却小巧如同一枚青果。

"这……这是什么?"

鲤女吓得一跤坐倒,而姜明鬼与它那金色巨眼对视一眼,也觉肝胆俱裂。

"北海有鱼,其名曰鲲;化而为鹏,蔽日遮天。"孟损笑道,"庄周所记载的鲲鹏,我虽未见过,但乐土国的神鹰,却是乐土国代代相承的国宝。你们只须乘于葫芦舟中,便会被它带出扶维山外,放入清沙河在鲍叶村的上游。"

"它……能载得动人?"姜明鬼强自镇定下来,问道。

"它力气很大。"孟损微笑道,"平日里巡视各岛狼烟,跨坐其上,极目不劳乐土,正是我的一大乐事。这葫芦舟本是今夏所用,尚未完工,但事出紧急,便先送给你们吧。"

有他带领,姜明鬼和鲤女才大着胆子来到巨鹰脚下。

那巨鹰高高地俯视着他们,一只脚趾竟有水桶粗细,稍稍歪着头,一双金黄色的眼睛冷冷的,没有一丝感情。而一双弯钩铁喙稍一开合,发出的巨响真如打雷一般。姜明鬼和鲤女心跳如鼓,生怕它一时兴起,将他们如小虫般啄来吃了,一直到钻入葫芦舟中,才稍稍松了口气。

"乐土国有此巨鹰,难道也真的有龙吗?"姜明鬼忽然问道。

那巨鹰的金色巨眼,真似他在梦中所见的巨龙之眼。而若真有这传说中的巨鹰现身于世,难道今夜以朽木为替身的"龙",也真的存在吗?

"世界之大,人岂可尽知?"孟损大笑道,随手关上了葫芦舟的顶盖。

只听"砰"的一声巨响,是那巨鹰腾空而起,双翅拍风所发。姜明鬼和鲤女只觉葫芦舟猛地一震,便升上半空。二人缩在葫芦大肚之中,连大气都不敢喘。

来时乘葫芦,潜水而来;去时驾巨鹰,御风而去。乐土国的数月生活,从文不丁的梦境开始,到他们自己的梦境结束,当真恍若隔世,其中光怪陆离,令人难以言喻。

"这里其实还挺好的。"鲤女忽然道,"我们……我们以后若还能来就好了。"

姜明鬼在黑暗中轻轻揽着她,长长地松了一口气。

乐土国表面祥和,内里暗流涌动,那一直强调着的自然之道,处处显出了不自然。直到他终于可以远离了,才越来越清楚地感到自己心底对它的畏惧。

巨鹰的双翅拍击之声,每一声都似在人的耳边敲响一记重鼓,闷闷的,连人的心脏都要震碎了。姜明鬼与鲤女坐在葫芦舟中,也须在耳边大喊方能听清对方说话。飞行良久,葫芦舟越发平稳,姜明鬼忽然灵机一动,放开了鲤女,慢慢爬到葫芦小肚中去,摸索着找到闩子一拉,登时将葫芦舟的顶盖拉开了。

狂风灌入,冰冷刺骨。姜明鬼从那葫芦嘴中探头向外望去,却见夜色茫茫,远山隐约可见轮廓,下方不劳湖一片皎洁,反射出苍白的寒光。头顶上虽有巨鹰的长翼遮蔽,但斜上方的片片星光却亮得刺眼,直似伸手便可摘到一般。

巨鹰飞得平稳而快速,真不知孟损是怎样训练它的。姜明鬼反手相招,引着鲤女,也来到前面。小肚地方狭窄,二人紧紧相拥,才能一起向外看去。

只见那巨鹰已飞过冰封的不劳湖,来到扶维山之上。

莽莽群山，是比夜色更黑的黑色，边缘在白色不劳湖的映衬下更显鲜明。除此之外，便是姜明鬼的眼力也难于分辨更多，不由得令人畅想，若他们是在满月之夜飞过天际，能看到树木山石、鸟兽河溪，又会是怎样的美景。

长风呼啸，吹得鲤女发丝飞扬，不住扫过姜明鬼的脸。鲤女看着外面的苍茫天地，忽然间放声大叫。叫声初时还显压抑，渐渐地，却越来越是畅快，直似将她此生所有的委屈和愤怒都宣泄了出来。

姜明鬼在她身后轻轻揽着她的腰身，耳中听着她的叫声，也不由得渐渐振奋。

又飞了大半个时辰，前方地上出现了一条白色的大河，蜿蜒流淌，正是清沙河。原来巨鹰已真正飞出乐土国，回到人间了。

清沙河对岸，一点亮光在这夜色中格外醒目。巨鹰便向着那亮光飞去，离得再近一些，那亮光分为数点，终于可以分辨出那里正是鲍叶村，只是居然还有几户人家未睡，点有灯火。巨鹰颇为识路，以鲍叶村为标记又向东偏折，乃在村外数里的一处平缓的河面上慢慢落了下来。

姜明鬼和鲤女连忙退回葫芦大肚之中。

"咕咚"一声，巨鹰将葫芦舟在紧贴河面之处，轻轻放落，水花飞溅，葫芦舟在水中一沉，便又浮了起来，顺流而下。而在他们头顶，那巨鹰长唳一声，渐行渐远，轻车熟路地离开了。

那葫芦舟尚未制作完工，因此重心不稳，浮在河心，骨碌碌地滚动起来。姜明鬼以身做锚，好不容易才令它稳定下来，可是这么一来，却已看不到外面的情况。待要让鲤女再到舱口处辨明方向，可是鲤女一动，便带得整个葫芦又摇晃起来。

二人天旋地转，折腾了好一会儿，也未能彻底掌控这小舟。便在这时，忽觉水流变慢，葫芦舟的底部发出"嚓"的一声刮擦之声，竟已搁浅了。

姜明鬼大喜,待得葫芦舟稳定下来,二人连忙爬出舱口,放眼一望,不由得目瞪口呆。原来葫芦舟已停在岸边,而眼前一块青石,上面刻着两个大字:神匏。

清沙河的水流,不偏不倚,又将他们送回匏叶村了。

"怪不得那巨鹰要将我们放于上游。"姜明鬼喃喃道。

原来此处的水流走向千古不变,那孟损每年用葫芦舟接引新人进入乐土国,也便是这样由那巨鹰远远地投放于上游,然后才乘于葫芦舟的细腰之上,任凭水流带动,以仙人般的姿态驾临匏叶村的河滩。

姜明鬼跳下葫芦舟,河水冰冷,他将鲤女打横抱起,涉水上岸。

鲤女只觉此情此景似曾相识,道:"真快啊。"

忽然那岸边青石后腾地跳出一人,大笑道:"姜兄,我们在此好等!"

只见那人身材高大,面如淡金,腰上斜插一口长剑,剑柄向左,却是一条右腕空空荡荡,没有了手。

——居然是荆轲在此!

当日在春艳坡上,姜明鬼为鲤女打抱不平,要砍断燕丹的双手。而荆轲作为燕丹的客卿,为主客之义,不得不与姜明鬼动手,最后他的平命之剑一时退缩,被姜明鬼抓住破绽,斩断了右腕。只是这人确也反应迅捷,知道无人可挡姜明鬼,立时又自行斩断燕丹左腕,还了鲤女两只手,这才劝退姜明鬼。

在那之后,武阳城全城戒严,关闭鹿馆,搜捕姜明鬼。可惜姜明鬼对此全然不放在心上,早早带鲤女溜出武阳城,投奔了支离家,之后更离开支离家,来到了乐土国。

如此算来，他们上次相见已是八个月之前，想不到他们如此记仇，竟一路追到了燕国的边境。

"你来为燕丹报仇？"姜明鬼不悦道。

"姜兄误会了。"荆轲见他戒备，笑道，"燕丹太子虚怀若谷，当日的一点冲突，他在气头上虽有失礼之处，但冷静下来，根本不再放在心上，反倒为姜兄不畏王权、义盖云天的胸襟打动，生出结交之意。因此，我们为了找到你，可是费了不少力气。武阳城中四处寻不见你的踪影，直到十月，才有太傅鞠武手下的客卿毛环带来消息，说在乐土国外鲍叶村中曾见过如你与鲤女形貌的人，我们才知道你来了这里。"

八月初八那一夜，争夺进入乐土国机会的几名高手中那模样粗豪的大胡子曾报名为毛环，说是奉命来此，要让乐土国出山抗秦，令人印象深刻。原来他后来回到武阳城，也将他们的行踪带了回去。

"燕丹太子得到你们的消息，立刻安排亲信前来调查，更于半个月前亲自来到鲍叶村。可惜乐土国行踪诡秘，我们一番打探，却实在找不到进入乐土国的办法。"荆轲笑道，"但我们都相信，以姜兄的智慧武功，只要想入乐土国，乐土国便是只收一人，那一人也会是姜兄，因此你一定在乐土国里，为此我们甚至做好准备，要等到来年八月乐土国国门再开之时去找姜兄。"

他越说越是离谱，姜明鬼心中不快，一言不发。鲤女站在他的身旁，挽着他的手臂，认出此人正是当日害得自己断手的荆轲，身子微微颤抖，显然又怕又怒。

"我们这些天来一直派人在此监视河面，盼望着能发现乐土国的线索，却不料今日轮到我在此吹冷风时，姜兄和鲤女居然从天而降，真是老天开眼，令我们不枉此行。"荆轲笑道。

姜明鬼望着他，忽觉这个剑客似与数月前自己所见有所不同。

他笑得多了，原本那尽力收敛却不时扎人的杀气，似乎全然不见了。

"连累荆兄如此辛苦，新年元日都须在此守夜，真是折杀我了。"姜明鬼冷笑道。

"新年元日？"荆轲却是一愣，仰面望天，道，"今日，乃是元月十五日啊。"

姜明鬼和鲤女一愣，向天上一望，只见漆黑夜幕之中一轮满月，淡洒清辉。二人只觉天旋地转，一瞬间不知身处何地，是梦是真。

他们在乐土国参加猎龙之戏，是在新年元日，满天星辉，几无月色。之后与孟损决裂，孟损派出巨鹰将他们送出山来。巨鹰飞翔极速，飞跃扶维山，不过半个时辰的工夫，将他们投入清沙河，也只是片刻之前。

——可是，怎么已经过去半个月了呢？

姜明鬼猛地回过头来去看那葫芦舟，却见那巨大的葫芦伤痕累累，满是污泥、刮擦，似已在水中不知漂流了多久，经历了多少风浪，与他们记忆中所见的新舟迥然不同。

难道这十五天来，他们一直在葫芦舟上？

姜明鬼又将视线投向苍茫的穹宇，难道那里并没有一只巨鹰？

——所以那星空、烈风，俯瞰万物的豪情，竟都是假的吗？

——孟损又是在何时将他们再度拖入梦境的？

腹中忽然涌起一阵饥饿之感，若无水米果腹，他们断难在葫芦舟中困居半月。

而若他们只在葫芦舟中漂泊了三五日的话，则国诞日与乘舟离开乐土国之间的那十余天里，他们又做了什么呢？

——没有巨鹰，没有神龙。

——那么，有冰湖之辩吗，有国诞之宴吗？

——更而甚者，乐土国存在吗？不劳湖存在吗？贪耳存在吗？驼鱼存在吗？

——他们现在，到底是在真实之镜，还是在蝶梦之境？

——孟损的可怕，一至于斯。

一瞬间，姜明鬼只觉自己似是浸在刺骨寒冷的冰水之中，激灵灵打了个寒战。

"所以你们找我们到底要做什么？"姜明鬼思绪起伏，强自压下心头的震骇，转而问荆轲道。

荆轲犹豫了一下，道："我们要找姜兄，拯救天下百姓。"

他们终于被荆轲请回匏叶村。

燕丹在此守株待兔，匏叶村中几处较大的宅院早已为他征用。荆轲带他们来到燕丹的住处，通报之后，那锦衣华服，脸色惨白，独腕、阴鸷的太子燕丹果然在侍从的搀扶下，出门迎接。

鲤女看到令自己残废的燕丹，眼中直欲喷出火来。燕丹看见她却颇为惊喜，一躬到地，道："鲤女姑娘，我救国心切，不知体恤姑娘，以致令姑娘蒙难，万死难辞其咎。所幸姜公子及时惩治了我，令我免于更大的罪孽。只要大事一了，我愿以死谢罪！"

他神情恳切，却无论如何都令人难以接受。鲤女向后退了半步，一时说不出话来。姜明鬼将她掩在身后，道："她现在已是我的妻子，再也没人能伤她分毫。"

燕丹愣了愣，大喜道："如此，恭喜姜公子，恭喜姜夫人了！"当即便下令腾出一处院落，安顿他们住下。姜明鬼与鲤女在乐土国生活四个多月，每日饮食起居极尽简陋，这回住下之后，立时又有人服侍他们入浴更衣。

姜明鬼多少猜出了燕丹的打算，既然躲无可躲，索性来者不拒，示意鲤女安心享用。沐浴已毕，两人身心舒泰，又在洁屋、软榻中好好休息了一回。

一觉醒来已是次日午时。荆轲亲自招呼，着人送来梳洗之物。待二人换好新衣，精神抖擞，荆轲方道："太子已在前面设下酒宴，姜兄若是无事，不妨前往一见。"

姜明鬼见终是躲不过去，对鲤女道："你和我同去。"鲤女点了点头，二人又由荆轲引着，来到前面的宴会之处。还未进得大厅，便听一个人怪笑道："倒酒，倒酒，别这么干等着。谁不知道，所谓姜明鬼不过是个灭国灾星，他来了，也许我们便该死了！这时不喝，更待何时？"

那人声音粗豪，更带着浓浓醉意，荆轲稍觉尴尬，低声道："此人便是秦将樊於期，因得罪了秦王嬴政，三个月前逃至燕国。嬴政杀了他在咸阳的家小，他因此矢志报仇，只是伤心过度，终日把自己喝得醉醺醺的。他对秦王宫中的守卫最为熟稔，之前清醒的时候其实也对你颇为推崇。如今他喝醉了，有得罪姜兄之处，不要介意。"

姜明鬼摇了摇头，不以为意，随荆轲进入厅内。

只见厅内四张席位，摆设酒肉，其中左边两席空着，显是留待姜明鬼与荆轲到来。正席坐着燕丹，他守着酒席，却不曾动筷。唯有右首一席，一个黑衣大汉喝得醉眼乜斜，自然正是那樊於期。

一见姜明鬼与鲤女进来，燕丹连忙起身相迎。姜明鬼与鲤女见礼入座，荆轲也在末席相陪。

樊於期举起一杯酒，似是自言自语道："人以国士待我，我必以国士报之。却不知，若自己实在没这本事，到时候又该如何自处。"

他言行无礼，但姜明鬼自是不与他一般见识，只对燕丹道："多谢太子招待。"

"姜公子哪里话来！"燕丹笑道，"我还以为我得在这儿久候姜公子的消息，想不到竟然这般重逢。这位是秦国的樊於期将军，因遭秦王所害，投奔到此，我来为姜公子引荐。"

姜明鬼微微点头，向樊於期拱手。樊於期看他一眼，仰头喝酒，道："若是无用，太子便不用引荐；若是有用，太子便引荐错了。"一面说，一面又自斟自饮，旁若无人。

燕丹也拿他没有办法，只得对姜明鬼笑道："昨夜不敢打扰姜公子休息，我们不及细谈——姜公子是进入乐土国了吗？"

"是。"姜明鬼轻轻拉住鲤女的木手，道，"我们便是在乐土国成了亲。"

"乐土国真如外间传言的那般富庶强大吗？"荆轲在一旁作陪，饶有兴致地问道。

"不，"姜明鬼沉吟一下，道，"乐土国的日子其实很苦，我们终日劳作，最后也不过是温饱而已。所谓乐土，更多是说心中的宁静。"

燕丹、荆轲更为好奇，立时便问起乐土国的趣事。姜明鬼不愿暴露乐土国的位置、入谷之法，只拣些可说的贪耳、驼鱼，却也令二人啧啧赞叹，连樊於期在一旁独自喝酒，也时时露出意外神色。燕丹趁机祝酒，众人一时言笑晏晏，状甚和睦。

待讲到他们离开乐土国，姜明鬼却支吾了。巨鹰之事实在匪夷所思，那消失的十五天也令他心中后怕，于是只说是在扶维山上发现了一条秘河，他们因此漂流而出。燕丹不由得后悔不迭，道："乐土国高深莫测，令人不胜向往，可惜那葫芦舟已不知踪迹。"

原来昨夜姜明鬼他们被荆轲接回鲍叶村之后，燕丹便曾派人去看管那葫芦舟。谁知手下到了河滩上，放眼所见，已是一片空空荡荡，想来是没有了姜明鬼和鲤女在舱内，葫芦舟分量变轻，反被河水卷走了。

第七章 梦中身　211

姜明鬼犹豫一下，道："乐土国与世隔绝，小国寡民，太子若想借他们抗秦，耗费人力财力，实在得不偿失。"

"若无姜公子在，我是不会去找他们的。"燕丹见他忧虑，立刻笑道，"所谓隐士，终归是怯懦懒惰之人，便再有本领也难堪大用。唯有似姜公子一般，既能出世，亦能入世，方是真正的大英雄。"

话已至此，终于接近正题，姜明鬼看一眼鲤女，沉吟半晌，道："未知太子找我这样的人，有何贵干？"

他既已问起，燕丹把心一横，也不再闪躲，起身离席，屏退左右，只余荆轲、樊於期，忽然对姜明鬼纳头便拜，道："姜公子，我代天下人向你求救。"

他身为太子，却向一介庶民下跪，鲤女吃了一惊，荆轲也连忙站起。大厅之中，一时只有樊於期与姜明鬼安然不动。姜明鬼以袖掩面，不去看他，冷冷道："你代表不了天下人，我也救不了天下人。"

"或许我不能代表天下人，但姜公子一定可以救天下人！"他轻易回绝，燕丹却毫不动怒，继续道，"秦国日益骄横，燕国危如累卵。我们筹划刺秦，已备好了利剑、重礼，只须再寻一人，便可将暴君刺杀于秦王殿上。而这个人，除姜公子外，不做第二人想！"

荆轲自怀中掏出一柄短剑，也在燕丹身后跪下，高举过头，道："剑，是名师徐夫人所铸。"

樊於期坐在自己的座位上，伸手在颈上一拍，道："礼，是我樊於期的项上人头。"

他们果然还是为了刺秦一事而来，而那樊於期放浪形骸，原来是抱定了必死之心。姜明鬼环顾三人，摇了摇头，道："我何德何能，可以担此重任。"

"姜公子武艺卓绝，小王亲眼所见，放眼天下也屈指可数，刺杀秦王胜算极大，此为其一；而你侠肝义胆、胸怀磊落，绝不会以私利动摇退缩，此为其二；"燕丹膝行数步，来到姜明鬼面前，道，"最重要的一点，便是我之前不曾领悟，因此错伤无辜，害了姜夫人的地方。"

坐在姜明鬼身边的鲤女浑身颤抖，姜明鬼皱眉道："那是什么？"

"那便是'兼爱'。"燕丹哽咽道，"我之前计划刺杀秦王，想的是一时之气、千古之名，可看到姜公子当日为一弱女子拔剑，我才知道，自己以暴制暴，何其狭隘。如今秦王穷兵黩武，而墨家兼爱天下，唯有由姜公子刺杀秦王，以这一人之死给天下百姓一个公平，方是大爱。"

他的见识似比数月前高出许多，姜明鬼却叹了口气，仍然道："太子错看我了，我如今身心俱疲，只想与吾妻平凡度日。此番多谢太子招待，我们就此告辞，尚请诸位不要阻拦，免得脸面难看。"

一面说，他一面挺身站起，领着鲤女向外走去。

燕丹愣在原地，樊於期冷冷看着他们，一杯杯地饮酒。

"姜兄！"荆轲忽然叫道，"原本是我去行刺秦王，可你却斩断了我的手——我未完成的事，便该由你去替我完成。"

"斩断你的手，是我为鲤女讨还公道。"姜明鬼摇了摇头，道，"我不欠你们的。"

他们出了燕丹的宅邸，来到鲍叶村中，既然不愿久待，索性离村而去。二人昨夜自乐土国意外出山，全无准备，几乎身无分文，又经燕丹府中一番换洗，毫无行路的盘缠。幸好鲤女头上尚有几件一直戴着的簪饰，才匆匆找人换了两身冬衣、一些干粮。沿鲍叶村外一条小路向前，二人徒步前行，只等遇到市镇再想办法。

北风呼啸，天气寒冷，道旁的葫芦架上枯藤零落，如同死蛇，远处的荒野中一片凋敝。走了数里，忽然身后马蹄声响，车轮辘辘。二人回头看去，只见一大队人马，十几辆车，百十余人，已自他们

第七章 梦中身　213

后面远远赶来。

人喊马嘶，声势赫赫，其中又有一人越众而出，纵马前来。

离得近了，那人飞身下马，捧出两领沉甸甸的皮裘，道："太子担心姜公子夫妇受冷，特送来御寒之物，请姜公子笑纳。"

姜明鬼他们仓促上路，本就为了避免与燕丹等人再见面，徒生尴尬，谁知这人却如此执着，一路尾随而来。姜明鬼看了一眼鲤女，见她冻得脸色雪白，便冷哼一声，接过皮裘，和鲤女分别穿戴起来。

那送礼之人见他接纳，立刻上马告辞，一溜烟地回到后面的人马之中。

那皮裘果然比寻常百姓的冬衣暖和许多，上面更有兜帽，可以护住头面。鲤女穿上之后，脸色登时好了许多。只是皮毛沉重，行动起来分外笨拙，走得更慢了。那一队燕丹的人马远远缀在他们后面，保持百步距离，不紧不慢地跟着。又走了约莫半个时辰，车声辚辚，刚才那送礼之人又驾驶一辆马车加速赶到。

来到姜明鬼他们身边，那人跳下车来，道："姜夫人走路辛苦，太子将这辆马车送给二位代步，请笑纳。"

姜明鬼微微皱眉，那人却已将缰绳塞给了他，自己又徒步飞奔回去。

姜明鬼拿着缰绳，在掌心拍了拍，道："上车吧。"

燕丹送衣送车，他二人无功受禄，鲤女稍觉不安，道："我们穿他的、用他的，岂不是拿人手短，欠了他的人情？"

姜明鬼冷笑道："小恩小惠，他们不至于以为这样便能收买我。"

鲤女这才坐进马车，只见马车之中安放着一只火盆，炭火烧得旺旺的，将整间车厢烤得温暖如春。车内铺设软垫，靠窗设有一张小几，上面备有清水点心，极其方便。姜明鬼在外面驾着车，也不说话，慢慢向前。

如此这般，一直走到天色渐晚，路旁一片荒芜，不见村镇。姜明鬼在路边停车，准备露宿。燕丹的车队也在后面停下，片刻之后，驰出一骑，仍是之前送礼那人，他来到二人近前，问道："敢问姜公子，太子请问：赏金赏银、封妻荫子，这些当然是打动不了姜公子的吧？"

姜明鬼点了点头，那送礼之人叹了口气，从身后解下一个食盒，道："太子也知道，因此只是着小人随口一问。他为你们准备了食物，请二位慢用。"

食盒中的食物尚温，姜明鬼与鲤女便在车上吃了。鲤女问道："他们会不会在吃的里面下毒？"

姜明鬼摇头道："他们大费周章，不至于想杀了我。"

"不是杀你，就是将我们捉住呢？"鲤女又问。

姜明鬼双目一翻，森然道："若不能将我立刻毒杀，反倒激得我动手还击，只会令他们死于我手，他们更加不敢。"

寥寥几句，杀气腾腾，更有说一不二的自信。鲤女虽知姜明鬼确曾为了自己逼得燕丹断手，但终究不曾亲见。今日以来，眼见那武阳城中不可一世的太子燕丹对姜明鬼毕恭毕敬，而姜明鬼不假辞色，虽只一介布衣，却将王孙贵胄视若无物，心中的震撼无以复加。

正在此时，车窗外火光渐亮，脚步声响，有人手持火把走了过来，荆轲的声音传来："姜兄可否出车一叙？"

姜明鬼早有准备，对鲤女道："你便在车内，不用出来。"

鲤女点了点头，姜明鬼这才闪身出车。荆轲见他出来，稍稍松了口气，将手中火把插在车旁铜环之上，道："姜兄，打扰了。"

姜明鬼皱眉道："你们苦苦相逼，又是何必？"

"秦国连灭诸国，气势之胜，已无可抵挡。燕国若与之正面交战，可谓必败。如今太子燕丹将所有的希望都寄托在刺秦一事上。

能杀了秦王，燕国便还有三到五年的时间，喘息备战；若不能杀他，那燕国一年之内必亡。"火光跳动，荆轲眉头深锁，道，"而姜兄便是我们所有人都认定的唯一能行此大计之人。他为你不惜追至乐土国，又如何会轻易放弃？"

"那么，荆兄此来，打算如何劝我？"姜明鬼问道。

荆轲沉默了一会儿，终于道："姜兄，你可知道，当死而未死，是多么遗憾的事。"

他的声音中满含痛苦。姜明鬼望着他，原本冰冷的双目中已有同情之色。

此次相见，荆轲的变化实在太大。昔日他意气风发，虽然平生未出一剑，与人争斗时负多胜少，但他却永远有一剑将任何人斩杀的自信，在太子燕丹面前亦能不卑不亢。但如今再次相见，他在燕丹身旁亦步亦趋，已成一个任其驱使的客卿。

"你的杀气，不该全都耗尽了啊？"姜明鬼道。

荆轲出剑，固然极为损耗杀气。但他最后留了力，原本就应有所剩余，而那之后过了这么久，应当有所恢复才对。怎的此次相见，却一点都没有了呢？

"我当日与你交手，若没有留力，日后或许还能恢复杀气。但我当时心中贪怯，才是真的输了。"荆轲苦笑道，"而这对于一个平命家的杀手而言，无异于根基已毁。这些天来，我不仅没能再积攒杀气，更连原先留下的都不住损耗。人生如同急流。你若不能在紧要关头纵身一跃，激起飞瀑千尺，令人惊叹，便只能沦为水沟泥塘，永远在后悔中发臭。"

姜明鬼望着荆轲，一言不发。

"我日间在太子面前所说的话，仓促之间没有说清，只怕令姜兄误会了。"荆轲又道，"我是想说，我一手已断，杀气已尽，这一生失去了意义。我因此希望，姜兄能代我完成刺杀之事，让我死了也安心——不是你欠我，而是你帮我。"

"可是我帮不了你。"姜明鬼终于道，"我其实……已在嬴政身上输过两次。"

此言一出，荆轲本自神伤，也不由得大吃一惊。

仿佛宿命一般，姜明鬼与秦王嬴政曾有多次交手。当年嬴政偷偷游学百家，在墨家小取城中与姜明鬼同门学艺。之后姜明鬼与他交手三次：第一次在小取城小胜，第二次在韩国水丰城小负，第三次却是在咸阳城中惨败。

只是这些事极为隐秘，天下间知其内情的不过数人，还活着的更屈指可数。

荆轲惊道："你……你已刺杀过他？"

姜明鬼犹豫一下，他不愿背后说人，嬴政既然自藏了身份，他便不会随便对人言说。听荆轲误会，他索性点点头，含混了过去。

"原来如此。"荆轲长叹一声，道，"若是如此，我们也确实不能强人所难。"

话已至此，他拱手告辞，一步一摇，背影极见疲惫。

姜明鬼心中一动，道："荆兄，那一日在你的杀气之下，我实在不能留手。"

"能得你全力以赴，也算是我三十年的杀气不曾白费。"荆轲脚步顿了一下，终于头也不回地走了。

"你曾刺杀过秦王嬴政？"

眼见荆轲走得远了，鲤女却一下掀开了车帘，在车里惊叹道。

她在车中与外面只有一帘之隔，方才二人的对话自然听得清楚。姜明鬼望着荆轲的背影，轻轻"嗯"了一声，若有所思。

鲤女望着他，只见火光照耀下，姜明鬼虽眉目英挺，但神色悒

第七章 梦中身

恺，怎么也看不出是一个令燕丹再三恳请、孟损无可奈何，更两次"行刺"嬴政，尚且全身而退之人。

"我突然好生不甘。"鲤女悠悠道，"你刺杀嬴政、剑斩燕丹、梦破孟国主，每一件事都如此传奇，可我却一次都没有见过。我的夫君是个盖世英雄，可每次他救我时，我不是在昏着，便是在睡着。"

姜明鬼回过神来，笑道："睡着挺好，那些只是不值一提的小事，免得吓到了你。"

如此一夜无话，燕丹的车队再也没有过来烦扰。姜明鬼与鲤女在车厢中和衣而眠，到了早上一掀车帘，却吓了一跳，原来燕丹已带着荆轲、樊於期，早早等在车下。

"太子。"

姜明鬼跳下车来，不悦道："我昨夜已与荆兄说过，我不是嬴政的对手，你为何还要苦苦纠缠？"

早晨的阳光惨淡，空气清冷，燕丹脸色煞白，双手笼在袖中，道："那与你能否赢过秦王已没有什么关系。我们必须刺杀秦王，你先前虽然失手，却因此有了经验，便是我们所知最接近成功的人。我们把所有的希望都寄托在你的身上，你不答应，我会一直跟着你，直到燕国灭亡。"

"那你便是让我去送死。"姜明鬼道。

"可是这世上，有许多事，是比生死更重要的；而有些人，是注定要抛开生死，成为英雄的！"燕丹森然道，"我看得出，姜公子便是这样的人。你注定要当英雄，注定要为那些虚无缥缈的公平、正义、兼爱去死。你活着，便只是柴米油盐，碌碌终生。你死了，才会惊天动地，拯救万民，青史留名。"

"太子让一个人去死，未免也太过容易。"姜明鬼摇头道。

燕丹沉默着，他的双眼弥漫着死一般的冷静。然后他向荆轲点了点头，荆轲捧起一只托盘，掀开蒙布，托盘上盛着一只苍白僵硬的右手。

燕丹将他拢在一起的双臂举起，衣袖褪下——他的双腕齐断，左腕是光秃秃的旧伤，而右腕上血渍渗出，望之触目惊心。

樊於期在旁边咧开嘴，露出一个疯狂的笑容。

"姜兄现在欠我一只手了。"燕丹轻声道。

——现在，你欠我一只手了。

姜明鬼看着燕丹的两只手腕，惊得说不出话来。

当日在春艳坡上，他为给鲤女讨还公道，先斩断荆轲右手，又逼得荆轲斩断燕丹左手，默认恩怨一笔勾销。

只是万万没想到，燕丹竟如此疯狂，在二人重见之后，又将自己仅有的右手砍下。

如今，燕丹一方已因此断去三只手。

相较鲤女的两只手，他竟强行令姜明鬼亏欠一手。

"我把欠姜夫人的那一双手还了。"燕丹森然喝道，"荆先生用来刺杀嬴政的那只手，你用什么还？"

姜明鬼倒吸一口冷气，一时无话可说。

威逼利诱，他想过燕丹诸般劝服他的手段，自信都可以充耳不闻。

然而燕丹如此决绝，直接用了自己的一只手，将他逼到再也不能搪塞的两难之地。

——还手，便须无谓自残。

——刺秦，便可能一去不返。

"我不能去。"沉默良久，姜明鬼终于道。

"姜明鬼本领低微，屡次败于嬴政之手，我已不敢相信自己能救一城、救一国、救天下。此生唯愿能救下一人，与我妻鲤女相守至老便心满意足。"

是的，救一人。

他必须救下鲤女，也只须救下鲤女。

即使到了这般地步，他仍一味拒绝。

燕丹眼中，冷漠的死意渐渐消散，取而代之的，是不顾一切的愤怒。

为了刺秦大计，他可以毁掉任何人：鲤女、荆轲、樊於期……甚至他自己，他都可以一剑断腕，现在，他要毁掉姜明鬼！

"姜公子，你说得如此情真意切，我却有些好奇。"他突然露齿而笑，道，"我们上次见面是在春艳坡。据说你是去祭奠故人，那我倒想问问看，你是去祭奠什么人？"

他忽然提及此事，姜明鬼愣了愣，脸色微变，道："不劳太子费心。"

"并不费心。"燕丹道，"因为你要祭奠的人，实在太过有名。"

他的双"手"拢在袖中，看着姜明鬼身子巨震，不由得大感快意。

"燕人羊辟，曾经是我燕国最有名的刽子手。他少年从军，在老将军剧辛帐前听命。剧辛率军与赵国交战，屡战屡败，军心涣散，不得不从严治军，斩叛杀逃，用以立威。羊辟因其心狠手快，从一众刽子手中崭露头角，成为燕军第一行刑之人。据说那一战里，燕人共损兵二万，而羊辟独杀八百。从此声名大噪，之后又辗转燕军各部，专干杀一儆百、严肃军纪之事，号称'家屠'。终其一生，用刀百口，杀人过万，一双手上沾染的血污再也洗刷不掉，永为赤黑之色。而他所杀的这上万人，几乎全是燕国人，其中更不乏他自己的亲友——他因此被人称作天下第一无情无义、无血无泪的刽子手。"

燕丹突然说起一个毫不相关的人，姜明鬼乍闻之下却浑身颤抖，似听到天下间最可怕的事。

"据说他后来练成了杀人魔眼，一双眼中，死意滔天，行刑之时，只消瞪上一眼，便可令待宰之人骨软筋酥，引颈受戮，连捆绑控制都不用了。"燕丹见到他的反应，大笑着继续道，"所以燕国人都恨他，恨不能食其肉、寝其皮。十余年前，阳春方至，羊辟年事已高，终于从军中退下，还没来得及找个地方安身，便被闻讯赶来的仇家堵在春艳坡上、桃花树下！"

姜明鬼直挺挺地站在那里，两眼空洞，竟已呆了。

"羊辟从军三十余年，杀人实在太多。春艳坡上的那些人都有家人、好友死在他的刀下，衔恨许久。这时既知他自军中退役，再无靠山，立时想要取他性命。可是羊辟半生杀人，熟而生巧，一双魔眼一瞪，反倒将这些人杀得尸横遍野，血染桃花。"燕丹道，"只是前来寻仇的人实在源源不绝，便是他一刀一个也杀之不绝。到后来不仅仇家围堵，更连天下的游侠义士都闻风而来，要在武阳城外取他性命。羊辟寡不敌众，不得不退守在春艳坡的一座山洞之中，被困了三天。"

燕丹说起那一场震惊武阳城的大战，虽已尘封多年，却也不禁心生激荡。

"据说，最后是一位远道而来的少年孤身走入山洞，与羊辟交谈片刻之后，羊辟便自毁双目，任由燕人将他乱刃分尸。从那之后，春艳坡上的桃花更红，艳名更盛。那少年当时未留名姓，但询问过当日参与围杀羊辟的人之后，他们口中描绘的人，却与你姜明鬼有三分相似。"

姜明鬼的脸色已白得近乎透明。

他大张双眼，呼吸浊重，仿佛又看见了那日比桃花更为鲜艳的血光。

"那么，最有趣的问题便来了。"燕丹狞笑道，"你一个墨家弟子，为什么千里迢迢杀死羊辟？又为了什么，在那之后，时常在桃花盛开之时前来祭奠他呢？"

看到一向傲慢的姜明鬼竟如此畏惧，他不禁大感快慰，数月以来的怨气几乎一扫而光。

"于是我再调查羊辟，才在他身上发现了更有趣的地方！"燕丹大笑道，"他为什么会死在春艳坡？为什么明知许多人要杀他而后快，却仍然要出现在春艳坡？因为那里是他的定情之处——多么可笑，像他这样的无情之人，竟也与人有过一段情。再往前十几年，他曾经在那里遇到一位仙子。据说那仙子年轻貌美、聪慧善良，不嫌弃他冷酷粗鄙、两手血腥，反而委身下嫁，做了他三个月的妻子。之后，那仙子突然不告而别，才令羊辟十余年念念不忘，每逢春天，都要去春艳坡等待相见。"

姜明鬼的身体渐渐弯了下去。一直以来，支撑他的某种东西，似乎已然折断了。

他仿佛又看到山洞中，那满手血污的老者在见到他时，忽然释然一笑。在那一瞬间，那双死意纵横的魔眼中突然泛起了温柔。然后他自毁双目，走出山洞，在心满意足的笑声中死于乱刀之下。

"这个女子是谁？她为什么突然要嫁与羊辟，又突然离开？"燕丹大喝道。

姜明鬼浑身颤抖，若非背靠马车，直似已要跌倒了。

"因为那时她即将接任小取城钜子之位，为了磨炼自己的兼爱之心，她决心证明，她连羊辟这样杀人如麻、铁石心肠的非人之人也能去爱。"燕丹大笑道，"她是这世上最兼爱的人，又是最无情的人,她只给了羊辟三个月的幸福便不告而别,令羊辟年年思念,苦候春艳坡。"

——是的,那与羊辟有过三月婚期的仙子,正是墨家钜子逐日夫人。

姜明鬼肩膀耸动,想起当日自己刚刚学艺有成,便被逐日夫人安排下山,去春艳坡送羊辟最后一程的种种,不禁浑身颤抖,似哭非哭,似笑非笑,喃喃道:"到底什么是兼爱?这世上,真的有兼爱吗?"

一直以来,他深埋在心底的恐惧终于脱口而出。

许多人曾觉得姜明鬼性格古怪:他和罗蚕青梅竹马,却再也不能更进一步;他可以为了麦离的一个愿望,随便与她交合,之后却对她冷若冰霜;他可以在见到绿玉络的一瞬间便方寸大乱,更至死不忘;他可以对人尽可夫的石青豹全心全意,托付真心……

他极温和,却又极暴躁;极多情,却又极无情。嬴政曾数次质问,刑求家邢裘曾对他的好友痛下折磨,想知道他心中的矛盾所在。

可是他们都不知道春艳坡、石洞、羊辟。

在见到羊辟之前,他原是墨家最杰出的弟子,心意坚定,智勇双全。可在经历那一天的鲜血桃花之后,他却突然发现,自己根本不知道"爱"为何物,而"兼爱"又从何谈起。嬴政曾说他墨守成规,不知变通,刑求家邢裘曾说他因爱不成,性情大变……

但那些其实都不对。

真正的根源在于,他的逐日夫人——他的"老师"——教给他的兼爱之道,根本就是这般疯狂和不可理喻的!

这世上真的有爱吗?墨家钜子,她真的能做到兼爱吗?她真的爱羊辟,如爱圣贤吗?爱姜明鬼,如爱世人吗?爱辛天志,如爱嬴政吗?爱自己……如爱娼妓吗?

他自己呢？爱鲤女吗，不是因为同情吗？他爱石青豹吗，不是因为欲望吗？他爱麦离吗，不是因为悔恨吗？他爱绿玉绺吗，不是因为遗憾吗？他爱罗蚕吗，不是因为愧疚吗？他爱逐日夫人吗，不是因为愤怒吗？

——他爱羊辟吗？难道不是只有恨吗？

许多人的面孔在他面前一一掠过，而最后在他眼前变幻不休的，便是那如完人一般的逐日夫人。他自幼视她如圣贤，如神明，可是那一天，在那幽暗的山洞里，在那满眼死意的剑子手面前，她却片片碎裂。

姜明鬼爱她更恨她，敬她更畏她，怜惜她更厌恶她，愧于她更怨恨她。自那一天后，他再见到钜子时，毕恭毕敬之下，尽是不知所措。每一次，他都试图如以前那般相信她，可是每一次，他都令她失望了。

姜明鬼头痛欲裂，忍不住大叫道："这世上，真的有人能兼爱吗？"

"没有！"燕丹见他崩溃，不由得大喜，道，"人为什么要兼爱，本就有亲疏远近、好恶正邪！墨家所求，根本是南辕北辙！你装腔作势，终日谈什么兼爱、公平，所过之处，却是城毁国灭，民不聊生。你是一只'鬼'，那便去做'鬼'该做的事，去杀了嬴政！"

姜明鬼恶狠狠地瞪视着他，呼呼喘息。

"别再用鲤女来掩饰你的鬼性。"燕丹大喝不停，一迭声地吼道，"你根本不爱她，你选择拯救她、保护她、照顾她，只不过和你那老师逐日夫人一样，用一个非人之人来彰显自己的兼爱。在你的心中，两手残疾、毫无用处的鲤女，与两手血腥、天怒人怨的羊辟，是一样的！"

姜明鬼大叫一声，翻身而倒，浑身抽搐。

"明鬼，你便去杀掉秦王吧。"在一片沉默中，忽然有人说道。

在姜明鬼被燕丹如皮鞭的言辞抽打得遍体鳞伤之际，在他身后的车里，鲤女的心潮起伏，波澜万丈。

她的双手之仇，虽经姜明鬼几番安慰，但仍耿耿于怀。

虽然早已不再寻死，读过墨家学说之后，也愿意接受这样的痛苦——但她每每看到自己的断腕、假手便觉悲从中来，想要大哭一场。

燕丹断了一只手又怎样？

那是他罪有应得！

而她又犯了什么错，要平白遭此大难？如今她双手俱废，不能弹琴，诸事不便，而燕丹仍是一国太子，凡事受人服侍，即便少了一只手，对他又有多少影响？

但此时此刻，亲眼看见燕丹同样双腕俱断的惨状，那一直以来横亘她心中的一股怨气，才终于淋漓尽致地宣泄出来！

——断腕缠着裹伤布，光秃秃的，血淋淋的，丑陋怪异。

——断手放在托盘之中，惨白冷硬，突兀狰狞。

堂堂燕国太子，天潢贵胄，一呼百应，可这时面无血色，悲愤地望着姜明鬼时，虚弱得像是随时要跪下来……

他终于双手俱废，从此以后不能触摸，不能书画，即便坐拥天下，也连吃饭穿衣都不能自理。

而他望着姜明鬼时，强撑的悲愤之下，眼中根本藏不住绝望与乞求。

那种痛苦，却让鲤女好开心！

一直以来，蒙在她心头的那一块结痂的血布，似是蓦然裂开了。

一瞬间阳光、清风全都涌进来，直令她神清气爽，整个世界焕然一新。

以血还血，以牙还牙。

果然只有这种真正公平的报仇，方能雪恨！

狂喜之下，她望着姜明鬼的背影，泪水滚滚而下。正是这个男子，为了素不相识的自己，先是废去燕丹一只手，又与自己定下终身，然后远走乐土国，现在终于连燕丹的另一只手也被逼自行斩落了。

可就在她想要开口说话的时候，风云突变，燕丹突然说起刽子手羊辟的故事，又令强弱易势，三言两语，姜明鬼已是失魂落魄，摇摇欲坠！

在有巢岛上，鲤女跟随姜明鬼学习墨家学说，自然也听过逐日夫人的大名，知道这位钜子乃是他最亲、最信的人，如今忽然说起此人年轻时的荒唐事，她自然知道这对姜明鬼是何其沉重的打击！

紧接着燕丹说起姜明鬼并不曾爱她，姜明鬼颓然倒地。一直挺立在她面前，如一根古木般冷硬的男子，在这一刻，如同被大风折断，轰然倒下。

可离奇的是，鲤女竟不觉愤怒，只觉怜惜。

看见姜明鬼无力反驳，用行动证明了他其实真的不爱自己之后，她一瞬间只感到一阵轻松。

——终于知道这人的真正心意了。

难为他一直强撑、掩饰，原来他一直这么孤独、这么迷茫。

鲤女望着他佝偻的背影，心中涌起万般柔情，忽然想起他们初次交合之时，姜明鬼滚滚而落的泪水。

忽然间，她明白了自己与他相遇的意义。

那与"爱"无关，而是关于"拯救"。

之前，是姜明鬼一次次地救她，从杀手的剑下，从绝望的痛中，从残缺的恨里，从乐土国的梦中……

但是现在，轮到她来拯救姜明鬼了。

"明鬼，你去杀掉秦王吧。"鲤女忽然道。

姜明鬼倒在地上的背影忽地一震，整个人僵住了。在这场争辩中，鲤女本该是个身不由己的筹码，可她忽然在此时说话，顿时令所有人都警觉起来。

"姜夫人……说得对！"燕丹笑道。

他一插话，鲤女脸上的怒气一闪而过，瞪他一眼，对姜明鬼道："明鬼，站起来。你是顶天立地的英雄，如何在这种人面前悲悲切切？你去刺杀秦王吧，不杀掉他，你是无法明白墨家兼爱的精神以及钜子对你的爱的。"

"秦王……与钜子又有何干！"姜明鬼恨声道。

"你最大的痛苦，便是来源于钜子与秦王。"鲤女道，回想起初见姜明鬼时他在鹿馆中的消沉模样，心中一片柔软，"你既然暂时无法面对钜子，那么先去杀死秦王，或许便是你突破自己，战胜钜子，真正领悟兼爱的唯一机会。"

姜明鬼狠狠地咬着牙，却似想起了更加不堪的往事："可是，我不是秦王的对手。"

"不，在我看来，你早已赢过了秦王。"鲤女微笑道，"我的国家为秦国所灭，我本人又为燕丹取下双手，献于刺秦之人。我本该是个因秦王而死的女子，可你却救了我——在我这里，你已赢了秦军百万，天命所定。"

她的声音微微颤抖，墨家主张"非命"，即是反对世间万物皆有命数。而她在说到此事时，蓦然回首这九个月的遭遇，竟真有姜明鬼一人一剑，将她从必死的命运中拯救出来的感悟。

姜明鬼身体紧绷，虽然早知鲤女的见识不俗，但她此时所言，仍令他惊讶万分。

她竟愿意鼓动姜明鬼刺秦，燕丹又惊又喜，道："姜公子能救一人，便可救万人，能赢秦王一次，便可赢他两次。此番若有我燕国支持，再去刺秦，必可大获成功。"

"可是我不能丢下你！"姜明鬼却不理他，挣扎道。

"要照顾我的饮食起居，只需一个目不识丁的老妪便可以了。"鲤女摇头道，"由你姜明鬼围着我转，令你的天地小得只剩头顶半尺，那与砍断你的双腿、挖去你的双眼，又有什么区别？你救了我，我却毁了你，这便是你作为好人的报应、我作为妻子对你的报答吗？"

她侃侃而谈，条理分明，姜明鬼回过头来，似才认识她一般，听得愣住了。

"所以，你去刺杀秦王吧！"鲤女微笑道，"只有杀死他，你才会想通你的兼爱之道，只有想通你的兼爱之道，你才会真正地快乐。"

她的笑容如一柄尖刀，刺得姜明鬼鲜血淋漓。

有一瞬间，他几乎便想要答应她了——去和嬴政再一次决战，去一雪前耻，为那些屈死的人报仇，这是他一直以来耿耿于怀的心事。即使再没有胜算，即使最后他真的死在嬴政的手中，那也算得有始有终。

"可是……"姜明鬼冷静下来，艰难地道，"我若去了，你怎么办？"

他说出这样的话，其实便已有了主意。

鲤女知道自己与他终要分别，死死地咬着牙，泪水却汹涌而出。

"是我放你走的。"鲤女哽咽道，"在鹿馆的时候，虎妈妈总对我们说，人活着，要有用。被燕丹斩断双手之后，我一直觉得，自己是无用之人。即便被你舍身相救，我也知道，你只是怜悯我而已。"

　　她从车窗中伸出木手,轻轻抚摸姜明鬼的头顶,道:"可是现在,我知道我是一个有用的人了。我的身上,系着一位墨家大侠的自由,关乎天下的气运。如果我想,我可以活生生地将他拖死。可是现在,我决定将这自由归还给他。"

　　她的脸上满是泪水,可是突然间绽放的笑容,却是姜明鬼从未见过的美好。

　　"你知道,将来我怎么才能变得更有用吗?"鲤女凝视着姜明鬼的眼睛,轻轻问道。

　　"我……不知道。"姜明鬼喃喃道。

　　"你变得越厉害,便是我救的那位大侠越厉害。我救的那位大侠越厉害,自然便是我更有用了。"鲤女笑道。

　　姜明鬼又惊又怒,道:"你不要胡闹了。"

　　"从今天起,我不再是残缺之人。"鲤女笑着,将身子缩回车厢,又将窗上布帘放下,道,"太子可否派出一人,驾车送我远行。不需多远,只要离开姜明鬼即可。"

　　燕丹尚未答话,一旁的樊於期便一跃而起,大笑道:"我可以!"他快步来到车旁,纵身跳上马车,扫了一眼姜明鬼,叫道:"姜夫人坐稳了。"一抖缰绳,已驾车驶出。

　　姜明鬼大急,待要追赶,车帘一挑,鲤女不曾露面,却厉声喝道:"且住!你不要再跟着我!在你身边一天,我便是废人一日。你若真有本事,就杀掉嬴政,扬名四海,让我便在天涯海角也能知道,是我拯救了天下百姓。"

　　姜明鬼脚下一顿,终于未能追去,久久地看着马车远去的影子,一时竟也痴了。

　　与鲤女长达九个月的厮守,就此结束。

——他竟被释放了。

——被这失去双手的、脆弱的女子拯救了。

"姜公子，"燕丹眼见马车远去，连忙问道，"现在怎么说？"

"姜兄，莫要辜负了嫂夫人的心意！"荆轲也叫道。

姜明鬼回过头来，原本碎裂的瞳仁渐渐汇聚，虽然痛苦，却闪出慑人的神采。

"那么，就去……刺秦吧。"他缓缓道，视线落在荆轲的身上，道，"我欠你们一只手，便还你们一只'鬼'吧。"

第八章

英雄头

在燕国武阳城的监狱死牢之中，有一人名唤秦舞阳。

他十三岁时，便当街杀人，据说其目光凶狠，所过之处竟没有人敢和他视线相对。

他本是名将秦开之孙，出身显赫，虽然身背数条人命重罪，但燕丹仍对他颇为看重，暗中免了他的死罪，只将他关押起来，等待备用。

深牢大狱，不见天日，虽有太子吩咐，额外照顾，但也不得自由。秦舞阳形同困兽，每日长号怪叫，生不如死。直到这一日，他的监栏外忽然来了一人。

"你便是秦舞阳？"那人站在牢房的气窗之下，打量他半晌，轻声问道。

气窗中洒下一片白亮的阳光，落在那人的头顶之上，令他纤毫毕现。那是一个高大的男子，肩膀宽阔，面如淡金，五官如同刀刻，但右手衣袖垂下，一只手齐腕而断。

"正是你家爷爷。"秦舞阳躲在牢房一角的阴影中，森然答道。

"你十三岁杀人，十五岁杀人，十六岁杀人，十七岁杀人……

如今身负十一条人命，所杀之人，无论善恶，都是偶然与你发生争执，你便一怒动手。"那人不紧不慢地说道，丝毫不被他所激怒，"他们中八人出身不及你，九人身手不及你，十一人都没有必死的过失。你为何杀他们？"

"这世上有人天生就要杀人，而有人天生便坐着待宰。"秦舞阳傲然道，"你会在杀鸡杀狗之时，去想为何杀它们吗？"

那人似是没有料到他这般蛮横，沉默半晌，方道："你身背人命重罪，若非你的祖父是秦开将军，你在杀第五人时，便已遭正法。若无燕丹太子保下，你在杀第九人时，也会给人偿命。如今你已杀了十一人，若无意外，便会在这暗无天日的牢房之中囚禁至死。"说到这里，那人向前走了一步，立身在阳光之前，以至于面目全为阴影遮蔽，只余两眼闪烁寒光，道："现在燕丹太子可以给你一个必死的机会，让你告慰先祖，以身报国。你可愿意？"

秦舞阳猛地自角落的阴影中蹿出，道："我愿意！"

"砰"的一声，他被铁链锁住的双手握住囚栏，与传令那人一内一外，相隔不过数尺。

他的眼睛圆而凸出，眼仁极小，四面露白，仿佛蛇眼。这么望着别人的时候，真如两根蛇牙已刺入肉中一般，令人毛骨悚然。

但那牢外之人在他的注视下却神色如常，道："太子将会派遣使者赶赴秦国，面见秦王，届时，便会在金殿之上将其刺死。现在刺客已经有了人选，尚需一名副手。这副手须得胆大心细、临危不惧，你可以吗？"

"为什么不是我做刺客？"秦舞阳道，"为什么不是我做正式的刺客？"

那人摇了摇头，不去答他，只道："一旦刺客失手，你必须继续行刺，务求将秦王击杀于大殿之上，万不可心慈手软，你可以吗？"

秦舞阳大笑道："秦王也不过是血肉之躯，杀他如杀路上的一条狗！"

那人又道："刺杀秦王之后，你们必会为侍卫所困，死无葬身之地。你害怕吗？"

秦舞阳笑道："不过一死，有什么怕的！"

那人道："那么，你就是愿意去刺杀秦王了？"

秦舞阳忽然露齿而笑，道："我愿意！带我去见太子！"

那人自然正是荆轲，他微微叹了口气，偏过头去不看秦舞阳，却看着囚牢内最黑暗的暗处。

"那么我们需要对你加以训练。"

燕国太子府中的小山殿，平素都是封闭不用的。但若有人曾登上过秦国的章台宫就会发现，小山殿的规模虽小，其格局却与这秦国的朝宫正殿极为相似。

改造之后的小山殿备显空旷，火光摇曳，殿柱的影子似蜘蛛的巨脚，填满天地。

在这样的光与影中，督亢地图，缓缓展开。

高山、沃野、河流、村落一一呈现。卷成一轴的羊皮，一圈圈滚动，每滚一圈，这燕国最富庶之地都似一个丰腴的美人，于狼吻之前，褪下一层衣衫。终于在春光尽泄之际，赫然露出一柄短剑。

姜明鬼左手握地图，右手闪电般握住短剑，向前刺出！

一剑如同紫电，直袭"秦王"咽喉，而在这一瞬间，"秦王"猛地向后一退，于千钧一发之际闪开了这一剑。与此同时，在他的座前，一左一右的殿柱之侧，登时闪出两道人影。

一人如同猿猴，不顾一切地向"秦王"身前冲来，要用自己的身体护住"秦王"，隔开姜明鬼的剑锋。他布衣轻靴，身材瘦小，一生不曾练过一招一式伤敌毙命的功夫，却将自己的身体千锤百炼，变成了一具血肉陷阱。

只要任何东西击中了他，他便会立刻将它"抓"住，用他的手、他的脚、他的毛发、他的牙齿、他的骨节、他的筋脉，牢牢地抓住它、咬住它、卡住它、缠住它、锁住它。

任何人都可以杀死他。但任何人在杀死他的时候，都必须被绊住一瞬。

——虽只一瞬，已可令一切突袭都不再意外。

另一人则如同巨鹿，低着头，大张双臂，从大殿的另一边向姜明鬼扑来。

他的手臂奇长，直如鹿角。七尺来高的人，双臂展开竟有丈余宽阔。而手上十指在这样的狂奔中，也如灵蛇一般蜿蜒扭动，直似每一根都有自己的主意。他这样向姜明鬼拦腰抱来，只要姜明鬼有一片衣角被他碰到，他就有把握将姜明鬼抓住，撞开半步。

——虽只半步，已可令一切突击都失去准头。

这两位卫家高手，专门用以保护嬴政。他们所有的作用，只在于阻拦和拖延。

他们的本领，都有着巨大的缺陷，又都万分难缠。因为他们根本不需要真的对付刺客，而只须稍有拖延，哪怕立刻死于刺客之手，那在大殿之下的其他高手、侍卫便来得及赶到。

以及，他们保护的主人——嬴政，便可在那一瞬之间、半步之遥，自行出剑。

嬴政出剑！

长长的六合长剑垂于腰侧，嬴政身高臂长，将长剑向身后一推，然后振臂拔剑。

他昔日曾游历百家，这一剑也因此杂取百家之长，融合了墨家破字诀、兵家杀人剑、法家诛心术、儒家帝王道……长鞘推后，剑柄向前，剑身自鞘中滑出，发出长长的一声龙吟。

"叮！"

就在这一瞬间，姜明鬼手腕一震，已将手中短剑射出！

左右两大高手舍命相搏，但他根本连看都不看。他一步向前，迎向嬴政拔剑的右手。他所有的精力、锐气，在这一瞬间收束到了极致，如同一道冰线，直刺嬴政。

方寸之间，短剑飞袭嬴政面门，嬴政不得不稍稍一偏头……

而恰在此时，他手中六合长剑的剑尖，也终于在经过漫长的滑行之后，刚好离鞘而出。

嬴政的身体如同长弓，在这一瞬间，他的手臂一手后摆，一手前伸，已伸展到了极致。

而六合长剑的剑柄在前，剑尖在后，如同搭在弓上的长箭，只待一翻之后，正好反撩姜明鬼的下身。

——这是长弓积蓄力量，最强又最弱的一瞬间。

——这是长箭即将发射，最快又最慢的一瞬间。

在这一瞬间，姜明鬼空出的双手蓦然间前伸，一路上血肉枯干，青气笼罩，已将古木之力运起。那一双筋骨凸出的苍劲双手向前一探，稳稳握住了嬴政持剑的右手。

然后，他用尽全力，向前一推。

两只手，握一只手。

"嗤！"登时六合长剑倒刺而入，从剑鞘旁穿入嬴政的小腹。

在这一瞬间，刺杀便已结束。

以毫厘之差未及赶到的卫家二人，即使他们再怎样缠住姜明鬼，令他接下来为百家高手分尸，也没有了回天之术。

在燕军的校军场中，几名武士手持刀剑围住了秦舞阳。

他们乃是秦舞阳的陪练。那些刀剑皆为木制，一旦命中不至于致命，几名武士因此有恃无恐，步步强攻，下手绝不留情，极为凶悍。

秦舞阳赤手空拳，猛地迎上，却更为勇猛。武士的刀剑砍落，他不闪不避，只以手臂硬搪，只听砰砰之声大作，木刀木剑斩在他的冬服之上，纷纷断裂，而他举手投足之间已将几人尽数打倒。

"你这样是不行的。"荆轲在一旁观战，皱眉道，"你作为使臣的副手，上殿面见秦王之时，手上不会携有兵刃，因此你必须在这几日间练好徒手杀人的本领。使臣行刺时，你要尽力保护他的后背，为他争取时间，令他不被殿中将领、侍卫干扰；而使臣失败时，你只要有一线机会，也要继续他的行动，杀死秦王，直到你自己战死。"

他指了指散落一地的木刀木剑，道："我们的演练，旨在帮你习惯决战时赤手对敌的战法。你可以闪避，也可以夺取兵刃，再图反击。可你只是因为他们所用不是真刀真枪便不躲不让，只靠蛮力取胜，这有什么用？"

秦舞阳站在一片倒地哀号的武士之中，微微低头，一绺额发垂了下来。

"你用木刀模拟，我自然用对付木刀的手段应对。"他淡淡地道，"你若想见识我对真刀真剑的手段，便用真刀真剑来。"

"刀剑无眼，若真有了损伤，岂非无谓？"荆轲皱眉道。

"若是连几个操练用的庸人都能将我伤到，那我去了秦国，面对真正的虎狼君臣，又岂有一战之力？"秦舞阳抬起头来，瞳孔中寒光一闪，道，"来吧，既然干的是搏命的大事，那便不应以儿戏来操演，如此，我们的所作所为才有意义。"

他虽然嚣张，所说的话却也有几分道理。荆轲犹豫一下，对武士们道:"换真剑。"

此言一出,一干武士登时又惊又喜,他们几个下手留情,却被秦舞阳打得惨烈,本就不服,再被他言语轻视,都憋了一肚子的火。一听说可以用真刀真剑,一个个连哀号都顾不上了,跳起身,纷纷取来自己的合手兵刃。

"那我们真的上了!"武士中为首一人狞笑道,"你缺胳膊少腿,可别后悔!"

刀剑生辉,秦舞阳的脸色在如林白刃中,也变得更白了。

他的脸毫无血色,那惨白之色似是从他的骨头中渗出来的一般,令他原本算得上英挺的一张脸,这时看来更像是冰雕,棱角分明。

"来呀!"他那几乎缩成针尖的瞳孔,森然望向众人。

武士冲上,刀剑并举,秦舞阳怪叫一声,竟以比之前更决绝的姿态,撞入敌阵之中。

荆轲倒吸一口冷气。

他所见过的高手固然不在少数,但如秦舞阳这般悍不畏死的,却是不曾得见。

剑锋掠过秦舞阳的脸颊,刀刃划开秦舞阳的衣襟,鲜血飞洒,毛絮飘扬。秦舞阳的脸白得近乎透明,而他的眼睛——那一个小小的黑点,却如深不见底的孔洞,将它看到的所有人的灵魂,都"吃"了进去。

秦舞阳动手,秦舞阳夺刀,秦舞阳挥刀。

一个武士脖子折断,一个武士双目被剜,一个武士捂裆晕死,一个武士利刃穿心,一个武士人头落地,最后一个武士转身想跑,却给秦舞阳扬手一刀,钉在了地上。

一瞬间,几名陪练的武士纷纷惨死,即便一时未死的两人,瞧来也已难治。

"你为何下手如此狠辣？！"荆轲怒斥道。

"因为我们是在博命啊！"秦舞阳仰天大笑道，"我若在秦殿上与人动手，自然是招招取人性命，哪有留情的余地？"

"可现在毕竟是操演而已！"荆轲恨道，"你何必取他们性命？"

"他们此刻死一人，我在秦殿上便能多撑一分。"秦舞阳冷笑道，"你是来帮我操演的，为了刺秦大事，何惜此等草芥之命。"

"可你甚至都没给他们一个公平较量的机会。"荆轲叹道，"秦王殿上的将士会和你以死相搏，眼前这些武士却并不相信你会在操演中下此死手。如若他们拼死还击，你未必能如此全身而退。"

"那又怪得了谁呢？秦殿上的人，也不会如他们一般准备周详啊。"秦舞阳森然道，"他们既然参加此次刺杀的操演，又未能成为出使的刺客，那么成为操演之中被杀的人，便是他们为国捐躯，是他们的功绩了。"

荆轲沉默良久，终于道："那么，唯愿你不要辜负了他们的牺牲。"

秦舞阳的脸上终于恢复了血色，而一双蛇眼中，瞳孔也终于稍稍放大，恢复如常。

他双颊殷红，两眼明亮，瞧来竟似有一些妩媚："我会给他们一个交代的。别忘了，在这场操演之中，我是'杀人'的；而在真正的刺杀之中，我可是'被杀'的。"

在太子府中，姜明鬼与樊於期已练习了数种击杀嬴政之法。

自鲍叶村回来之后，他们分头准备。燕丹派遣荆轲训练秦舞阳，以做助手。而一连数日，姜明鬼与樊於期则在小山殿中，闭门计划行刺之事。樊於期在秦国担任护殿将军一职，这几日来，将秦王殿上的格局、部署一一说明，并绘以图形，进行行刺的推演。

姜明鬼也对嬴政的各种本领进行了揣测，分别找出应对之法。

以图穷之匕为饵，用嬴政的六合长剑击杀嬴政，这便是他们二人反复研究，最终制定的战术。

操练已然百发百中，可姜明鬼的神色，并无欢喜之意。

自鲤女离去之后，姜明鬼直似变了一个人。原本一向懒洋洋、松垮垮的他，忽然挺拔起来，就像一具断线的傀儡，突然被人重新拾起，掸落了灰尘，打磨了关节，接好了提线，甚至又重新描绘了眉目。

他双目锋利，与人对视时，咄咄逼人，直如铁锥一般。

即便没有用起古木之力，他的脸上也似乎不时有一片青气一闪而过。

——鬼。

墨家学说认为，天下有鬼，而兼爱之道，便受其监督。每当有人无恶不作，有违兼爱之道时，便会有"鬼"从天而降，将那已不配做"人"的人，永远铲除。

逐日夫人将"明鬼"二字赐给了姜明鬼当名字，自是因为他根本便是墨家最好的"鬼"。

即便他做"人"之时，那么的温和、优柔，但当他做"鬼"时，那一份狠辣与果决，却连逐日夫人都不得不连声称赞。

"樊将军，"姜明鬼忽然道，"千钧之力，蓄于一击，你确定嬴政近年用剑，长剑是向前拔出的吧？"

"那是自然。"于对战中扮演嬴政的樊於期舒了口气，慢慢直起身来，将穿在衣中的长剑拔出，微笑道，"六合长剑，原先的剑鞘虽然确是从旁挥剑，极为巧妙，但终归不是正道，岂可为国君所用，所以王上早就改了新鞘。"

姜明鬼微微点了点头，目光冰冷。

那六合长剑剑身太长，拔取不易，并因其意义特殊，曾多次转手：姜明鬼与嬴政在小取城第一次交战时，是姜明鬼将它夺下，并以其作为信物，放走了嬴政。之后，姜明鬼下山遇挫，闭关辞过楼，那剑却落到了墨家大师兄辛天志手中，并由小取城巧匠罗蚕为它配了一个从侧面出剑的剑鞘。再后来姜明鬼重新振作，带着它下山，去解赵国之围，不幸又遭了嬴政的算计，将它遗落咸阳，此剑重回嬴政之手。

"行刺之事，我一人便可以了。"姜明鬼冷冷道，"排练已熟，樊将军再帮不上什么忙，多留无益，请离开吧。"

"我不能走，你需要我的人头。"樊於期愣了愣，微笑道，"我如今已在此事之中参与太多，知晓一切，我若离开，燕丹必会猜忌于你；而你若没有我的人头，到了咸阳，怕也见不到王上。"

"总有别的办法。"姜明鬼道。

当日樊於期曾经明言，他的人头乃是刺客能够见到嬴政的大礼，但瞧来姜明鬼终是心软，不愿令他枉死。樊於期摇了摇头，将仿制的六合长剑掷下，道："不需要想别的办法，我已做好准备了。我的妻儿皆为嬴政所杀，我还活着，便是为了替他们报仇。"

他一心求死，姜明鬼冷冷地看着他，不再多言。

樊於期眼见姜明鬼为他担忧，忽然哈哈一笑，道："用不用我告诉你，姜夫人去了哪里？"

那一日在鲍叶村外，是他驾车将鲤女送走，三个时辰后才单人独骑自远处赶回。鲤女去了哪里，他没有说，姜明鬼也一直没有问。而至于之后，鲤女该怎样辗转、如何过活……姜明鬼更是从来没有提起。

"不必了。"姜明鬼的声音冷硬，道，"既是她的决定，那我便不该打听，不必猜测，只等此间大事完成自己去找吧。"

鲤女强行离开，姜明鬼在震惊之余，也极为感动。

他在心中暗暗下定决心，此番刺秦一定会成功，也一定会活着回来。

他会完成与那女子的约定杀了嬴政，还天下一个太平，然后找到她，和她共度余生——这，便是他一生最好的归宿。

也正是这样的希望，才支撑着他化身为"鬼"，熊熊燃烧，杀向嬴政！

"那么，我们喝最后一次酒吧。"樊於期道。

他们谋划行刺大计，一连数日闭门操演，废寝忘食，如今终于万无一失，心中才如一块大石落地。樊於期打开门来，招呼太子府中的下人备酒备食。外面天降大雪，一片银装素裹，二人便在门口坐了，温酒对饮。

雪地反射银光，小山殿中空旷阴森，樊於期望着姜明鬼，若有所思。

"樊将军一直担任嬴政的护殿之职，因何得罪了他？"姜明鬼连饮数杯，忽而问道。

樊於期目光闪烁，似在久等他的这个问题，这时听他终于问出，嘴角微提，竟露出了一个笑容。

"我最早领兵打仗，一战败于李牧之手，几乎因此获罪。不料王上刚好整顿朝纲，正需用人，这才将我留下，做了一个不掌兵的殿前将军。"樊於期笑容惨厉，道，"只是我也没想到，那时我死，只是我一人；如今再死，却连累了全家性命。"

福祸相倚，谁能预料？姜明鬼叹了一声，道："伴君若虎，诚不我欺。"

"我之所以遭此大祸，乃是因为我知道了一个不得了的秘密。"樊於期痛饮一口道，"十几年前，王上私服出宫，游学天下，数载之后方由王翦将军迎回咸阳。当初他登基时，年龄尚幼，因此朝政全为相国吕不韦把持,王上即便想要亲政,亦是战战兢兢,无计可施。然而待到他游学回来,年岁既长,见识亦丰,整个人的气势也大为不同,几番虎口夺食,终于重掌大权,振作朝纲,先杀宫人嫪毐,之后又逼死了相国吕不韦。"

姜明鬼暗叹一声,别人不知,他自己却明白,嬴政有此变化,他必定是原因之一!

当日嬴政心中犹疑,不知何为成王之道,因此需要游历百家,破解百家学说,不料却在墨家小取城里被墨家学说困住,还成了逐日夫人颇为看重的弟子。

墨家兼爱,而王道独断,嬴政左右为难,久久无法突破,更在最后逃离小取城时,输给了姜明鬼一回,险些被关入辞过楼。可他还是以诡辩之术,勉强动摇了姜明鬼,才令姜明鬼私自将他放下山。嬴政因此深以为耻,之后一直留意姜明鬼,要以姜明鬼的成败来验证兼爱之道的正误。

结果韩国水丰城一战,姜明鬼兼爱韩王、重臣、民女、妖姬、义士、小人……左支右绌,狼狈不堪,最后一子落错,满盘皆输。暴雨夜,一个农家女子惨死在姜明鬼怀中,姜明鬼后悔莫及,因此沉沦。

嬴政却因此坚定了自己的王道,不再犹豫,一飞冲天。

姜明鬼念及往事,闷闷不乐,仰头喝下一碗酒,借势微叹半声。

却见樊於期向前探身,靠近姜明鬼,小声道:"他杀死吕相国,人人都以为他是为了夺取王权,以至于此;但我知道,那其实更是灭口。"他不自觉地向左右看了一眼,又把声音压低三分,道:"因为他不是先王的儿子,而是吕不韦所出。"

姜明鬼正自喝酒,听了这话大吃一惊,几乎呛着。

"当年先王在邯郸做质子,吕相国认为他奇货可居,因此刻意结交照顾,并将自己的宠姬赵姬相赠,便是后来的太后。赵姬追随先王，生下王上，可推算时日，却是在她来到先王身边之前，便有了身孕。"樊於期低声道，说到这般不得了的内情，他原本黑亮的面庞也失了血色，在屋外闪烁的银光中变得灰扑扑的。

"所以，当年先王才会在返回咸阳之后，把王上扔在邯郸，担任质子，十余年任其自生自灭，甚至在自己重病将死之时，还派人委托了赵国的权臣郭开，务必杀死王上。"

姜明鬼瞪大眼睛，只觉脑中轰轰作响，困扰多年的疑惑在这一瞬间豁然开朗。

之前，姜明鬼因李牧蒙冤一事在邯郸调查嬴政的出身，当时便发现了诸多疑点。其中之一，便是当年秦国秦庄襄王驾崩之际，朝中有人买通郭开，要取嬴政的性命，也因此引发了那女子石青豹的悲剧。可直到最后，他们也不知买凶之人到底是谁，只道是帝王家争权夺利，在所难免。

可今日听樊於期一说，竟是秦庄襄王亲自下令，姜明鬼不由得毛骨悚然。

"那之后又派人救出嬴政的是——"姜明鬼颤声问道。

"相国吕不韦。"樊於期轻声道。

樊於期的声音轻柔，姜明鬼听在耳中，却如雷霆，他倒吸一口冷气，许多疑点终于如闪电般串联在一起：秦庄襄王为何如此不近人情，将嬴政留在邯郸受苦；嬴政为何如此暴虐，要焚毁凝聚吕不韦心血的《吕氏春秋》；他贵为一国之君，为何会潜入小取城学艺，并与自己相识……

"我告诉你这些，便是觉得你或许可以用这一点，去攻他的心。"樊於期一字一顿地道。

——秦殿之上，生死一瞬。

——若在这紧要关头，有人一语道破嬴政的出身，他必会方寸大乱。

可是,一想到那人桀骜的身影,姜明鬼心中却一阵不忍。

原来那雄辩滔滔,杀伐果决,仿佛永远将一切掌握在手中的男子,心中也有这般的隐痛与耻辱。

"那不是君子所为。"姜明鬼道,"一个人为何人所生,不该视为成败的决定因素。即便刺杀,我也希望是凭借本领智慧赢他,而非靠私隐丑事乱他的心神,污他的名节。"

樊於期看着他,良久,忽然放声大笑,道:"那我们果然没有看错你。"一面说,他一面挺身站起,道:"人头给你,这天下,也拜托姜公子了。"

反手一刀,他已将自己的头颅割下。

殿外冬雷震震,团团冰花簇簇而落。姜明鬼仰头饮酒,脸色如同青冰。

"卿之性命,可值万金。唯将货于识者……"

与此同时,荆轲与秦舞阳的操演,也到了最后关头。

数日以来,秦舞阳已杀死了助他操演的武士三十余人。他自己虽也伤痕累累,下手却越来越狠,整个人直如一把百炼钢刀,越来越锋利。

最后一次操演,太子府最后一名武士倒下,荆轲望着秦舞阳,也不觉汗湿了后背。

"我一直都想这么杀人。"秦舞阳长叹道,"可惜总被我的祖父和太子阻碍。如今终于可以放开手脚,方觉天高地阔,一身自由。"

与之前在监牢中和荆轲第一次见面时相比,这人直似变了一个人一般。他站在那里,染血的双手随意下垂,先前身上那挥之不去的暴躁、张扬早已不见,取而代之的,却是令人战栗的冷静与残忍。

第八章 英雄头

那白玉一般的脸上,一双蛇眼隐隐呈现碧色,偶一转动,已扫过荆轲的脸。

在这一瞬间,直似立时便有毒液流入他的心脏一般。

——杀人,竟可将一个人淬炼到如此地步?

"我们什么时候出发,去秦国行刺?"秦舞阳突然问道。

"三日后。"荆轲深吸一口气,道。

"你看的什么书?"秦舞阳突然又问。

荆轲一愣,这几天来,秦舞阳与一众武士操练,他总须在一旁陪同。只是空闲时候,他常常拿着几卷书看。

"《墨子》。"荆轲道。他放下手中的书简,将那密信藏好,缓缓站起。

"《墨子》?"秦舞阳笑道,"我听说砍了你的手,夺了你青史留名机会的人,便是个墨家弟子?"

荆轲心头刺痛,道:"是。"

事实上,姜明鬼夺走的还不只这些。

因为不能在嬴政面前暴露自己的姓名,姜明鬼需要化名出使;又因之前他剑伤荆轲,心中有愧,因此那日他同意刺秦之际,竟决定以"荆轲"之名前去出使。此等细枝末节,燕丹自不在意,随他决定,但荆轲口中不说,心中却不是滋味。

这补偿虽然豪迈,却满是怜悯与施舍,更连他的姓名都给夺去了——则他这一生,功败名消,到底还剩下什么呢?

这些天,他因此放弃了信奉多年的平命家学说,而去研究姜明鬼常提的墨家兼爱之道,只希望能从《墨子》中找到如姜明鬼一般强大的奥秘。

"那你看他们的书有什么用?"秦舞阳笑道,"兼爱?非攻?说得好听。我可是听说,连你的名字都被他抢走了。"

"他是我的朋友。"荆轲惨笑道,"知道我一生一事无成,因此要替我扬名。"

秦舞阳看了看荆轲的断手,微微点头,道:"原来如此。"

他那一眼满含嘲讽,荆轲望着他,只觉满心疲惫,几乎站立不住。

面对刺秦这一名垂青史的壮举,他所能做的事,竟只是想方设法帮助燕丹拉拢姜明鬼,以及受燕丹之命,帮助秦舞阳练习如何与秦将赤手相搏。

他也曾是天下间屈指可数的剑客,也曾是不可一世的刺秦首选,如今却成为燕丹手下招之即来、挥之即去的客卿,便连名字都将被姜明鬼夺走。

——甚至,连秦舞阳都可以怜悯他。

荆轲望向自己手中的《墨子》,看着藏在书中的那封密信。数日前,他忽然收到这封无名来信,信中却向他提出一个更为可怕的计划。

——就凭这样一个只知杀戮、如同野兽的粗鄙之人!

荆轲握紧了拳头。

燕丹准备数日,燕国的国书、地图等物都已齐备。樊於期的人头也用石灰腌制,鲜活如生。姜明鬼的面容则由巧匠下手,做了妆改。如今他既已化名"荆轲",容貌也迥然不同,秦殿之上,仓促相见,嬴政若无提防,必定认不出来。

燕丹于易水之畔为他们送行,并请来高渐离弹琴送行,只是该由荆轲带来的秦舞阳却久久不见。

"这人该不会害怕了吧?"燕丹皱眉道,"荆先生之前说,他们进展很顺利啊。"

正说话间,却见远远地,终于有一人走来,一瘸一拐,用一只手撑着一只木杖,正是荆轲。但观其身侧,空荡荡的,并没有第二个人。

"荆兄?"姜明鬼道。

"荆先生,秦舞阳呢?"燕丹也不悦道。

荆轲来到众人面前,他的脸上青一块,紫一块,满是瘀伤。他驻足站定,眼望姜明鬼,道:"姜明鬼既然是荆轲,那么我就是秦舞阳。"他笑了笑,才将视线转向燕丹,道:"请太子准许我做使者的副手。"

"那秦舞阳呢?"燕丹惊道。

"昨夜,秦舞阳在操演结束之后,忽然向我发起挑战。"荆轲嘴角开裂,肿得老高,道,"他说,我作为此次操演的主管之人,才是那些陪练的武士中最值得一杀的人,所以操演的最后,一定是他和我的决战。否则,他绝不出征。"

"那么,荆兄赢了?"姜明鬼问道。

"恶战良久,终于被我单手破了他的双拳。"荆轲笑道,"只是生死一线,我已无从留力,不慎将他当场杀死。能为姜兄掠阵的人,因此暂时空缺,尚请太子允许我戴罪立功,陪姜兄走这一趟。"

这般说着,荆轲微微咬牙,极见坚定,但身上杀气薄弱,几不可察。

姜明鬼微微扬起下巴,道:"可以。"

燕丹脸色数变。荆轲伤残之后灰心丧气,连行刺的副手都不能胜任,因此燕丹才会动用秦舞阳。谁知兜兜转转,最后还是荆轲出战。想到自己这些日子里虽然对他倚重,但多少有些怠慢,不由得后怕。

终于他一跺脚,道:"反正是为了掩护姜公子行刺,你能赢过秦舞阳,自是比他更强,去便去吧!"

高渐离捧琴而至,醉眼惺忪,将二人上下打量,道:"你们,都变了。"

他席地而坐,抚琴高歌,歌曰:
风萧萧兮易水寒,壮士一去兮不复还。

千里跋涉,燕国使团辗转两月,才终于来到咸阳。

一路所见,燕国境内人心惶惶,沿途百姓见到他们出使的车队,纷纷露出又是害怕又是企盼的神情,显是不知他们此去是战是和。而一旦西出国境,便进入了秦国的疆土。那里曾经是赵国、韩国的土地,到处是流民以及耀武扬威的秦军。

许多乡村已成废墟,良田也已荒芜,不少城镇却恢复了生机。昔日的韩赵子民虽然仍用着旧钱、说着老话,但无疑渐渐习惯了头顶上飘扬的秦旗。

过了函谷关,进入老秦之地,视线所及,周遭风貌又是一变:春耕忙碌,四下里牵牛扶犁,一派欣欣向荣。远远地传来农人的歌声,粗声大嗓,耿直嘹亮,透着自信喜悦。一眼望去,八百里秦川竟似没有空闲之地、懈惰之人。

他们来到咸阳,仍是由司礼官员接待,安排他们住进秦王宫外的驿馆。

上一次来的时候,姜明鬼还是赵国使者,那时他负长剑、怀壮心,身边陪着一个女人,要向嬴政讨一个公道。可如今,那女人早已去世,嬴政所向披靡,无人可敌,姜明鬼有了一个妻子,却又离开了她。

与几年前相比,这座驿馆也一片凋敝,在整个秦国日益强大、整个咸阳欣欣向荣的时候,它却完全地破败了。

六国已去其四,曾经使者云集、六国交通的所在,因此冷冷清清。门窗漆面斑驳,院中杂草丛生,原本用来彰显大秦强盛好客的驿馆,如今只有燕齐两国的馆舍还勉强可用。

物是人非，往昔的记忆不断涌上心头，上一次在这里见到嬴政时的惨败，历历在目。

姜明鬼心中苦涩，几乎难以呼吸。

"吱呀"一声，东首楼上的一扇窗子突然被推开，一个男子居高临下，向他们望来。

他年约四十，儒巾青袍，青须垂胸，气派威严，这样看下来时，眉头微皱，便如长辈看着几个不成器的子侄，一双眼中满是责备与惋惜，似在一瞬间，便找出了姜明鬼与荆轲的不成器之处。

"这是什么人？"姜明鬼低声问道。

负责接待他们的驿长微笑道："他便是齐国的使者曾沫，乃是儒家的名士、稷下学宫祭酒，比您早了几天过来。"

齐国稷下学宫，始建于齐桓公田午时，建立之初，便汇聚天下名士，鼓励其激辩著述，讲学授徒，探求治国大道，将百家争鸣的局面真正呈现于世人眼前。其中，尤以儒家、道家、名家、法家等学派最见光芒。

不过，它终是齐王选拔人才的所在，百家学者一旦进入，便被划分了等级。这与墨家兼爱之道天生不容，墨家弟子因此甚少进入。

近年来稷下学宫虽已凋零，但曾沫仍能担任祭酒一职，仍可见其本领。

姜明鬼心中警惕，抬起头来与曾沫四目相对，遥遥拱手。

曾沫稍一还礼，神色愈发严肃，手拈长须，一直等到姜明鬼他们进了燕国的馆舍，这才将自己身前的窗户关上了。

姜明鬼与荆轲交上国书，又报备了督亢地图、樊於期的人头等须献于秦王的礼物。司礼官一一检验、记录之后，安顿他们在驿馆之中好好休息，等候秦王召见。原来嬴政近来身体不适，因此暂时不能接见来访使者。

之后一连数日，果然毫无动静，何时能进宫，根本没有消息。

姜明鬼与荆轲专为刺杀而来，本想一鼓作气，玉石俱焚，不料却给拦在秦宫之外，只觉一口气上又上不去、下又下不来，几乎憋得吐血了。荆轲还偶尔外出闲游一番，姜明鬼却知他们这时身处敌腹，实在不能大意，驿馆之中虽然仆从寥寥，守备松懈，但二人也须深居简出，谨言慎行。

这一日午后，二人在屋内下棋，攻守数十回合，姜明鬼忽然低声问道："嬴政久不召见，恐怕夜长梦多。我们是否需要夜探秦王宫，试着将他直接刺杀？"

此次刺秦计划，他虽是燕国正使，刺杀时也主要负责动手，但毕竟并非燕丹心腹，因此一旦出现变数，尚须询问荆轲的意见。

"若是入宫行刺，姜兄有几成把握？"荆轲缓缓落下一子，问道。

"不少于二成。"姜明鬼道。

秦王宫中卧虎藏龙，据樊於期所列，嬴政广招百家能人、六国异士，朝中能文者百人，能武者千人。其中犹擅守卫戒备者一十八人，秘藏宫中，皆有以一当百的本领。

而更要紧的是，姜明鬼知道嬴政本人的厉害。

当年便是在这驿馆之中，他面对面被嬴政击败。虽先中了嬴政的攻心之计，心乱气沮，但足可证明，嬴政即便当了秦王，当年拔剑杀人的本领也从未放下。

——不，或许更应该说，在当了秦王之后，他更以无上的胸怀、气魄，将之前游学百家的本领融会贯通。

所以，若是不能抢占先机，只正面交手，即便姜明鬼这些年来本领更进一步，胜算仍不过五五之数。

再加上秦宫的地利之便，护卫插手救驾，他的胜算，便只比两成稍多。

"那便不值得冒险了。"荆轲道,"胜算太低。何况若在深宫之内将秦王刺杀,名不正而言不顺,远没有殿上刺杀,血溅五步,威慑朝野上下的作用。"

姜明鬼目光深沉,道:"也有理。"

"不过,我倒真是好奇,"荆轲双眼望着棋枰,低声笑道,"姜兄对杀死嬴政一事,似乎格外有心得,尤其对他的本领估量得十分肯定。你之前真的只是行刺过他两次吗?"

姜明鬼生性倔强,一向不愿泄露别人私密,更兼其中又涉及自己的几段惨痛经历,因此与嬴政的纠葛虽深,除逐日夫人之外,几乎从未向别人提起。尤其是多年前的驿馆之战,他更是始终不曾对第三人讲过。

"我也好奇,秦舞阳死于你手的真正原因。"姜明鬼执棋长考,沉声道。

荆轲愣了愣,微笑道:"不重要,这些,都不重要。"

他摸了摸自己早已消肿的额角,笑道:"只是殿上刺杀,我们全身而退的可能却几乎没有了。我孤独一人,死了也便死了,连累你不能回去寻找嫂夫人,令人良心难安。"

姜明鬼微垂着眼皮,道:"不妨事。"

"只要刺杀秦王成功,我一定会拼死保你突围,到时候,但凡有一线生机,姜兄一定要走!不要因我迟疑。"荆轲道。

姜明鬼轻轻落子,道:"我一定会去找她的。"

正说到此处,忽然外面有人敲门。二人一惊,连忙闭嘴。荆轲这时化名秦舞阳,乃是副使,自是由他前去应门。开门一看,竟是那齐国使者曾沫找了过来。

"我是齐国使者曾沫。"曾沫道,"请荆轲使者出来一见。"

他所说的"荆轲",自然是指姜明鬼。姜明鬼在里面听见,连忙迎了出来,道:"未知先生前来,有失远迎。不知有何指教?"

　　他们在此等候秦王召见,为免节外生枝,并未前去拜会,不料这人却自行前来,不由得意外。曾沫眉头紧锁,将姜明鬼又打量了一番,道:"荆使者代表燕君出使秦国,肩负重任,必受燕君宠信。不知你们此来,目的又是什么呢?"

　　这人开门见山,却难辨敌友,姜明鬼道:"我代表燕君面见秦君,一者送上燕国督亢之地,为秦王祝寿;二者送还秦国叛将之首级,为秦君分忧。唯愿秦燕两国永保和平,免于战祸。"

　　"割地事秦,只会令秦国日益强大;卖友邀功,更会使天下英雄心寒。"曾沫叹道,"燕国这样讨好秦国,何异于抱薪救火。等到秦国进入督亢,立足已稳,再毁信开战,即便背负骂名,燕国又哪里还有一丝还手之力。"

　　他说得固然有理,但姜明鬼本就是以此作为托词,又怎会被他说服,于是道:"先生所言甚是,然而情势危急,便是只能换得一晌喘息,燕国也已别无他法。"

　　自己剖陈利害,对方却只看得见眼前得失,曾沫心中失望,看了姜明鬼半响,终于道:"你若偏要行此下策,那么随我来。"

　　姜明鬼与荆轲对视一眼,道:"不知这是要带我们去哪里?"

　　"此事关乎天下气运,荆使若不在乎,便不用跟我来了。"曾沫叹了口气道。

　　一面说,这人已转身而去。

　　他语焉不详,可是神色郑重,令人不敢掉以轻心。姜明鬼与荆轲使个眼色,索性跟着曾沫出了门。天近傍晚,驿馆之中冷冷清清,连少数几个仆从也不知躲到哪里偷懒去了。他们辗转来到驿馆的后院,见后院围墙早已塌了一角,曾沫便踏着瓦砾,从那缺口中走了

第八章 英雄头

出去。

姜明鬼和荆轲不知他作何打算，也跟他出来。外面的山坡上栽满了柳树，早春时节，树上虽还未生出新叶，枝条上却已隐隐透出一片茸茸嫩绿，远远望去，整片树林如同笼罩在一层若有若无的青雾中。

走入青雾深处，曾沫终于站住了身，姜明鬼与荆轲随之止步。

"我是儒家传人。"曾沫转过身来，道，"儒家学说，讲究的是一个'仁'字。所谓'仁'，其实便是推己及人，因为关爱自己的父母，便知别人对父母的爱；因为疼爱自己的孩子，便知别人对孩子的爱；因为知道伤病之痛，因此不愿伤人；因为知道无助之苦，而愿意助人。"

他望向姜明鬼，眼中忽然寒光一闪，道："而若将这推己及人的心再进一步，因为知道自己喜欢的，别人也必喜欢；所以知道自己厌恶的，别人也必厌恶；自己在计划的，别人也在计划；自己将开始的，别人也将开始——其实，我们已可推知别人的行动，预测事物的动向。"

他仿佛若有所指，姜明鬼和荆轲都不由得吃了一惊。

"你是使者，我也是使者；你要面见秦王，我也在等候秦王的召见；你的国家危在旦夕，我的国家早已唇亡齿寒。"曾沫忽然露齿笑道，"不如你们猜一猜，到底是我先见到秦王，还是你们先见到秦王，是你们能完成使命，还是我能完成使命。"

事已至此，曾沫虽然在打哑谜，但姜明鬼已可确认，曾沫所说的使命，乃是刺秦。

齐燕两国同在秦国的威胁之下，而两国君主竟同时想到要刺杀秦王，以暂缓灭国之厄。他们二人更是被同时派出，在这驿馆中不期而遇。

——但,无疑只有一次行刺机会。

　　——若是先被嬴政召见的人刺杀失败,则秦宫内必会加强戒备,第二人再无出手机会。

　　可对于姜明鬼而言,刺杀嬴政,已不仅是拯救燕国,完成对燕丹的承诺,也是要给鲤女一个交代,给他和嬴政十余年来的恩怨一个了结。

　　沉默半晌,姜明鬼终于道:"希望是我们。"

　　"荆使有如此自信,自然是很好的。"曾沫见他固执,微笑道。

　　回手一折,他从身旁树上取来一节柳枝,约莫三尺长短,对姜明鬼道:"我们今日相见,便以此枝为礼,共勉共祝,齐国燕国能永远国泰民安。"

　　他将柳枝平握在手,缓缓向姜明鬼递去。

　　虽然绝口不提刺秦一事,但在这一瞬间,姜明鬼只觉一股凛冽悲壮的气势,已从那细细的柳枝中汹涌而出,如重锤、如利刃,令他全身紧绷。

　　"孔曰成仁,孟曰取义。"曾沫不动声色地道,"要成大事,必然有人牺牲。无论我们最后是谁见到了秦王,想必都会不辱使命,为天下百姓赢来一线生机。"

　　儒家的仁爱从自己出发,由此及彼,由近而远,由亲而疏,由家而国。那是同情的力量,是虽然未曾亲历,却可以感同身受,虽然只是一个人,却需要与天下喜悲一同的能力。

　　因此,曾沫虽只一个人,但在这一瞬间,他的身体中却似集中了整个齐国、整个天下百姓的苦难。

　　此时,他将可怕的重量,又都灌注到了一根细细的柳条之中。

　　那可怕的力量如同巨浪一般,在柳条中汹涌起伏,只待碰上不幸的礁石,立时便要激起惊涛拍岸、裂云排空。

第八章 英雄头

姜明鬼深吸一口气，伸手接过。

曾沫掌心向下，平握柳枝，姜明鬼掌心向上，手掌摊开。

曾沫的手静止片刻，终于缓缓张开，令那柳枝落入姜明鬼的掌中。

一节柳枝重如万里江山，姜明鬼周身骨节"咯吱"一声，一双脚竟陷入地下，深达寸许。

荆轲在旁，虽不能插手，也不由得屏住了呼吸。

但姜明鬼接住了。

他的手掌摊开，那节柳枝横在手上，一粒粒新芽，绿意盈盈。

曾沫不料姜明鬼真的接得住他给出的柳条，眉头一挑，笑道："原来是墨家高足。"

春秋以降，儒墨两家其实针锋相对已久。

两家皆是弟子广博，影响深远，又讲究以爱待人，但在仁爱与兼爱的关键处却水火不容。儒家孟子与墨家墨子多次论战，墨子认为儒家的仁爱，区分亲疏，承认先后，其实是助长了私心；而孟子则认为墨家的兼爱强求平等，无视好恶，根本是在痴人说梦、有悖人伦。

有趣的是，越是在外人看来近似的两个学派，他们恰恰在小的分歧上越为水火难容。

但无论如何，他们也知道彼此对这世界的见解都能自圆其说，乃是智慧的精华。

曾沫那一根树枝，蕴含儒家仁爱的秘密，带着无尽的悲愤与苦难，沉甸甸地交出，常人哪能承受？而姜明鬼竟以单手接下，那无与伦比的坚毅与执着，也让曾沫看出了师承。

"墨家承字诀？"曾沫笑道，"逐日夫人竟有这样的高足。"

就在这时，树林外突然传来喊声，驿馆的方向有人叫道："曾沫、荆轲两位使者可在此处？王上差了李廷尉前来慰问，怎么找不见二位了?"

他们之前为了避人耳目而潜出驿馆,这时被人发觉,不由得有些尴尬。

三人走出树林,只见夕阳西下,外面已是一片晚霞灿烂。那驿长正在断墙豁口处踮脚张望,看见他们,连忙挥手道:"二位快请回来,王上派遣的李廷尉正等着二位呢。"

姜明鬼与荆轲连忙返回,曾沫不慌不忙地踱步而出,给他们扶着,涉过瓦砾。

礼官笑道:"二位干什么都跑到树林里去了?"

姜明鬼稍一犹豫,曾沫却已笑道:"新柳初发,难免思乡之情。我与荆使者折柳偶遇,相谈投机,一时忘了时间。"

这理由合情合理,那礼官也不疑有他,笑道:"王上也是担心二位久久不能回国,因此思乡情切,特派李廷尉送来齐国与燕国的食物,以作慰问。"

"不用慰问我们,"姜明鬼皱眉道,"秦王何时才能召见我们才是最重要的。"

"快了快了!"那礼官笑道,"李廷尉乃是王上身边近来最受宠的红人,若得他的美言,二位必可不日入宫。"

三人这才来到了前面,只见一架马车停在院中。

车幔低垂,车旁站立一人,在夕阳下拉出长长的影子。走近来看,他不过二十出头的年纪,身量不高,纤弱白净,但一双眼精光四射,却是昂扬无畏,满是争胜之意。

那礼官将姜明鬼三人带到车前,引荐道:"李廷尉久候。齐国使者曾沫、燕国使者荆轲、副使秦舞阳,都已到了。"

那年轻人拱手道:"廷尉李斯受王上所差,前来慰问两国使者。"

秦国自商鞅以来重用法家,国力大盛。李斯年纪轻轻,早已是秦国能臣，天下有名。据说他最早师从儒家荀子，之后却转投法家学习帝王之术，来到秦国为官后因其心狠胆烈、智计疯狂，深受嬴政器重。

三人连忙还礼，姜明鬼问道："有劳李廷尉前来，但我们其实更想知道，王上贵体如何，何时才能召见我们。"

李斯看他一眼，笑道："不急，不急。"他自车中取出两个食盒，分别交给曾沫与姜明鬼，道："王上贵体有恙，因此有劳二使在此久等。王上特派我带给二使几样各国小吃，算是一点心意。"

三人连忙谢礼。姜明鬼接过食盒，便交给了荆轲暂提，曾沫却只毕恭毕敬地捧在手中。

"王上生了什么病？"曾沫问道，"我在齐国时也略通药石之术，屡曾为齐王看诊，不知此行可否为王上略尽心意？"

李斯微笑着摇了摇头，道："王上经过休养，已然好转了，只是精力不足，暂时不能召见二使，还请耐心等待。一有机会，我一定为二使进言。"

慰问已毕，李斯便即告辞，登车欲行时忽又像想起了什么，脚下迟疑，道："二位使者乃是齐国、燕国万里挑一的有识之士，经多见广，学富五车。我近来审理一件案子，如何定断，十分头痛，不知二位能否给我出些主意？"

他口风严密，虽是秦王宠臣，但之前慰问时几乎什么多余的话都没有说，若真就这么走了，那秦王的召见便仍遥遥无期。如今他忽然提及断案之事，无论如何，便又有了谈下去的契机，曾沫、姜明鬼、荆轲都是精神一振。

"若能为李廷尉分忧，我等殊感荣幸。"曾沫笑道。

李斯重新下车，这时夕阳终于下山，那驿长取来火把，将马车周围照得一片明亮。

李斯挥手,将驿长、车夫、仆从等人全都屏退,院中一时便只有他们四人一车。李斯看了一眼荆轲,道:"这位秦副使是否也可回避?"

他的语气虽然平和,却颐指气使,极为轻忽。荆轲脸色微变,正待要走,姜明鬼忽道:"我这副使见识过人,犹胜于我,李廷尉不如听听他的意见。"

他出言维护,荆轲心中不由得感动。李斯重新将姜明鬼打量一番,终于微微一笑,目光重又扫过荆轲、曾沫,道:"好。既然如此,那便听听你们三位的高见。"

"这案子,已困扰了我一年有余。"李斯开口道。他眉头微皱,似是只要提起这个案子,便令他心烦:"它说难也难,说简单却也简单。在咸阳城的大牢中关有一名囚徒。这囚徒杀人放火、弑父鸩母,犯有十恶不赦之罪,早该问斩。然而此人命格奇特,据望气家的人说,顶上黑气冲天,命里锁镇五煞。若是真的杀了他,便会天降异兆,导致旱涝交攻、瘟疫横行,天下人因此受苦。我为此犹豫不决,上报王上,一年多来也不能定夺,便想要听听二位的意见。"

此事匪夷所思,曾沫皱眉道:"望气家乃怪力乱神之说,只怕不足为信。"

李斯摇头道:"此囚徒自现世以来,只要受伤、生病,咸阳城必有灾厄,从不例外。他被抓捕以来,王上也先后派了望气家、星象家、阴阳家……诸多学派的高人为其卜命。而各派各家不约而同,得出的结论都是,此人若死,必有大灾,连累千万人为他陪葬。"

姜明鬼问道:"这人真的其罪当斩吗?"

"证据确凿,人神共愤。"李斯颔首道,"便是这囚徒本人也供认不讳。"

——不杀他,便是于法不公;

第八章 英雄头

——可若杀了他，又会连累无辜。

"你们若是王上，又会如何处置这囚徒呢？"李斯微笑道。

"若那囚徒真的关系重大，便不要杀了吧。"曾沫稍一沉吟，道，"国家制定律法，也是希望国泰民安。若执着于令一人伏法，而使万民涂炭，岂不是舍本逐末？至于那囚徒，只消将他好好关着，令他不再作恶，再常以圣人学说加以陶冶，总能令他弃恶从善，岂非好过一死。"

儒家主张仁政，曾沫所言也深合中庸之道。李斯点了点头，把视线转向荆轲，问道："秦副使觉得呢？"

他之前轻视荆轲，这时又提前询问，显然仍是更为看重姜明鬼的回答，要放在最后。荆轲看了一眼姜明鬼，心念电转，道："我也认为那囚徒就不要杀了。一命可抵一命，可若千万人因他而死，这么多人的命，他如何抵得？许多人便是白死了。"

他与曾沫观点相同，便保证了曾沫至少不会独赢。李斯微微一笑，终于问姜明鬼道："那荆使者觉得如何呢？"

"我会杀他。"姜明鬼沉默良久，终于道。

虽只四字，但在出口之前，姜明鬼心中已经历激烈交战。

若是在他少年之时，未曾一败，不知天高地厚，自然会轻易说出杀囚的答案。因为他相信，自己一定可以在杀死那囚徒之后，再拯救万千黎民。

若是在他青年之时，重整旗鼓，立志合纵六国，大概也会从容说出杀囚的答案。因为他觉得，善恶分明，即便代价惨重，也绝不容许有人仗势欺人，逍遥法外。

但如今，他已近而立之年。

这些年来，他经历了一次又一次的失败，目睹一个又一个人在他面前死去。他终于知道，自己所修习的承字诀，虽然号称肩担天下,但天下之重,他真的担不起来。

想要拯救黎民,最后,只可能一败涂地,反倒害了更多人。

想要善恶分明,最后,更可能顾此失彼,白白令好人惨死。

那些刻骨铭心的失败,早已令他伤痕累累、殚精竭虑。如果可以,他根本不想再承担丝毫超出自己能力的重任。

——做个"鬼"就好了,只须杀该杀之人。

——为什么还要做"人",要为那么多的善恶、是非而纠结?

今日李斯所出的这道难题——杀一人,就意味着无数无辜之人遭难——更令他只是想一想,便难以呼吸。

曾沫以儒家仁爱之道做出判断,荆轲以平命家偿命的算法得出结论,可是他呢,他还能用墨家的兼爱,来支撑自己的选择吗?

——兼爱啊。

——那些素未谋面的无辜之人,他也本应如亲友一般爱着。

为了他们着想,他便也应该如曾沫一般,免去那囚徒的死刑,用一人的逍遥法外,换千千万万人的幸福。

可是,为何他心中一想到这样的答案,便觉痛如刀割?

兼爱天下,爱活人,也爱死人;爱熟人,也爱陌生人;爱多数人,也爱少数人;爱强大的人,也爱无处申冤的人……那些早已死在囚徒手中的遇害之人,姜明鬼也该深爱着,若饶那囚徒不死,他们的仇又有谁来报?为了那些活着的人的幸福,则那些被那囚徒害死的、不能再发声求告的人,便可被再一次牺牲了吗?

若是今日因为害怕那囚徒死后天降灾祸,便对他免予惩罚,那么日后若有一人穷凶极恶,就连想要反抗他都会死伤无数,那是不是便连抓捕都可以免去了?

若再有一人,恶贯满盈,但富甲一方,有许多人需要给他为奴为婢,方不致饿死,那是不是对他也必须网开一面?

第八章 英雄头

——则长此以往，一切都只是弱肉强食，公平何在？天理何在？

"既然罪有应得，那么杀了那囚徒，才是公平的。"姜明鬼慢慢地道，双目冰冷，"人非禽兽，不是只有得失、强弱。那囚徒若是该死，便应治罪受死，而不应因代价惨重，便对其妥协。否则恃强凌弱，岂非名正言顺了？"

"可是，若因此发生灾祸，那些无辜死去的人，你负得了责吗？"李斯问道。

"我负不起这样的责任。"姜明鬼冷冷地道，"他们的苦难，实非我的本意。唯愿苦难降临之时，我能尽力救助。但我们既然无法左右天意，便更应在人力范围所及，给人间一个公平。"

"所以荆使者虽然两手血腥，却将自己摘得干干净净。"李斯大笑道。

"我并不干净。"姜明鬼道，"我会愧疚。"

"好一个'我会愧疚'，那些因你而死的人泉下有知，真不知会不会感激涕零。"李斯笑道。

姜明鬼目光一寒，并不辩驳。

之前曾沫、荆轲作答，李斯都只是听着，不作表态。

如今姜明鬼作答，他竟与姜明鬼争辩起来，看似驳斥，却也可看出更为在意。曾沫心中忧虑，道："李廷尉自己，又倾向于对囚徒是杀是留呢？"

"我虽然少年时受到荀子老师的教导，但其实是法家出身。"李斯对曾沫微微点了点头，道，"世人常对法家有所误解，认为所谓法家之法，是严刑峻法之法，因此我们应该会严格执法，去选择杀死那囚徒。"

他望向姜明鬼，眼中似有几分讥诮，道："但其实，我们的法并非律法之法，而是方法之法。我们只是为国君分忧，因此破除百家之成见,想尽一切方法,用最有效的方法,去帮助国君治国治民,强国强军,成就霸业。只不过在实际当中,往往是严刑峻法最为有效,因此才被误传了。"

他似是在说,姜明鬼选择杀死那囚徒,乃是想要投他所好。可从实利出发,他作为法家的选择,却会权衡利弊,留下那囚徒的性命。

姜明鬼摇了摇头,道:"我只是不忍令死者枉死。"

"你如此迂腐,便是输给了曾使者。"李斯笑对曾沫道,"我这一题,其实并非一时兴起,而是王上考验二使的最后一题。如今曾使者先拔头筹,请来车内一观,我这里有王上给你的另一件礼物,可保你优先见到他。"

他之前谈及此案,似是一时兴起,自然至极,原来全是作伪。

曾沫听他肯定自己的答案,心花怒放,道:"多谢李廷尉。"快步来到马车旁。荆轲又气又急,去看姜明鬼时,却见这人眉头深锁,竟似有些出神。

另一边,李斯已拉着曾沫的衣袖来到车幔前,轻轻帮他掀起车幔一角。

在这一瞬间,姜明鬼的身子猛然一震,回过神来。

一道凛冽的杀气从马车中激射而出,姜明鬼和荆轲只见曾沫的身子猛地往后一仰,两道乌光已自他背后穿出。

血洒如雨,曾沫惨呼一声,身子踉跄后退。他双手捧在胸前,那里还残留两片箭羽。

雪白的箭羽上沾着点点血迹。

那两箭已将他的胸膛贯穿,曾沫想拔又不敢拔,大叫一声,终于倒地而死,脸上还留着震惊之意。

姜明鬼浑身紧绷,死死望着车内。

"姜明鬼,"只听一个声音冷冷地道,"王上有请。"

第九章

铁石心

那声音粗豪，更带着斩钉截铁的威严，一字一句，似是硬弓射出的一般。更重要的是，那人一开口，便揭穿了姜明鬼的伪装，叫出了他的真实名字。

姜明鬼一愣，一瞬间周身汗毛倒竖，惊道："是你……竟然是你！"

李斯打起火把来到车厢前，照亮了车厢中的那人。

火光掩映下，只见这人身材高大，狮鼻阔口，面如铁隼，穿一身黑色短甲，膝横一张长弓，如半截黑塔一般，傲然坐在车中。这时他望着姜明鬼，一双眼中流露出极为复杂的神色，道："姜公子易容成这般模样来见故人，未免令人寒心。王上已等你很久了。"

大变突生，曾沫惨死，而姜明鬼似是和那车厢中人认识，荆轲眼见不妙，连忙低声问道："他是谁？"

——他是谁？

姜明鬼冷静下来，却知自己此行已告失败。

"他是秦王的心腹大将王翦。"姜明鬼深吸一口气，暗暗观察四周，已作好决战准备，道，"便如林中犬、草上鹰，他来了，真正的猎人，也便不远了。"

他曾经见过这个人三次：

第一次，是在墨家大取桥上，王翦匆匆现身之后，嬴政便很快杀人作乱，逃出了小取城；

第二次，是在韩王宫外，王翦弦如霹雳，箭不虚发，和嬴政一起将他救到荒野之中，并亲眼看见麦离惨死,姜明鬼第一次输给嬴政。

第三次，则是在这秦国的驿馆中，王翦陪同嬴政驾临，见证了姜明鬼第二次惨败。

嬴政出现的地方，王翦一定随侍左右。此人沉默寡言，但嬴政与姜明鬼的纠葛，这世上没有第四个人比他更清楚。

"嚓"的一声，却是荆轲大吃一惊，不顾一切地拔出佩剑。

他们原想在朝堂之上行刺，可是没想到，这秦王驾前大将却先一步来到他们的驿馆，而且一露面就杀死了同样有行刺企图的曾沫。

曾沫身为齐使，代表一国尊严，而他这般痛下杀手，难道是已知晓了他们的计划？

荆轲作为副手，原本计划是在朝堂上徒手保护姜明鬼，如今竟在驿馆中遇袭，却刚好带有佩剑。一剑出鞘，荆轲正要冲向王翦，便见王翦抬臂张弓，"哧"的一声，已有一箭射至面门。

仓促之间，荆轲挥剑格挡，"当"的一声，大力袭来，他虽格开了那羽箭，却也给震得手腕发麻。紧接着黑影一闪，他的面前似忽然耸起一座高山。姜明鬼身形骤长半尺，血肉枯干，不周之力已然运起，将他掩在身后。

"我们此行的伪装，嬴政已看透了？"姜明鬼问道，既已翻脸，索性便直接叫了秦王的名讳。可是他检视四周，发现并无其他埋伏，不由得好笑，向前走了一步，道："他只派了你来杀我吗？七年之后，他已是这般看不起我了？"

第九章 铁石心

王翦箭法出众、武艺过人，无疑是一员不可多得的猛将。但姜明鬼身具古木之力，早已突破了不周境界，仅以单打独斗而论，天下间只怕无人敢言必胜过他。嬴政与他多次交手，本该最知晓他的厉害，这时竟让王翦一人前来，其中的轻忽与托大不禁令人愤怒。

"王上从未轻视姜公子。"王翦一箭逼退荆轲，又将长弓放下，摇头道，"不过他确曾说过，无论是儒家的名宿，还是墨家的弃徒，当他来到车前，掀开车幔的时候，都必然只是一个庸人。我在车内，双箭连发，必然可以将其射杀当场。"

他一直坐在车厢之中，为防杀气泄露形迹，只将弓拉至半开。从姜明鬼他们回来，到李斯慰问，到三人答题……隔着一幅车幔，他悄无声息，如同一块岩石。直到曾沫走近车厢，掀起车幔，他才在对方巨大的震惊中将其两箭射杀！

"所以，正确的答案，其实是杀掉那个罪人？"姜明鬼问道。

"那答案，其实是'痛苦'。"李斯笑道，"姜公子心中的愧疚，才是王上最想要的答案。"

天色已然全黑，马车自驿馆驶出，辚辚而行。

咸阳城中已然宵禁，不时有巡逻的队伍经过。但有廷尉李斯在，车夫在灯笼旁挂起通行标记，这一路自然无人阻拦。马车行驶得又快又稳，偶尔路过些灯火人家，便会有些微光自窗帘透入。姜明鬼、荆轲、李斯、王翦相对坐于车中，各怀心事。

"秦王早就知道我们此行的目的？"荆轲忽然问道。

"王上什么都知道。"李斯微笑着，一面说一面已打开一具食盒。

虽然秦王的目标无疑仍是姜明鬼，但他们的行藏既然暴露了，所有的计划都已落空。荆轲心灰意冷，自忖必死，索性要求与姜明鬼同去面见秦王。即使死了，也要死在秦王面前。

李斯和王翦对此并不意外，让荆轲一同上了车，只是令他们将佩剑除下。

姜明鬼他们两手空空，准备多日的樊於期的人头、督亢地图、淬毒短剑，都已不能带入。反倒是秦王之前赐下的两盒点心，原本不过是借赐食之名令他们心生松懈，待到曾沫被杀，却又被李斯一一收回，这时抱在怀中，如获至宝。

"他怎么知道是我？他怎么找到的我？"姜明鬼问道。

"因为你们把樊於期将军的人头带回来了啊。"李斯喜滋滋地从食盒中拣出一粒肉丸，问道，"这个……你们不要了吧？"不待姜明鬼与荆轲回答，他已塞入口中，细细咀嚼，状甚享受，道："这可是咸阳名厨所制，不能浪费了——当日王上和樊将军约定，他只有找到了你、确认过你，才会把自己的人头交出，由你带回。"

姜明鬼一愣，樊於期当日的种种欲言又止登时浮现在他眼前。

——"你来了，我就该死了。"

——"我们果然没有看错你！"

樊於期在最后临死前仰天痛饮，放声大笑。

而他所说的"我们"，原来不是他与燕丹等人，而是他与嬴政！

姜明鬼只觉胸口气闷，这似曾相识的一幕，直令他几乎一口血便要呕出，道："所以，樊於期根本不是畏罪潜逃，而是受嬴政所差，引我来此？"

"你若已消沉堕落，他便不会找你；你若因与王上为敌而出口不逊，他也不会认你；你若甘愿为燕丹所用，他便早已放弃了你；你若已成不择手段之人，他怕早就杀了你。"李斯大笑着，道，"我虽然不能确定他到底如何试探了你，但按照我们之前的计划，他既然肯将自己的人头托你带回，想必你仍是王上口中那个不畏强权、不为利诱、独来独往、又臭又硬的一块烂石头！"

原来，便连当日樊於期向他透露嬴政的身世之谜，也是对他的试探。

那时他若同意以此为要挟，刺杀嬴政，便可能立即招致樊於期的暗杀，死在小山殿中。

姜明鬼回想那豪迈、苍凉的男子，他醉生梦死，他慷慨悲歌，他与自己一同推敲刺杀的计划，在空荡荡的大殿中，反复演练着日后的每一动、每一击。

——那些都是假的吗？

——都只是让自己懈怠，好让他从旁考察吗？

"不可能！"荆轲在旁叫道，"燕丹太子早已提防樊於期有诈，着人查得清楚，樊於期全家皆在咸阳被杀。他逃到燕国，根本是走投无路！"

"当年他错失战机，兵败李牧之手，致使数万大秦精兵战死，险些为吕不韦满门抄斩。是王上看他虽不聪慧，尚有忠勇，才让他免于死罪，留在身旁，他因此欠了王上一条命。原本尽忠职守，也就罢了，可他仍然辜负王上的信任，铸成大错。"李斯又拣了几粒炒豆，咯嘣咯嘣地嚼着，道，"此次王上紧急搜寻故人，向天下派出数名死士进行考察，本是没有他的，可他一心要功赎罪，竟自灭满门，断了退路，王上这才将去找姜明鬼的任务交给了他。"

荆轲的身子随着车辆颠簸，两眼空洞，显然已被惊呆了。

姜明鬼暗暗叹了口气，想到燕丹策划数年，遍寻高手，连自己的一双手都搭进去了，最终却为樊於期所乘，整个计划反为嬴政所引导，不禁想要为他一哭。

可是这般说来，若一切根本不是为了寻找"刺客"，那嬴政的计划，又到底是为了什么？

"你派出了多少人？嬴政……还找了谁？"姜明鬼问道。

"墨家姜明鬼、儒家曾沫、道家鹿元以及农家孙稷秋——你们每个人都是王上千挑万选,曾于游学天下之时见过面、交过手的当世英雄。王上派出四名死士,分别去找你们。可惜鹿元不幸身死,孙稷秋反为死士所杀。只有你和曾沫通过死士的考验,也按照我们的计划被齐、燕两国推为刺客,及时来到了咸阳。"李斯笑道,"可惜曾沫终究没能通过最后的考验,倒在了王将军的箭下。"

王翦横弓膝上,一双眼冷冷地盯着姜明鬼,哼了一声。

"嬴政如此设计,到底要找我们做什么?"姜明鬼问道。

"有一桩天大的好事,等着你们。"李斯笑道,"不过,那首先须得证明,你们是天大的好人才行。"黑暗中,他的一双眼睛闪闪发亮,道:"便如曾沫一般。据王上所言,十几年前他们相识的时候,曾夫子以仁义待人,心忧万民。按王上的推测,他即便为了更多的人,选择了不杀囚徒,也不会如今日这般理直气壮。可惜十几年过去,曾夫子在齐国做了官,经了事,终究令他失望了。"

嬴政之前如何认识曾沫,便是姜明鬼也不知道。但听李斯的口气,曾沫、鹿元、孙稷秋都如自己一般,是那秦王极为了解,又极为看重的。

"最后考验你们的那宗悬案,是王上亲自出题。"李斯悠悠道,一面说,一面打开了放在一旁的第二具食盒,"那悬案中的囚徒,其实便是王上本人——这天下间还有哪座监牢比王宫更大?还有哪个囚徒的生死,比王上更关系天命?你们来刺杀王上,不就是断定了王上有罪?"

一瞬间,姜明鬼只觉一盆冷水当头浇下,激灵灵打了个寒战。

将囚徒与秦王这两个身份对应之后,那明明天差地别,却莫名贴合的感觉,直令人毛骨悚然。

——而嬴政描述那囚徒所用的"十恶不赦""弑父鸩母"等诸

般大罪,结合当日樊於期所说的秘事,更似饱含悲怆。

"王上允许你们杀死那个囚徒,或者释放他也行,但无论如何,一个真正的好人必会对此感到痛苦。"李斯吮着沾了油渣的手指,声音渐冷,"无论是为死去的人也好,还是为无辜被牵连的人也好,无论是仁爱也好,是兼爱也罢,王上希望他最后接见的,是愿意全面看待此事的人。"

"原来,便只是这么简单。"姜明鬼叹道。

"不过,你们气势汹汹而来,真的知道自己是为什么来刺杀王上的吗?"李斯忽然问道,"或者说,在你们看来,王上的罪,到底是什么?"

他这问题问得实在太过简单,以至于令人无法回答。

——于私,嬴政偷师百家,残害同门,罔顾人伦,弑父杀母;

——于公,秦国连横齐楚,背信弃义,屠城灭国,血流成河。

嬴政罪孽深重,这其中的每一项放在别人身上都死不足惜,可李斯这样直白地问出来,却让人觉得身在帝王之家,骨肉相残已是常事,那些事固然不对,但难定这样一个国君的死罪。而他也深知这点,竟似设下了一个陷阱,姜明鬼与荆轲无论提出哪一桩重罪,都会被他反驳并因此落于下风。

马车一路向前,所遇盘查越来越多。李斯终于叹了口气,依依不舍地将还未吃完的食盒盖好,旋即来到外面亲自应付。车帘外的光亮越来越多,车轮声与马蹄声不知何时已变得很响。终于"嘎吱"一声车停了下来,外面传来李斯的声音:"姜公子,我们到了。"

车帘一挑,李斯道:"姜公子、荆先生,请。"

他们鱼贯下车,只见月光如水,他们所处之地乃是一片平坦空旷的广场,广场四面环绕宫殿,黑沉沉的只见剪影,但檐角高耸,直插青天。

他们正面的一座宫殿,坐西向东,巍峨磅礴,如同虎踞龙盘。

"这里,便是大秦的章台宫了。"李斯笑道。

姜明鬼与荆轲对视一眼,愈发不知这秦王君臣的打算。

李斯在前面带路,姜明鬼和荆轲一言不发紧随其后,王翦则落后数步,远远地吊在后面,仿佛押解一般。一行人走上长长的石阶,越行越高,却觉万籁俱寂,本该戒备森严的秦宫之中,直似再没有半点生人的气息。

"嬴政到底想干什么?"姜明鬼问道。

"若只是杀你的话,王上不必这么大费周章。"王翦冷冷地道。

李斯奋力推开沉重的殿门,只见昏昏沉沉的大殿之中,只有王座之处灯火明亮。

那似曾相识的大殿,自然比燕国的小山殿要宏大得多。隐藏在昏光中的巨大梁柱如同暗藏猛兽的参天古林。王座处的灯火被黑暗重重蚕食,明明极为明亮,却总给人一种随时会熄灭的危机感。

"是谁来了?"一个声音问道。

那声音低沉沙哑,却似带着金铁之声,如同猛兽低啸。

即便早有准备,姜明鬼仍觉天旋地转,昔日噩梦仿佛又重现眼前,一时竟说不出话来。

李斯在一旁大笑道:"回禀王上,果然是姜公子通过了考验,随我等同来。"

"姜明鬼,"灯光中的那个人大笑道,"你总算不曾令寡人失望。近前来!让寡人看看,你这些年有没有什么长进!"

姜明鬼迈步上前,渐渐冷静下来,只见烛光掩映之下,那人傲然坐于王座之上,腿上盖着一条毛毯,横着一口五尺长剑。他身材高大,肩膀宽阔,鹰鼻隼目,顾盼之间,一股将天下视为己物的豪气扑面而来。

"是……是秦王?"荆轲在一旁颤声问道。

"是秦王。"姜明鬼低声道。

他目不转睛地盯着嬴政,心中的恐惧、愤怒、狂喜、释然混合交织,形成一股充沛杀意,充溢胸间。他的脚步不觉加快,直至来到王座阶下七步之处才停下脚步。

李斯、王翦一左一右,在他身边戒备。

嬴政也望着他,鹰隼般锋利的一双眼中,一抹笑意一闪而过。

直到这时姜明鬼才注意到,原来在嬴政的身旁,还有一人一直低眉顺眼地随侍左右,看那打扮乃是一个医者。

"你居然做了燕国的刺客,来杀寡人?"嬴政居高临下地问道。

"你侵犯六国,毁人宗庙,引得天怒人怨,兵戈四起,我因此来杀你!"姜明鬼冷冷地道。

有关嬴政之"罪",李斯在路上早已问过。

姜明鬼虽没有万无一失的答案,但再三斟酌,也可以立刻作答。

"侵犯六国?"嬴政却似对他的回答颇为失望,道,"天下哪有什么六国七国?大家本来都是周天子的诸侯、分封各处的兄弟,只是因为分离日久才渐渐疏远,称王称霸。寡人灭韩赵、平魏楚、伐燕齐,不过是要将原本破碎的天下重新统一,避免兄弟阋墙、骨肉分离,又有什么错呢?"

"如你所说,各国久已疏远,书不同文,车不同轨,你强行统一又有什么用?"

"春秋之时,宋襄公与楚国交战,不肯乘人之危,是为守仁;晋文公对垒秦军,犹记退避三舍,是为守义。那时,两国交战只争胜负,不求杀戮,尚有存亡断续之德。"嬴政冷笑道,"因为那时周天子尚在,各国虽然割据,但藕断丝连,打起仗来也还有分寸。"

他的手指叩在乌黑的剑鞘之上，嗒嗒作响，隐隐有千军万马之势。

"但分裂日久，各国便日渐疏远，建宗庙、敬鬼神、变文字、著国史，每一战寸土必争，与敌国水火不容。七国争霸以来，屠城、灭族、杀降，不胜枚举：垂沙之战，齐军杀楚军二万；长平之战，秦军杀赵军四十万；宜安之战，赵国杀秦军十万……各国分离日久，仇恨日深，若再不将它们归于一处，任其发展下去，只怕它们便真的永为异邦。到那时，两国交战所死的人，更要远胜今日。

"你们要来刺杀寡人，只是因为秦国强大、六国弱小，便自以为要锄强扶弱。自古以来，同情弱者，逞一时之侠义，是何其容易的事！可是杀了攻打燕国的寡人，你们就真的能解决燕国的问题吗？你们能令燕国永远存在下去吗？你们能令燕国强大之后，不去侵犯别国吗？你们能令燕国的国君，一直爱护燕国的百姓吗？若都不能保证，则你们杀了寡人，又对燕国有什么好处？燕国也不过是被你推回一个国弱、君昏、臣疲、民困的泥潭之中，什么都不能改变。"嬴政厉声喝道。

"即便国弱、君昏、臣疲、民困，那也是燕人自己的事。"姜明鬼高声回应道，"一家之事，不劳外姓；一国之事，不劳外国！你擅入他国，便为侵略，即便你说得再好听，也不过是狡辩罢了。"

"好一个'一家之事，不劳外姓；一国之事，不劳外国'。"嬴政大笑道，"若真是如此，当年的墨子又为何要援宋退楚？你姜明鬼又如何会一次次卷入韩国、赵国的灭国之战中去？"他啐了一口，道，"墨家自觉智慧高深，小取城弟子自负武力强横，你们根本便是热衷于干涉别人的家事、国事。只不过觉得自己是好人而已，便不觉得那是'侵略'了。"

"不一样！"姜明鬼面上青气涌现，反驳道，"墨家所求的，是非攻，是止息战争，令人们免于战祸。"

第九章 铁石心

嬴政放声大笑，道："那便更令人齿冷了。所谓非攻，不过是懦夫行为！令各国维持现状，死水一潭，最是简单不过。各国百姓是死是活，自生自灭，也与你们无关。你们救一城、救一国，侠名远扬，但你们的肩膀上，可曾有半点担当？"

"墨者肩担天下，何曾逃避过任何压力？"

"以一当千，墨守孤城，便以为自己孤勇无双；但'变'的压力，你们可曾碰过？"嬴政森然望着姜明鬼，道，"统一天下，令六国百姓痛失其国，然后承担他们的仇恨、肩负他们的命运、引领他们的前途，给他们一个更好的大国。这样的压力，你们可敢承担？"

"为什么一定要统一六国？"姜明鬼怒斥道。

"因为唯有统一，才能无论东西、不分南北，令物产共通、旱涝互助。"嬴政望着姜明鬼，冷笑道，"墨家讲求兼爱、非攻，可这天下间，只有寡人能真正将其实现！"

那是他早已准备好的圈套，眼见姜明鬼一跃而入，他的双眼明亮，笑容几近凶恶，道："六国尽覆，天下统一，再也没有战争，自然便非攻；所有人都是寡人的子民，一视同仁，自然也无论亲疏，成为兼爱。而若统一才是正确的，那你们所谓锄强扶弱的侠行，岂不是倒行逆施？"

这人的自信如同剧毒，只让人看见、听见，便已周身麻痹、头晕眼花。

——非攻的信念想要实现的，就是秦国不能统一、七国分疆而治的世界吗？

"但凭什么是秦国统一！"姜明鬼最后挣扎道，"你穷兵黩武，所过之处血流成河，又凭什么替天下人决定？"

"因为寡人比天下人都强。"嬴政傲然道，"寡人觉得对，寡人就敢替天下人决定。即便造成杀戮，是功是过，寡人也能一肩扛之。可是你们敢吗？你们现在来杀了寡人，天下继续分裂，重燃战火，再添仇恨，更多的人因此而死，这个责任，你们墨家弟子的肩膀能扛住吗？"

剑光一闪，嬴政已将六合长剑拔出鞘来，剑尖直指姜明鬼。

居高临下，剑尖虽然距姜明鬼五尺有余，但姜明鬼眉心剧痛，却似已被他刺伤了。

姜明鬼脸色数变，在这一瞬间，两种选择的结果像是随着那凛冽剑气，蓦然出现在他的眼前。

如山的压力从天而降，压得他肩膀一沉，脊椎咯咯作响。

"姜兄！"荆轲在后面低喝道。

却见姜明鬼低着头，忽然呵呵而笑。紧接着他深吸一口气，腰背一挺，蓦然之间，一身古木之力大张，硬生生地顶住了那压力。青气覆面，他形同厉鬼，一步向前，直以额角抵住了嬴政的剑尖。

"你巧舌善辩，在小取城时，我便辩不过你。"他森然瞪视着嬴政，道，"可是你骗不了我了。"

"寡人何曾骗你？"嬴政冷笑道。

"若是一切都如你所言，你比天下人都强，能承担一切战乱的后果，那你早就杀死我了。"姜明鬼森然道，"你要杀我，何其容易！可是你赢过我一次、两次，却还是要让樊将军将我引来，再将我击败第三次。"

他用额角，硬生生将嬴政的六合长剑剑尖推回。

"因为你根本不确定你的独尊之道一定是对的！你再怎么说得言之凿凿，却藏不住你的行动仍在怕我，仍然知道墨家的兼爱之道也可能是对的。"姜明鬼咧嘴而笑，"嬴政，这些年来，不是只有你一人叱咤风云，日渐强大，我姜明鬼虽如孤魂野鬼，四处流浪，可我也见过许多人、许多事，我也比之前更厉害了。"

是的,他经历了许多人、许多事。

若无麦离,他也许仍然脆弱;若无石青豹,他或许仍然天真;若无罗蚕,他或许早已死去……

若无鲤女,他根本不会站在这里。

若无邢裘,若无辛天志,若无公冶良,若无蛇公子,若无虎夫人,若无支离节,若无高渐离,若无韩王,若无赵葱,若无郭开,若无孟损……

若无秦王嬴政,他根本不会是今日之姜明鬼。

当年他们因争辩兼爱与独尊而分道扬镳。十余年来,姜明鬼胜少而败多。可是从答允鲤女,前来刺杀嬴政之日起,他即便仍不敢说通晓兼爱之道,但至少,他已下定决心,绝不会再被别人三言两语便弄得意志动摇。

——鬼。

姜明鬼森然望着嬴政,他如今已舍弃了姜明鬼的身份,只是一具替天明道的厉鬼。

一切不兼爱之人、不悔改之人,皆为非人。

——非人皆可杀之!

便如猛兽相博,他们四目对视,只须嬴政的心中稍露怯意,姜明鬼便会将这不可一世的秦王一举格杀。

"好。"

他如此强硬,嬴政却只说了一个字。

"唰"的一声,那大秦之主已将长剑收回。迎着姜明鬼的视线,他双目明亮,眼中神色像是极为厌恶,又极为欣慰,极为痛苦,极为释然,道:"这样,你才值得寡人苦等至今,来此见你。"他轻叹一声,笑容中少了霸气,却多了几分沧桑。

"墨家弟子姜明鬼,在你杀掉寡人之前,寡人想委托你一件事。"

——委托。

杀气相搏、生死一瞬之际,姜明鬼不禁一愣,这个词,他许久没有听过了。

墨家小取城作为墨家弟子休养生息之地,时常会打开城门,接受外人委托,派出弟子除暴安良、扶危济困。而姜明鬼作为小取城中的杰出人物,当年便曾数次领命下山。

只是那一次,他奉命去救一座城,结果亡了一个国。

后来又一次,他奉命去救一个国,结果几乎亡了整个天下。

这两次,他都功亏一篑,以致心灰意冷,沉沦至今。可是突然间,这堂堂的大秦之君竟说有事要委托他,不由得令他几乎疑心自己听错了。

"我是来杀你的。"姜明鬼道。

"杀掉寡人之后,你也可以完成寡人的委托。"嬴政微笑道。

"我……已不是小取城中人了。"姜明鬼冷冷地道。

"但你永远是墨家弟子。"嬴政笑着将长剑入鞘,道,"你是否能爱寡人,如爱草民呢?"

一瞬间,姜明鬼竟有热泪盈眶之感。

多少年颠沛流离,心如槁灰,可是,原来这世上还有一个人,记得他是墨家弟子,还有一个人相信,他永远都是墨家弟子,永远都能兼爱天下。

——虽然,这个人其实是他最大的敌人。

深吸一口气,姜明鬼勉强平复心绪,沉声道:"你有什么委托?"

"寡人要你,"嬴政在王座中微微欠身,道,"在接下来的余生中,代替寡人成为秦王,扫平六国,开创统一之霸业。"

这句话越发匪夷所思,姜明鬼不禁瞪大眼睛,怀疑自己是在梦中。

"你没有听错。"嬴政叹了口气,道,"寡人命不久矣,但一统天下的大好局面,不能就此放弃。寡人因此要委托你这墨家弟子来替我完成。"

"你……怎么了?"姜明鬼看着胡言乱语的秦王,试探着问道。

嬴政咧嘴而笑,笑容苦涩。

他点了点头,示意那医者掀开羊毡,蜡烛的光被他扇起的急风吹得跳跃不止。而在那忽明忽暗的光线中,只见他的双腿赤裸,血肉模糊,满是溃痈,惨不忍睹。

即便身如厉鬼,姜明鬼心中也一阵不忍,道:"这……怎么伤成这样?"

"还不是拜你那罗蚕师妹所赐。"嬴政叹息道。

一年之前,秦国灭楚,嬴政在撤军时顺势取道攻打小取城。

于嬴政而言,小取城早已不是一个学派讲学、授徒的化外之地,而更像是独立于七国之外的第八国——墨家弟子纪律严明、本领高强、人数众多,往往几人便可决定一场战争的胜负,一城之人更足以影响一个国家的存亡,注定是不能留的。

秦军挟连胜之势,直驱山中,果然遭到比破赵、灭楚更激烈的抵抗。墨家弟子依靠山中地利,先以承字诀弟子布置多条防线,将秦军拦于城外;又以解字诀弟子偷袭粮草辎重,令秦军补给难足;接着又是破字诀弟子接连偷袭,令秦军将领损失惨重。

连战近一个月,秦军连小取城的城角都未能摸到一下,而墨家辛天志、欧洪野、公冶良等人却骁勇善战、神出鬼没,在秦军中闯下好大的名声。

不过这一切,倒也还在嬴政的预料之中。

小取城经营百年,根基深厚,本就人才辈出,更兼机关器械、储备丰富。他这一趟出兵攻打，本就是顺路一击，目的便是敲山震虎，对其施压。小取城虽然机关精巧、高手如云，但终归不过是一城之物料、一派之人才，这一个月的消耗，只怕已将其上百年的积累损耗过半。

按照嬴政的计划，这一趟他们在此停留一个月，然后便撤兵回国，略作休养，准备将剩下的燕国、齐国灭掉。

至于小取城，则当是在统一六国之后，才真正全力进攻的。

而只怕到了那个时候，小取城不仅仍未恢复元气，更因今日的威慑，上下疲于备战，心浮气躁，事倍功半。则到那时，想要灭亡小取城、活捉逐日夫人，已易如反掌。

可是这一切都直到那一日为止。

那一日，傍晚时分，嬴政正在樊於期的护卫下乘船游于黄河之上，考察水攻小取城之法。突然间，只觉头顶有一片彩云飞速掠过，他抬头看时，却见夕阳下，一人正自空中盘旋而下，向他扑来。

那人身着羽衣，双袖张开，满满地兜起风来，如同两只五色巨翼掠过天际。河面空旷，劲风扑面，他应是从岸旁高山之上飞下，无声无息地出现在嬴政头顶三丈左右的高处，正盘旋着伺机落下。

嬴政一抬头，樊於期也跟着抬头，登时看到来人，立时出声示警，船上秦兵纷纷拔剑举矛，严阵以待，更有人张弓搭箭，准备将那人射落。

夕阳余晖之下，众人看得清楚，那人眉目清秀、长发如云，原来是个女子。

"罗蚕？"嬴政轻笑道，自己也握紧了六合长剑。

空中飞下那人，正是小取城造字诀中百年一遇的奇才罗蚕，最擅长制造各种机关器物，其奇思妙想，令人咋舌。嬴政在小取城时也与她颇为熟悉，此刻见她竟从天而降，一身羽衣显然也是特殊制造，因此能御风而行。

罗蚕在空中既为众人发觉，立时一抿翅，蓦然切出一个匪夷所思的角度，猛地向嬴政所在的船上坠下。

飞行之迅速远超常人奔走的习惯，嗖嗖声中，一切向天射出的箭支皆已落空。

"噔"的一声，罗蚕已落上大船的甲板，却是落得偏了，离嬴政足有数丈之远，以至于那些护卫的长矛利箭也够不着她。落下之时，前冲之势太猛，她身不由己地向前冲出，登时擦着护卫嬴政的人群边缘，又向船舷外撞去。

而在这样的踉跄之中，她的手中不知何时多了一根竹管。

竹管只有七寸多长，色泽通红，罗蚕将它单手举着，猛地向嬴政一指！

虽不知那竹管内是什么，但嬴政身旁的护卫也不敢掉以轻心，纷纷将嬴政挡了个结实，确保那竹管中无论飞箭、毒水，都不会伤到嬴政分毫。

——挡在最前面的，正是樊於期。

可是他们仍挡了个空。

因为罗蚕那竹管一指，根本就指偏了。"哧"的一声轻响，一枚短箭从竹管中射出，斜斜钉在大船的甲板之上。

"罗师姐慢走！"嬴政笑道。

大笑声中，他分开挡在身前的人群，霍然出剑。"铮"的一声龙吟，六合长剑铿然出鞘，一道剑气瞬间飚出，直追罗蚕后心。

"嚓"的一声，三丈之外，罗蚕的羽衣在剑气中裂为碎片。可是同一时刻，她却已踏过船舷，一步跳出船外，羽衣纷飞，片片羽毛如雪。而在那飘飘碎羽下，又现出她一身闪闪发亮的鱼皮水靠。

水靠极为贴身，勾勒出罗蚕修长的身体，如同一尾跃出水面的青鱼，在空中划出一道弧线，"扑通"一声，落入水中。

待守卫们冲到船边，却见水面上一圈圈涟漪散开，那女子已沉入水中，全然失去了踪迹。

从天而降，在船上片刻不停，又借水遁而去，只在船上留下一支秀眉似的短箭，钉住了嬴政投射在甲板之上的影子。

这女子惊鸿一瞥，竟连许多嬴政的守卫都不由得心旌动摇，赞叹不已。

"可是她伤到你了。"姜明鬼皱眉道。

嬴政的腿伤得如此之重，令他不由得担心起罗蚕的安危。

小取城罗蚕也是他心中的一个痛处。那女子与他青梅竹马，自小对他有意，可他早先不愿因专爱一人而有负于兼爱大道，对她再三回避，之后又因水丰城之败心中悔恨，越发与之渐行渐远。

可是无论如何，罗蚕都对他极好，姜明鬼此时衣下的黑袍，便是她相赠的。

而在他的心中，那女子便如亲人一般，即便久久不见，杳无音信，也不忍让她受到一点伤害。

"她伤到寡人了。"嬴政咬牙道，"她那短箭上，涂有剧毒之虫'射工'的唾液。射工乃楚国异虫，惯能含沙射影，它只须射中人的影子，便可以令人中毒。"

——夕阳之下，嬴政的影子被拉得很长。

——即使在一众侍卫的包围中，也暴露在外面，因此被罗蚕一箭射中。

"真的有这般异虫？"姜明鬼皱眉道。

射工虫又名短狐，据古书所载，乃生于南方水涧之中，惯能含沙射影。中虫之人头痛目疼，状如伤寒，之后又会生疮成疖，最终病死。之前姜明鬼最后一次离开小取城时,罗蚕确也留书说,她正去捕获射工,想不到竟真给她抓获,并制成了武器。

"寡人也希望没有。"嬴政叹息道,"可惜自那日之后,寡人被她射中影子的右腿,便开始生疮溃烂,初时还以为不过是小恙,可找了无数名医,都对此束手无策,更连左腿都开始坏了。寡人这才担心起来,甚至派人去小取城求药,允诺此后可对小取城网开一面,不再攻打。可逐日夫人与罗蚕的回信中却说,此毒无药可解,寡人只能等死。"

"所以,你更要抓紧时机,覆灭小取城?"姜明鬼森然道。

小取城是他自幼长大的地方,即便他心中再乱,那里也有他此生最为珍重的师友亲人,若嬴政决心濒死一击,要对小取城不利,他便是当场血溅五步,也要与嬴政同归于尽。

嬴政听出他话中杀意,越发愤怒,狠狠瞪视着他,良久方道:"寡人若要倾尽全力,攻下小取城不过是旦暮之事。可即便覆灭了小取城,又有什么用呢?"他将羊毡重新盖好,沉声道:"若是此毒真的无药可解,那寡人即使杀了罗蚕,也没用了。"

这个一直以来永远胜券在握的男人,终于失败了。

无数次的兵行险着,无数次的化险为夷,只需一次大意、一支毒箭,便可令他的所有努力都付诸东流。那原本只是一次简单的试探、一次吞并六国前的练兵而已,谁知小取城却如此孤注一掷,一击便以玉石俱焚之势,将他逼至绝境。

他的雄心壮志、宏图大略在死亡面前,也终于毫无意义。

"现在更重要的事,便是找到寡人的继承者。"嬴政似是一下子苍老了许多,道,"他须得有足够的能力继承寡人的权柄,统率大军,统一六国;他须得有足够的意志,面对艰难困苦、臧否荣辱也能毫不动摇,执掌天下;他须得有足够的德行,爱民如子,令四海升平，百姓爱居乐业；他须得有足够的运势，能逢凶化吉，而不至于如寡人一般中道崩殂，事未竟而身已殁。"

话已至此，他的意图昭然若揭："而你，便是寡人最好的人选。"

姜明鬼只觉此事荒唐至极，向左右一望，李斯显然早已知道此事，站在一旁微笑看着。王翦在另一边，身如标枪，面色阴沉，但也不意外。

从进入章台宫后，这一文一武的二人几乎一言不发，只让姜明鬼与嬴政单独交谈，想来正是因为知道了嬴政的打算。

荆轲不由自主退开几步，离姜明鬼远了些。姜明鬼哭笑不得，叫道："我？我与你多年为敌，势成水火，怎么可能是你的继承者！何况，我哪来的能力、意志、德行、运势？我连番败于你手，岂无自知之明？"

"你身为草民，与寡人争斗十余年，难道不是能力吗？你连败于寡人之手，却还敢拔剑刺王，难道不是意志吗？兼爱天下，九死不悔，难道不是德行吗？石兰草爱上了你，七年前使你免于死在寡人之手，难道不是运势吗？"嬴政恨声道。

他口中的石兰草，自然便是石青豹。想到那女子，姜明鬼也不由得一阵心如刀绞。

"尤其是运势，逐日夫人、罗蚕、麦离、鲤女……她们用自己的命，让你活到了今日，你的运势还不好吗？"嬴政厉喝道。

姜明鬼深深闭目，他只觉天旋地转，胸口烦躁，几乎要爆裂开来。

"你……"姜明鬼艰难道，"你堂堂一国之君，竟没有太子吗？"
不知不觉，他竟已仅余抵抗。

"寡人的几个太子自幼锦衣玉食，终究少了些见识。长子扶苏好学仁厚，却未经历练，难堪大任。寡人因此列出昔日游历天下所见的四名异人，即墨家姜明鬼、儒家曾沫、道家鹿元以及农家孙稷

第九章 铁石心

秋，派遣死士前去考察。结果如你所知，只有你通过了重重考验，终于来到寡人的面前。"

"可是你知道我什么！"姜明鬼苦笑道，"我们不过是在小取城同学一年而已。"

嬴政轻轻摇头，道："不对。在那一年之后，我们一直都是敌人。因此这十几年来，你一直在寻找打败寡人的办法，寡人也一直在寻找击溃你的办法。你一定知道寡人的行事方法，而寡人对你的了解，也远比你深。"

姜明鬼苦笑道："人心似海，谁能真正了解另一个人呢？"

他拒绝别人的理解，仿佛已是本能。

嬴政看着他，忽而微笑道："那不如，寡人就来说一说姜明鬼这个人？"

姜明鬼一愣，面上青气一重，嬴政却已缓缓开口。

"姜明鬼，墨家小取城弟子。未出襁褓便遭遗弃于大取桥头，无父无母，为墨家收养。自幼宅心仁厚，坚信兼爱之道，深得钜子逐日夫人喜爱。"嬴政的声音平静悠远，仿佛真的在讲述一个不相干的人的故事。

李斯与王翦在一旁若无其事，那医者帮着嬴政将腿上的毛毡掖好。

"你修炼墨家承字诀的本领已达不周之境，肩担天下，身如铁石。普天之下，想要正面对敌赢你一招半式的人可谓寥寥。因此连寡人在内，许多人都想动摇你的心志，令你不战而败。很多人都成功了，可又没有人能彻底成功。想要让你痛苦似乎很容易，可要让你彻底痛苦，却又很难。"

姜明鬼站在那里，目光闪烁，一言不发。

"所以寡人一次又一次地击败你。"嬴政抚剑叹道，"一个人在胜利之际，可以矫饰伪装，但在失败之后必会露出本性。寡人盼望着你能在麦离之后一蹶不振，盼望着你能在石青豹之后步入歧途，但你居然一直坚持下来了。所以寡人知道，无论你怎么质疑兼爱，你的心中却一直都相信它。"

他从袖中掏出一大一小两枚印章，笑道："寡人信你，还有一个原因，便是墨家钜子也信得过你。你现在接任秦王之位，寡人还可以将小取城的石芯还你——从此之后，你便既是秦国国主，也是小取城的城主。"

那小取城的石芯，当年由钜子逐日夫人交给姜明鬼，让他行走人间，将墨家大道发扬光大，永远是一座不灭的小取城。上一次姜明鬼惨败给嬴政，一气之下将其扔弃，想不到嬴政竟一直留着它，如今又将它拿到了他面前。

"姜明鬼，钜子信得过你，寡人也信得过你。成为小取城城主，是你传承墨家的唯一出路；而成为天下之君，才是成为墨家钜子唯一正确的出路。只有掌握了万里江山，才能传承不灭的小取城。"

那两方石印，端端正正地被嬴政托在掌心。

——只要他接下，便可成为大秦之主。

——只要他接下，便可统率千军万马，一声令下，永止干戈。

姜明鬼瞪大了眼，仿佛看见在自己的治理下，六国臣服，四海归一，天下间人人兼爱，世上再无不公与不幸。

"你！"姜明鬼长长地舒了口气，嘶声道，"你真的让我来接替你的秦王之位？"

"寡人今日之死，全是你害的。寡人最讨厌你，又最钦佩你；最轻视你，又最羡慕你。"嬴政的声音，渐有怒气，道，"你或许因此一帆风顺，名垂青史，那算你的造化，天下百姓之幸；你或许只会纸上谈兵，结果遗臭万年，那就是寡人大仇得报，泉下有知，也要大笑墨家无能。"

"可是我既与你非亲,更不是秦国子民,如何能继承你的王位?"姜明鬼问道。

"你不是继承寡人的王位,你是继承寡人的身份。"嬴政见他终于将要接受,沉声道,"李斯手下有精通易容的术士,你要变成寡人,用寡人的名字、寡人的身份执掌大秦,统一天下。否则,外界知道寡人一死,朝中必生变故,大一统的大业也会因此中断。"

李斯走上前来,打量着姜明鬼,道:"姜公子五官端正,其实与王上有六七分的相似,只须小心易容,必可瞒天过海。反倒是身量上的不足比较明显,只怕姜公子以后要一直用墨家的古木之力,将身架撑起了。到时候,有我和王翦一文一武帮衬,满朝文武自然不难糊弄。"

"所以,你们真是什么都准备好了。"姜明鬼苦笑道。

"这也是我能想到的,令秦国霸业不停、王上无憾而死的最好方法。"李斯笑道。

原来这疯狂的计划,竟也有法家的推波助澜。

姜明鬼双目发直,死死盯着嬴政掌心那小取城的石印与秦国的国印。

命运何其荒谬,他原本是一事无成的布衣草民,可是突然间,却被自己最大的敌人赠予了天下间最大的权力。只要他开口一诺,便可以成为秦国的国君、小取城城主,统率百万秦军,传承墨家兼爱,扫荡燕齐,席卷六合,掌握万千黎民的生死。

"好吧。"姜明鬼轻声道,"我拒绝。"

"嚓"的一声,一柄黑剑在姜明鬼的颈侧停下,距他肌肤不及三寸。

方才那一瞬间，本应是姜明鬼开口允诺，接受秦王之位，志得意满，然后在同一时间被人一剑断首，身死命殒才对。

那一剑蓄势已久，势在必中，可是姜明鬼明明前半句已在顺从，后半句却突然开口拒绝。那出剑之人惊讶之下，在即将伤到姜明鬼的一瞬间，硬生生地止住了剑势。

姜明鬼望着自耳畔突然停住的乌黑剑身，扬了扬眉，稍觉意外。

"荆兄，"他微微叹息，道，"我现在知道你为什么会取代秦舞阳了。"

在他身后，荆轲手持短剑，正不知是该收还是该继续落下。

"你……"嬴政满以为此番姜明鬼必死，悲喜交集之际却功亏一篑，不由得大怒，叫道，"一国之君，千秋霸业，你唾手可得，怎么会拒绝了？"

"因为，唾手可得终究还是要有'手'的吧？"姜明鬼微笑道，"我的手被砍断，一定也是极痛的。"

面对着秦国的国玺与小取城的城印，有那么一刻，姜明鬼心中是动摇了的。但视线稍一游移，他却突然看到嬴政那托着两方石印的手——它们粗大、有力，托着石印，稳如铁铸。突然间，一个念头蓦地闪过姜明鬼的脑海：若是这样的手被人斩断，必定也会很痛吧？

在过去的一年中，他见识了太多的断手：鲤女的、丑三的、荆轲的、燕丹的……

荆轲的手，是他在决斗中砍断的；燕丹的手，是为了逼迫他刺秦而自断的。但这一切的源头——鲤女的手——却只是燕丹为了打动荆轲的一个筹码而已。

鲤女痛不欲生，燕丹却对此丝毫不以为意。

因为他们，根本是不一样的人：布衣平民，要的是温饱安康、无病无灾；而王侯将相，要的是名垂青史、千秋霸业。面对这样的诱惑，莫说一个贫贱女的双手，便是他们自己的手，燕丹也可以毫不犹豫地砍下来。

——姜明鬼，你的手被砍下来，会痛吗？

姜明鬼在心中问道。然后一瞬间，似乎有许多声音一起问道："姜明鬼，你的手被砍下来，会痛吗？"

那些曾被伟大的事业狠狠伤害的普通人：哭泣的女子，残缺的男人，避世的隐者，赴死的义士……——在他眼前闪过。最后，鲤女的声音最为清楚地问道："姜明鬼，你会痛吗？"

——姜明鬼，若你是那个被牺牲、被杀死的人，你会痛吗？

在那一瞬间，姜明鬼的一双眼睛穿过小取城的城印、秦国的国印，仿佛看见自己身居高辇之上，指挥千军万马，攻城略地，一路势如破竹，连战连捷。

可仔细看去，所谓"千军万马"并非一头足以覆盖大地的巨兽，而是有着无数颗头、无数只手、无数只脚……的无数个人。

那无数个人在厮杀，在吼叫，在流血，在哀号。而他们一抬头，却每个人都长了一张鲤女的面庞：鲤女乘车而去，一路不曾回头；鲤女在有巢岛的小屋中，围着火盆雪夜读书，面色莹白，双目有光；鲤女在不劳湖边迎风而立，衔泪欲滴；鲤女在支离家的草铺中奄奄一息，毫无生趣；鲤女在鹿馆抚琴，回风舞雪，长袖蹁跹。

双目微热，姜明鬼已是眼中有泪。

他曾以为欲救一城，必先救一国；欲救一国，必先救天下；全都错过以后，终于救下一人。而他曾以为那"一人"乃是鲤女，他历尽辛苦，九死一生，终于将她救了下来——可原来，那"一人"竟是他自己。

回想鲤女离去之时，曾说是她救了他。

那时他只以为，是这女子还他自由，令他前来与嬴政做一了结而已。

可是原来，那女子对他的救赎远甚于此。

"我游历乐土国，曾见过一种奇怪的异兽，名为贪耳。"姜明鬼忽然开口道，"它们只须吞食同类，便可熬过寒冬，不断变强、变大。我非常厌恶此物，因为，人，是不应该吃人的。"

他抬起头来，一直以来，那模糊的答案终于清晰起来："我永远都没有办法面不改色地让人去砍断一个女子的双手，也没有办法让人去为我冲锋陷阵，成就什么霸业。我注定不会是一名优秀的君主，即便寒冬将至，但只要一息尚存，我也只愿爱人，不愿吃人。"

一种全新的对兼爱的理解令他振奋起来。姜明鬼轻轻弹了弹荆轲的黑剑，道："不过，看来我这份短视，却救了我一命？"

千里江山，唾手可得，无论什么人面对这样的诱惑时，都不免心神激荡，尤其在最后决断之时，更是全神贯注，周身破绽百出。那时荆轲的一剑袭来，姜明鬼毫无戒备，几乎真的死在这里了。

"荆兄的剑，不应停下。"姜明鬼沉吟着，忽然一掀眼皮，雪亮的目光望向嬴政，道，"还是只有我允诺接替秦王之位，你们才会杀我？"

他整个人放松下来，便连古木之力都已卸掉。

偌大的秦王宫于他而言，忽然似山间林下、湖畔田旁，自在逍遥。

"手。"嬴政咬牙道，"原来又是一个女人救了你。"

他一路调查姜明鬼，自然明白姜明鬼所说的"女子"是谁、"贪耳"为何物。想到半年多的计划尽数东流，他顿时泄了气，随手将小取城石印抛给姜明鬼，道："这次是寡人命该如此，你走吧！"

"所以，你并没有真的打算把秦国传给我啊？"姜明鬼笑道。

第九章 铁石心

"一国之君,日理万机,岂是你这般江湖草莽能担当的。"嬴政冷笑道,"寡人说让位给你,不过是想看到你利欲熏心的模样,然后杀了你。"

"为何要如此大费周章?"姜明鬼奇道。

"因为,寡人要让你死得毫无怨言。"嬴政冷笑道,"当你同意接任秦国国君之位时,你便背叛了小取城,不再是墨家弟子姜明鬼。石兰草与你的旧情、寡人与你的旧义,便都不复存在。寡人杀你,亦成理所当然之事。"

嬴政长叹一声。

事实上,李斯等人早就劝过他,让他下令缉拿姜明鬼,将那墨家的弃徒杀了便是。

但嬴政知道,他们十余年的争斗若没有一个最终的结果,他堂堂秦王若不能彻底击败这时乖运蹇的布衣之人,便是治好了腿,统一了天下,那一份心中的不安也将永成大患。

"那我要感谢你了。"姜明鬼笑道,"能得秦王以旧人待我,不胜荣幸。"

"不必造作!"嬴政恨声道,"你滚吧,去找你的罗师妹,告诉她接下来的天下大乱、烽烟再起全都拜她所赐。"

"你果然还是被罗蚕打伤了吗?"姜明鬼问道。

"打伤了。"嬴政恨道,"不过并非无药可救,而是需要你的血。"

"我的血?"姜明鬼一愣。

"我是王上座下的太医夏无且。"那一直垂头侍坐的医者忽然抬头道,"王上所中射工之毒,固然极为难解,但其实也有先天相克之物,便是生长于太华山的异兽肥遗的内丹。只是那异兽难找难寻,我们所知道的近十年来所面世的一只,也已为罗蚕捕杀。"

居然又与罗蚕相关,姜明鬼苦笑道:"所以,你们是要与她不死不休了。"

"是，却也不是。"夏无且微笑道，"肥遗固然稀有，可我们也因此知道，罗蚕手中早已没了它的内丹。王上便是抓住她、杀了她也于事无补。那枚宝贵的内丹被她送给了你。"

此言一出，姜明鬼不由得大吃一惊。

"是……是那枚丹药？"心念电转，他已想了起来。

七年前，他第二次离开小取城的时候，罗蚕曾托小取城内的师伯送了他一件黑袍、一枚丹药及一封信。那黑袍直至今天仍穿在他的身上。那枚丹药，却在他挑战无赖家时被铜锤几次砸头，重伤之际用以救命了。

那丹药药效极其神奇，一经服食，立时化瘀血、结新疤，几乎令他死而复生。

"原来是它。"姜明鬼喃喃道。

罗蚕竟给了他如此珍惜的灵药，却连那灵药的名字都不曾提及。

那女子对他的关心与苦心，即便过去了这么久，即便姜明鬼是铁石心肠，也不由得暗叹一声。

"肥遗内丹最擅长化血生髓，若有它作为主料，我再配以其他药材，必可将王上之毒清除。"夏无且叹道，"可惜那内丹我却都知道，已被你吃了。为今之计，唯有杀你取血，炼出你体内的药性，才能救下王上一命。"

"原来如此。"姜明鬼点头道。

嬴政此次杀他，不是因为争斗，而是要取他的血来救自己，因此不愿稍有愧疚，于是设下连环毒计，不惜忍耐数月，也要一重重引诱姜明鬼，想令他妄自尊大，背弃一直以来的墨家之道，作为一具行尸走肉而死。

可是关键时刻，鲤女的一只"手"，却救了他。

毫厘之差，姜明鬼便是万劫不复。这一次他死里逃生，其凶险之处远非荆轲挥出的那一剑所能概述。姜明鬼微笑着，劫后余生，也不由得有些后怕。

"那曾沫呢？"他问道，"曾沫不也是你凭死士请来的？"

"曾沫只是齐国的刺客而已，适逢其会，并非寡人设计找来的。"嬴政冷冷道，"什么道家鹿元、农家孙稷秋，也都只是虚名，将你放于其中，正好藏起寡人的目的。再将曾沫杀了，又令你多信三分——反正死无对证。可惜棋差一招，如今寡人已不能杀你，你便带着你的石印、宝血，滚吧！"

姜明鬼看着嬴政，心中不喜不悲。

那穷途末路的秦王，颓然坐在王座之上，即便仍能言语跋扈，却斗志全无。

刚才两人关于兼爱的争辩，忽又回响在他耳边。他与对手争辩了十几年，却胜少负多。可是这一次，嬴政，这个也许比他更为出色的小取城弟子，终究是输给了他。

——只是嬴政所谓的"国君兼爱万民"的道理，到底有多少是空谈，又有多少可以成真呢？

姜明鬼心潮翻涌，却不得不承认，嬴政的话确曾令他心动。

若真有一个独尊的帝王如钜子一般雄才大略、爱民如子，功盖三皇，德过五帝，则他真的能治理天下如统率小取城一般，令四方百姓永无饥寒、贫病之苦吗？

在这世上，或许永远都会有强弱之分、君民之别。他一人一剑，落拓半生，救城亡城、救国亡国，虽然问心无愧，但于世人而言，他的兼爱又有何用？寒冬将至，一只不愿吞食同类的贪耳，或许只能等死而已；但一只敢于吞食同类的贪耳，则或许可以变成饿狼、变成猛虎、变成神龙。

"夏太医，"姜明鬼忽然一阵轻松，道，"你们今日杀我取血，可备有容器吗？"

夏无且一惊，从身旁拿出一只水晶盆来，道："有的！"

姜明鬼微微一笑，道："请李廷尉将它拿来吧。"一面说已向荆轲伸出手来。荆轲一愣，连忙将手中黑剑一转，递向姜明鬼。姜明鬼的古木之力早已卸去，向自己的腕上一剑割下，鲜血汩汩而流，李斯捧着那水晶盆疾奔过来，接下药血。

"姜兄！"荆轲在一旁脱口叫道。

嬴政也大吃一惊，道："你愿意以血来救寡人？"

姜明鬼看着一道血泉流入盆中，微笑道："你以旧人待我，我便以故交待你。何况兼爱与独尊的争论，我们并未有定论。我因兼爱，特来救你；你所说的贤王独尊之道，证明给我看吧。"

"你不是来刺杀寡人的吗？"嬴政大喝道。

"嬴政身中剧毒，已然死了。"姜明鬼微笑道，"我此刻救的，乃是墨家弟子秦雄。他深谙墨家兼爱之道，与我同为小取城四杰，如今即便杀我，也愿大费周章，让我死个心服口服，不愧侠者风范。不过今日我虽以血救你，他日你昏聩残暴，我自然也会提剑来取你性命。"

他那胜券在握的神情，深深刺痛了嬴政。秦王怒喝道："只怕下一次，你未必杀得了寡人！"

"不，我一定杀得了你。"姜明鬼道。

他抬起头，虽然未用古木之力，但在烛影下看来却极为高大。

"在这世上，一定有两种人。一种为'君'，可以统千军、御万民，锦衣玉食，屠城灭国，独尊一方；另一种为'侠'，不过是练一剑、杀一人，漂泊四处，瓢饮箪食，但求无愧。"

鲜血汩汩，那水晶盆中积血渐多。

第九章 铁石心

"你是君。我希望你会是一位贤君,虽然难免杀戮,但终归能靖平四海,令百姓安居乐业。"姜明鬼道,伤口一旦凝血,他便在手腕上再划一剑,"而我是侠。也许一辈子一事无成,但定会一直看着你。一旦发现你已成昏君,残民以乐,那么上天入地,千军万马,我也会杀你。"

姜明鬼脸色渐渐苍白,终于身子一晃,站立不住,这才扔下黑剑,掩住了伤口。

"便先给你这么多吧。"他微笑道,"我的命,也终须为你留着。"

李斯如获至宝,连忙将药血捧回。嬴政眼见宝血盈盆,自己生机再现,不由得心中激动,道:"夏太医,这么多血,够吗?"

夏无且微微点头,道:"以这盆血提炼出的药量,当可确保王上四十岁之前,毒伤不发。"

"四十岁之后呢?"嬴政一愣,问道。

"四十岁之后……"夏无且犹豫了一下,道,"臣炼制丹药,远赴仙山,无论如何,必可另觅良方,保得王上万寿无疆。"

嬴政深深吸了一口气。片刻之前,在下令放走姜明鬼的时候,他本来坦坦荡荡,做好了必死的准备。可突然间,姜明鬼却重新给了他生的希望。于是他可以伤腿痊愈,重掌权柄,挥鞭所向,终于实现一统六国的霸业!

——可是四十岁……

——四十岁的时间,不够啊!

统一六国之后,他还有太多的事要做:北方的匈奴、南方的百越、六国的旧患、百家的邪说……他都须一一治理,方能保得大秦长治久安、千秋万载。若只活到四十岁,却哪里能够!再将希望寄托于丹药仙术,又怎么行!

——更何况,他还要一直欠着姜明鬼的恩情。

——一直被这人暗中窥视，随时刺杀？

在这一瞬间，他之前询问姜明鬼的问题，突又跳回了他自己的脑海中。

——杀一人而害天下，可乎？

——杀一人而救天下，可乎？

"姜明鬼，"他把心一横，突然开口道，"把你所有的血留下。"

昏昏大殿之中，忽然卷起一阵阴风。

"你……要我所有的血？"姜明鬼问道。失血过多已令他足下不稳，摇摇欲坠。

"你救了寡人，就要救到底！何况你救了寡人，就是救了天下。"

"那，你是在要我的命啊。"姜明鬼笑道。

"你既然兼爱天下，那在救人的时候，又岂能退缩？"嬴政森然道，"用你一人之命，换天下百姓的福祉，也死得其所，寡人是在成全你！"

姜明鬼抬起头来，有些恍惚地望着嬴政。

那一向眼高于顶的大秦之主，在这一刻似乎已变了。他魁梧的身子在烛火中抖动，长长的影子里忽然间像是开了锅似的，蠕动着一个个人影。姜明鬼定睛看去，却见那些人彼此撕咬，相互吞食，如疯了一般。

"王上，"他忽然轻笑道，"这一次，你真的输给我了。"

十余年来，他们二人争斗不休。用剑、用心，更用天下的气数、人心的向背，相互攻击。姜明鬼因为早已对兼爱有所动摇，以致每到关键时刻，便会破绽百出，不仅被嬴政数次取胜，更连累多位爱人惨死。

但无论多么痛苦、多么绝望，姜明鬼其实从未改变自己，放弃

第九章 铁石心

对兼爱的坚持。

因此，便连嬴政也知道，姜明鬼一直未曾尽输，自己也从未真的全胜。

但这一次，嬴政在败给他之后，竟然背信弃义，一瞬间化身为贪生怕死的君王。

——还有什么，比这一场败北更令人失望呢？

这是姜明鬼第一次将嬴政称作"王上"。那笑容直如最为恶毒的皮鞭，抽在嬴政的脸上，几乎令他跳将起来。秦王怒喝道："你如今失血太多，已无一战之力！你若知道害怕，便不要反抗——寡人可以给你个痛快。"

"不要杀我。"姜明鬼大笑起来，"你此刻杀我，此刻便成暴君。从此天下侠者，都可前来取你性命！"

"寡人在此时此地杀了你，谁会知道？"秦王冷笑道，"寡人即便身为暴君，但他日清剿百家，杀尽小取城弟子，也不过易如反掌。到时候，人们连兼爱都不知道，连仁义都不曾听过，哪里还有侠者，谁还敢向寡人拔剑？"

"会有的。"姜明鬼哑然笑道，"我终于明白了兼爱的真正意义，也更加坚信，独尊绝不可能消灭兼爱。"

自拒绝秦王的"让位"之邀，将嬴政逼得暴露本性之后，他整个人似乎豁然开朗，也解下了一直蒙在眼上的红布。

——便是逐日夫人以身事魔的旧事，也突然被他想通了。

"那又是什么？"秦王不耐烦道，"你每每似有所得最后不还是一塌糊涂？"

姜明鬼微笑着。事关逐日夫人与小取城的声誉，他自然不会多言，但实在感到天高地阔，心花怒放。羊辟为何会见到他之后，突然自残双目，引颈就戮？原来逐日夫人让他去看的，不是她曾施舍羊辟以"爱",而是要让姜明鬼看见羊辟对她那炽热疯狂的爱。

——那杀人魔星,是那么地深爱逐日夫人。

——他怎么会这么久才看明白呢?

"我以前一直想的是,所谓兼爱,便是我去爱所有人。"姜明鬼微笑道,"如今我才明白,原来,别人也爱我,所有人都爱我,也是兼爱。"

——便如羊辟,爱逐日夫人一般。

站在秦王阶下,这虚弱之人,一瞬间竟有顶天立地之感。

"蒙你提醒,我才终于发现,曾有那么多人关心过我、帮助过我、爱过我。而我却一直闭目塞听,只沉迷于自己的一点感悟,错过了那些善意。所幸那些善意是那么多、那么坚不可破,所以直到今天,我终于发现了它们。"

——麦离、绿玉络、石青豹、鲤女。

——逐日夫人、羊辟。

——罗蚕、辛天志、黄车风、欧鸿野、公冶良……

——虎夫人、高渐离、支离节、孟损……

那些爱人、友人、亲人、路人……原来都曾帮助过他,成就了他。他们对他的爱,有的多,有的少,有的炽热,有的深沉,有的清晰,有的模糊,但当姜明鬼此时回想起来,却只见他们眼中的温柔。

"物伤其类,人同此心。"姜明鬼慢慢地道,"墨家的先辈,本就是游侠与败兵而已。见过了强者,所以才要爱护弱者;失去过家人,所以才关爱外人。你永远没办法消灭兼爱——因为那种善良,存在于每个弱者的心中。"

"一派胡言!"秦王暴跳如雷道。

"并非胡言。"姜明鬼微笑道,"你可以杀死我,也可以攻破小取城,甚至可以消灭墨家,但你永远无法消灭兼爱,消灭侠者。

只要这世上还有善良的人，便会有人因不满于不公而反抗；只要这世上还有弱者，便会有人一再同强权战斗。"

他摊开手掌看着掌中的小取城城印，突然重新握拳，拳向秦王。"正如今日，你可以杀我，但小取城，将从此永在人间。"

尾 声

在今日之前，荆轲从未想过，这世上有如姜明鬼一般愚蠢的人。
　　他在武阳城中训练秦舞阳时便收到一封密信，劝他转投秦国。虽然未见署名，但他那时心灰意懒，既被姜明鬼夺去名字，又被秦舞阳再三鄙视，一怒之下，便真的毒杀了那少年，然后自告奋勇，跟着姜明鬼来到了咸阳。
　　到了咸阳，他又按密信所示，暗中联系上了廷尉李斯，才知道那发出密信之人，竟是已死的樊於期。
　　那时他便知道，姜明鬼已掉入巨大的阴谋之中。
　　秦王那巨大的阴谋令荆轲不寒而栗，眼见姜明鬼懵然无知，更深深庆幸自己弃暗投明，不至于陪其枉死。
　　李斯令他监视姜明鬼，直到今日将他们带入章台宫，才在路上又给了他新的命令，一旦姜明鬼同意继任秦王之位，便立时杀之！
　　荆轲因此自食盒中得到短剑，时刻准备下手。
　　他们这一行人中，明明是王翦的武艺更高，可李斯偏要让姜明鬼死在伙伴手中。荆轲初时尚觉不安，可待到听了秦王与姜明鬼的对答，终于了解了两人的纠葛，却也明白了其中的深意。

——姜明鬼口口声声讲求兼爱，却在巨大的权力诱惑面前倒向独尊，然后在这一刹那，被他原本信任的朋友杀死……

——其杀人诛心，何甚于此！

他在姜明鬼的身后，眼见这曾经夸夸其谈、一再教训他与燕丹的墨家弟子，终于一步步走向权势的王座，暗中握着短剑，心中鄙夷之余更充满了报复的快慰。

——可是姜明鬼居然没有接任秦王之位？

荆轲一剑再也斩不下去，只觉天旋地转，不敢置信。

——而他甚至还自愿流血，去救了秦王。

这是何等糊涂的事！荆轲在一旁看着，却觉喉头哽咽，说不出话来。

身为平命家弟子，他一直认为，人和人的命都是一样的，所以他可以用自己的命去换任何人的命，与任一剑豪、名将、君王、圣贤同归于尽。直到败给姜明鬼，他那一身杀气尽泄，再也聚集不起来，他再也不能和人以命搏命，对姜明鬼的恨更是无以言表。

直到眼见姜明鬼以弱敌强，他早已死去的心，突然跳动起来。

——弱者。

——弱者！

他想起了自己的一生，回想起那吃不到口的祭肉、依依不舍的邻家女孩……原来自己此前曾那般弱小，被恶霸、被乡绅、被匪徒、被贵族所欺负，他只是因为不甘，才学习了平命家的本领，想要和强敌一命换一命。

只不过，他后来不知不觉地珍惜了自己，才失去了最宝贵的杀气。

他一直奇怪，自己的杀气到哪里去了？为何一次失去，便再也不能聚集？为何他明明心有不甘，却再也没有了杀意？

原来，是因为他早已忘记了别人，而只爱着自己。

他望着姜明鬼,那虚弱的墨家弟子明明已经失血过多,几乎连站都站不稳了,可是在面对嬴政之时,却与那暴怒的君王有平起平坐之感。

——那,才是真正的生命与生命的平等。

——那,才是"侠"与"杀手"的区别。

一股久违的杀气忽然自他体内升起,炽热刚猛,澎湃无双,前所未有。

王翦张开了长弓,李斯也拔出了自己的佩剑。

"姜明鬼,寡人今日在此杀你!"秦王暴跳如雷,"你这般墨家侠者,寡人一个一个地杀,不信杀之不绝!"

"不!姜明鬼不能死。"荆轲忽然听得一人说道。

——那,竟是他自己脱口而出。

所有人的视线都望向了他,那目光中有惊讶,有愤怒,有欣慰,有畏惧。

因为一人兼爱,便会传承千万人兼爱。

因为一个侠者,便会唤醒更多侠者。

自此之后,千秋万载,便是沧海桑田、日新月异,便是天崩地裂、物是人非,但将会有一群人,即便无名无姓,也行走人间,兼爱世人。

而人们也将永远知道,即便是最强大的帝王,也可以被最平凡的布衣逼至绝境,惶惶终日,不能安寝!

杀气凛冽,荆轲拔剑而起!

一剑如虹,荆轲刺向秦王!

(全书完)